Sonya
ソーニャ文庫

復讐者は花嫁に跪《ひざまず》く

荷鴣

JN136693

イースト・プレス

contents

序章

　空いっぱいに銅鑼《どら》の音が鳴り響く。その日は嫌になるほど快晴で、降りしきる光が目を焼いた。

　景色がにじんで見えるのは、太陽が辺りを白く飛ばしているせいもあったが、こらえきれずにあふれる涙のせいだった。袖《そで》で拭《ぬぐ》えば、青い生地が濃くなった。

〈ヴァレリー、お前は見るな。馬車に行きなさい〉

　声をひそめて叔父が話すのは古《いにしえ》の言語だ。誰にも会話を聞かれるわけにはいかないからだ。特にこのリベラ国の者には誰にも――。

　ぐっと腹に力をこめたヴァレリーは、小さく首を横に振る。

〈いいえ、これはぼくの務めです〉

〈ならば泣くな。泣けば不興を買うだけだ〉

　かつて闘技場として使われていた屋根のない円形の遺跡には、着飾った貴族がひしめき、どぎつい香水をまき散らしている。一段高い台には、豪奢《ごうしゃ》な椅子に堂々と座る王をはじめ、王族が居並んだ。中央の砂地には、藁《わら》を敷いた上に小ぶりの台が設けられ、黒い頭巾《ずきん》で顔を覆ったいかつい男が控えていた。その男が手に持つのは、恐ろしげな大剣だ。

ぎらりと剣が光を反射した時、ヴァレリーは、この世の終わりを感じた。

台の下に藁があるのは血を吸いとるためだった。闘技場は、いまや見せしめの公開処刑の場であった。

観覧している貴族たちは一見和《なご》やかそうに見えても緊張を強いられていた。安全な未来を保証されている者などいないからだ。明日は我が身、いずれも薄氷の上に立っている。

群衆の罵声《ばせい》が飛び交うなかで司教に続いて入場するのは、亜麻布の簡素な衣装を纏《まと》った男と女。各々《おのおの》頭に袋が被され、顔は秘められていた。彼らの背すじが上から吊ったように伸びているのは、ふたりの貴族としての矜持《きょうじ》だろう。その立ち姿は胸に迫るものがあった。

ヴァレリーは、瞬きもせずに彼らを見つめた。

視界の端で王の合図を捉《とら》えれば、心臓の脈がいっそう激しさを増していく。

再び銅鑼が鳴らされる。

音は身体に染みてきて、奥底を打ち震わせる。吐きそうになり、胸を手でぎゅうと握りこむと、叔父の大きな手が肩にのった。ヴァレリーは、ゆっくり息を吐き出した。

——今日の、この日を忘れない。絶対に。

やがて、りんごが地に転がるように、首が落とされるさまを見た。まずは男、そして女。

割れるほどの歓声が巻き起こり、そのなかで、彼はひとりむせび泣く。

宮廷で、政争に敗れた者の末路は知っていた。しかし、自身の父母が斬首されるなど思ってもいないことだった。

幼少の頃より、尊敬する父の跡を立派に継いでみせると決めていた。その、長きにわたり栄華を極めた家は断絶して消えた。

生きていてほしいと何度願ったことだろう。

無実の罪だ。清廉《せいれん》な人だった。だが、脆《もろ》くも命は失われた。

視界が怒りで真っ赤に染まる。父は、悪しき男の策略に負けたのだ。

震えながら立ち尽くしていると、叔父に涙のあふれる両目を拭われる。

〈すべてを忘れろ。ヴァレリー、お前は今日から私の息子だ。いいな？〉

——忘れるものか。

ヴァレリーは、こぶしを固く握りしめる。爪が食いこみ、皮膚を傷つけるほどだった。

にじんだ血は彼の決意の証だ。

——許さない。

「行くぞ、ジルベール」

彼はきびすを返し、新たな名を呼んだ叔父を一瞥《いちべつ》すると、指で自身の涙を散らした。

「…………はい、父上」

自分は力のない子どもだ。それが悔しくて、憎かった。

一章

いつもと変わらぬ日常がどれほど幸せであるかに気づくのは、事件が起きたあとのこと。だから退屈な日々は幸せだ。

カティア・ナターリア・ベルキアは、毎朝何事も起きないようにと神に祈り、毎夜、何もなかったことに感謝する。彼女は変化を望まない。九年前に突然母を亡くしてから、その気持ちはいっそう強まった。

ただ、晴れているだけで気分が良くなり、父と兄の変わらぬ顔を見るだけでほっとする。庭や領内の森を散策《さんさく》し、綺麗な小花を見つけたり、変わった鳥を眺めるだけで幸せだ。

時には村や教会に赴《おもむ》き、人とふれあい、できることを手伝った。そうすることで、〝ここにいていいよ〟と認められている気がして安心した。

そんなカティアを兄はおかしいと思っているようだった。無理もない、カティアは侯爵令嬢でありながら、宮廷に興味を持たず、田舎から一歩も出ようとしないのだから。

「ターシャ」

兄、アルセニーは昔から彼女をカティアではなくターシャと呼ぶ。いまは亡き母が、ターシャと呼んでいたその影響を受けたのだ。

　召し使いに金の髪を梳いてもらっていたカティアは、鏡越しに兄を見た。呆《あき》れ顔で腰に手を当てている兄は、りりしく着飾っていた。これから宮廷に向かうのだろう。

「またみすぼらしい服を着ているな。王都で仕立てたばかりだろう？　着替えてこいよ」

　カティアが纏っているのはクリーム色の生地に赤い小花が散らされた簡素なドレスだ。ばあやにねだって作ってもらったお気に入りのものだった。

「これがいいの。着心地がいいしピクニックに最適よ」

「ピクニック？」と、兄はやれやれとばかりに眉間に指を押し当てる。

「お前はベルキアの娘だぞ。貴婦人《レディ》の自覚はないのか」

　ベルキア家はこのリベラ国で名高い貴族だ。いま最も王の覚えもめでたいとされている。

「いいか、外などもってのほかだ。日焼けをするな。そばかすができては大変だ」

「わたしは日焼けもそばかすも好きよ。できてもかまわないわ。健康的だもの」

「ばかを言え、お前はつくづく自分の価値を知らないようだな」

　優雅に歩み寄る兄は、鼻先を上げて召し使いを退室させ、カティアの手をやさしく取った。そのまま姿見の前に立つと、兄の手がカティアのほっそりとした腰に這《は》わされる。

「くすぐったいわ」

　くすくす笑っていると鏡の中の兄と目が合った。彼の薄い唇が「我慢しろ」とささやく。

「見ろ。このたおやかで華奢な身体は、男が見れば守りたくて仕方がなくなる。お前を守るためなら命を捧げる者さえいるだろう」

その言葉に、「大袈裟《おおげさ》だわ」とはにかめば、「大袈裟じゃないさ」と返される。

「お前の見事な金色の髪。それに、宮廷で最も尊いとされる緑の瞳。生きた宝石のようじゃないか。これはな、肌が白いからこそ際立つんだ。お前に日焼けは似合わない」

「でも、お兄さま」

「お前に落とせない男はいない。どんな有力貴族でも王族でも意のままだ」

なぜ突然男性の話が出てくるのだろうと目を瞬かせると、兄の手がそっと頬をかすめる。

「喜べ。いま、父上とぼくでお前に最高の夫を選んでいる。ターシャの絵姿を見て求婚者が殺到しているんだ。フロル王太子殿下だって興味を持っている。名誉だろう？　お前は未来の王妃になるかもしれない。愛妾ではなく、皆がひれ伏す艶《つや》やかな王妃に」

カティアの顔がたちまち曇る。絵姿なんて初耳だ。そんなもの、いつ用意したのだろうか。それに、王妃などもってのほかだ。それこそ想定外の変化なのだから。

「お前に幸せな結婚を用意してやる」

「そんな、わたし……まだ十五だわ。結婚なんて」

「もう十五だ。ほかの娘を見てみろ、十三や十四で嫁《とつ》いだ者もいる」

兄に腰を支えられ、くるりと回転させられる。舞踏会でのダンスさながらにスカートが広がった。

「お兄さま、わたし、ずっとベルキアにいたいわ。宮廷はいやよ」

「わがままを言うな。お前もわかっているだろう？　結婚は貴族の義務だ」

それは知っている。貴族の娘に生まれた以上、家の発展に尽くさねばならない。結婚に自由はなく、親の決めた相手と結ばれる。婚姻は家の一大事業なのだ。

「わかっているけれど……華やかな場所は苦手なの。お願い、田舎がいいわ」

「田舎などでお前をくすぶらせるものか。お前は自慢の妹だ。従順で、ヒステリーとは無縁。たおやかでやさしく華がある」

カティアが眉根を寄せると、兄は短く息を吐く。

「まったく、お前のせいでぼくの理想は高くなってしまった。……ああ、同時にぼくの妻も選んでいるんだよ。父上に、そろそろ妻《めと》を娶れと言われたからね」

兄の口から妻と聞くと、耳慣れなくてそわそわした。けれど兄はもう十八だ。カティアだけの兄ではなくなる。

「そうなのね。お兄さまが愛する方はどんな女性なのかしら。仲良くなれたら素敵だわ」

しかし、それまでにこやかにほほ笑んでいた兄は、急に顔を崩して吐き捨てた。

「愛する方だと？」

「ええ」とうなずけば、兄は「ありえない」と、嘲《あざけ》るように鼻で笑った。

「世間知らずなお前はまったく貴族を知らない。愛を語るのは愚か者のすることだ。いいか、愛などただの煩《わずら》わしい熱病にすぎない。感情に左右されるなど愚かの極みだ」

「物語では、愛は尊いとされているのに？」

「それは責務を持たない庶民の考えだ。やつらは失うものなどないからな。だからくだらない愛を説く。感化されるな。所詮《しょせん》、ぼくたちとは違う生き物だ」

カティアは兄に抱かれて椅子の上に座らされる。ベルキアの兄妹は、端から見れば恋人のように睦まじい。ふたりは、母のいないさみしさをこうして寄り添い癒《い》やしてきた。

「ターシャ、他人に入れこむな。当然夫になる男にもだ。貴族は保身と人を蹴落とすことしか考えない。伴侶《はんりょ》ですら平気で利用する。色恋は判断を鈍らせ、身を破滅させるだけだからな。宮廷では破滅した貴族が毎日のように処刑されている。知っているだろう？」

神妙に唇を結ぶカティアは、ごくりと唾《つば》をのみこんだ。

「愛などとのたまう輩《やから》が没落していくさまをこの目で見た。他人を愛したばかりにつけこまれ、弱みをさらけ出して陥《おとし》いれられた連中を。自業自得だ。無様すぎて笑ったよ」

その冷たい横顔は、カティアの知るやさしい兄とはほど遠い。まるで別人だ。

「誰にも心を許すな。お前が信じていいのは、生涯ぼくだけだ」

兄の長い指が、カティアの指に絡みつく。カティアは澄んだ瞳で兄を見上げた。

「覚えておけ。男を夢中にさせても、お前は夢中になるな」

こんな時、兄が求めているのは意見ではなく同意だ。だからカティアはうなずいた。

十五歳の彼女はまだ、疑うことも、愛も知らないでいた。

宮廷に向かう兄を玄関ホールで見送ったカティアは、ケープを纏い、その足で厩《うまや》に向かった。召し使いに青鹿毛《あおかげ》の馬に鞍《くら》をつけてもらい、自ら鐙《あぶみ》に足をかけて背に乗る。

毎度「お伴します」と声をかけられるけれど、カティアはその度に、ただ散歩するだけと辞退していた。誰にも言えない秘密の目的があるからだ。

人目があるところでは、しずしずと婦人らしく横乗りしているけれど、届かない場所まで歩めば、カティアはすかさず鐙を調整し、男さながら馬に跨《また》がる。長いスカートの下には、ばあや特製のズボンを穿《は》いていて、風でまくれても秘すべき脚は晒《さら》されない。

かかとで肉付きのよい馬の腹をつつくと、ぐんぐん速度は増していく。カティアはたくみに馬を操り、南に向けて野を駆けた。次第に木が生い茂り、やがて森に突入する。

風のうなりを耳にして、木々の隙間にある空を仰げば、そこはかとなく自由を感じた。だが、この自由はかりそめだ。一生田舎で暮らしていたいが、貴族としての枷《かせ》がある。それを思えば、景色の影が、心なしか濃くなった。

やがて森を抜ければ、ベルキア領とアビトワ領の境界にたどり着く。南風に乗り、さわやかな柑橘《かんきつ》系の匂いが届き、カティアはようやく馬を歩かせた。これまで一時間以上駆けていたのだ。せせらぎに誘われるように近づいて、下馬してから伸びをする。

川の水を飲む馬を尻目に、彼女は小高い丘を眺めた。そこに広がるのは葡萄《ぶどう》畑だ。

アビトワ領は、九年前にアビトワ家が断絶して以来、国王からベルキア家に与えられた土地だった。しかしながら父は、アビトワが誇る葡萄酒を絶やしてしまった。カティアは当時幼いながらも、亡き母がアビトワの葡萄酒を好んでいたことを記憶しており、こうして一年前からひそかに領境に通いつめ、葡萄畑の復興に尽力している。それは自然や田舎を愛する彼女にとって、やりがいのある作業だった。

かつて醸造に携わっていたアビトワの村人によると、この辺りは昼夜の寒暖差が激しく、降水量が少ないうえに、水はけの良いやせた土壌で、極上の葡萄が取れるらしい。厳しい環境に置かれた葡萄の木は、地中深くまで根を張りめぐらせて、凝縮した実をつけるのだ。アビトワの葡萄酒は、この質のよい葡萄で作られる。

しかし、一度絶えたものを復活させるのは困難だ。カティアは村人たちに資金を提供し、時々こうして様子を見ている。

——それにしても、どうしてお父さまはアビトワの葡萄酒を絶やしてしまわれたのかしら。名高いお酒だったらしいし、お母さまも気に入っていらしたのに。

カティアは馬の鼻面を撫でて、ねぎらいながら木につなぎ、そのまま葡萄畑に近づいた。その彼女に、畑で作業する村人のひとりが気づく。

「おや。ナターリアちゃん、いらっしゃい」

カティアは村人に〝ナターリア〟と名乗っている。彼らにとって、ナターリアという少女は、辺境に投資しようという、奇特な商人の娘であった。

「こんにちは。何か手伝えることはありますか？」

カティアはぐるりと畑を見渡した。現在村人が二十人ほど作業している。

「いまのところ収穫まであんたにできることはないよ。だって、あんたは若い娘さんだ。力仕事はだめだし、幼虫は苦手だろう？　いま、皆で駆除しているんだよ」

幼虫と聞いて縮こまる。カティアはあおむしのたぐいは大の苦手なのだった。

役に立てずにしょんぼりするカティアを、村人はすかさず取りなした。

「あんたは手伝わなくても十分役に立っているさ。こうしてまた葡萄を育てられるのも、あんたの家のおかげだ」

その横で、まるまるとした村人が朗らかに声を上げる。

「ああ、そういえばいまね、異国の伯爵さまが来ているんだ。はるばる葡萄酒を飲みに来たらしいが、醸造が絶えたことに衝撃を受けていたよ。村長の屋敷に滞在しているから顔を出してはどうだろう。商人は貴族とのつながりがあったほうがいいと聞くからね」

カティアはのどをつまらせた。兄から『貴族は嘘と欺瞞《ぎまん》に満ちている』と恐れを植えつけられているのだ。しかも異国の伯爵だなんて、底が知れない。

「いえ、あの……わたし、結構です」

「そう言わずに会ってきなよ。伯爵さまは、葡萄畑に出資したナターリアちゃんの家の話に、いたく興味を持っていたんだよ」

カティアは背に汗が伝うのを感じた。商人だなんて偽りだというのに、伯爵と顔を合わせれば、どんな問題に発展するのか想像するだけで血の気が引く。

「あの、わたし、もう帰ります」

しかし、足音とともに後ろから凛とした深みのある声がした。男性だ。

「まだ帰らないで。きみがナターリア？」

カティアの肩はびくりと飛びはねた。あたふたしていると、目の前の村人たちは、一様にくたくたの帽子を取ってお辞儀をした。

「そうですよ、伯爵さま。この子がナターリアちゃんです。とてもいい子なんですよ」

「こちらを向いてくれないか」

本来、同じ貴族であるカティアは拒否しても問題ないが、いまは商人の娘になりすましている。貴族に逆らったため、殺された庶民がいると伝え聞いていたカティアは戦慄《せんりつ》した。

――どうしよう。

背中に視線を感じて、膝がぶるぶる震えた。

「ほら、ナターリアちゃん、何をしているんだい。不敬だろう？」

カティアは覚悟を決めて、おそるおそる振り向いた。すると、たちまち胸がきゅうとうずく感覚に囚われる。

光が透ける銀髪に、鮮やかなラピスラズリ色の青い瞳がきらめいた。その切れ長の目はまっすぐこちらに注がれて、否応なしに魅入ってしまう。彼はとても綺麗な顔立ちの、どこか物憂《ものう》げな雰囲気のある青年だ。

伯爵と聞いたから、うんとおじさんだと思っていた。なのに、意外なほどに若かった。

時が止まったようにふたりは見つめ合う。やがて、彼は形のよい唇を動かした。

「ぼくはジルベール。バルドー伯爵だ」

　胸は早鐘を打ち、うまく息が吸えずに苦しくて、カティアは相づちさえ打てないでいた。彼が手に持つ帽子も、銀の刺繍《ししゅう》がされた藍色の装いも黒いブーツも、服から覗くレースでさえも、すべてがきらきらして見えて、まるで夢から抜け出したかのような人だった。

「村長から聞いたよ。きみはナターリア・バラノフだよね？」

　カティアの偽名であるナターリアは、本名カティア・ナターリア・ベルキアから、そしてバラノフは母方の名前からそれぞれとっている。

　いまだ呆然としているカティアは、やっとの思いでうなずいた。

「まずはきみに、感謝の気持ちを伝えたい」

　なぜ〝感謝〟なのかわからずに、カティアは目をしばたたかせた。

「お父上は商人だと聞いている。いまはご在宅かな。きみの家に案内してくれないか」

　まごまごして返事をしないでいると、伯爵は首を傾《かたむ》けた。

「聞こえなかったかな。きみの父上に挨拶《あいさつ》をさせてほしいのだけど」

　架空の父や家を用意できるはずもなく、カティアは身を固くした。だが、そんな窮地《きゅうち》に追いやられている彼女の傍らで、伯爵は、のんきに葡萄畑を見回した。

「アビトワの葡萄酒はぼくの亡き父のお気に入りでね、思い出の酒であり特別なものなんだ。だからこそ陰ながら復活に協力したいと思っている。でも、ぼくは外国の者だから表立って動けば問題になる。それで、ぜひきみの父上を通して関わりたいと思って……」

カティアが何も言い出せないでいると、伯爵は少し慌てた様子で言葉を続ける。

「ナターリア、誤解しないでほしい。何も手柄を横取りだとか、技術を盗もうなどとは思っていない。不穏な動きはしないと約束しよう。ぼくは資金を提供したいだけなんだ」

「あの……伯爵さま」

カティアは胸の位置で手を組んだ。気が張り詰めているため、小刻みに震える。

「ごめんなさい」

「どうして謝るのかな」

「資金は遠慮します」

伯爵は納得いかないのか、柵をこつ、と指で弾いた。

「それはどうして？　悪い話ではないはずだ。この村が発展し、よい結果を生むだろう」

「父は……何も知らないのです。許可を得ずに独断で……わたしが、勝手に」

「独断？　えっと——つまり、これをきみひとりで？」

伯爵が手を広げた背後には広大な葡萄畑が広がる。

「あの、亡くなった母がアビトワの葡萄酒が好きでしたから……その、だから」

しどろもどろに答えると、彼は大きく一歩近づいた。その背の高さも手伝い圧倒される。そればかりか、至近距離で手を取られ、カティアの肩がびくりとはねた。

婦人が男性に手を握られるのは、親密なキスをされているようなものである。父や兄以外の男性から触れられたことがないカティアにとってはとんでもない出来事だ。たちまち

顔が茹《ゆ》であがる。

――手が、熱い。……顔も。

そんな彼女に、伯爵は意に介さずに言い募る。

「きみがひとりでこの葡萄畑を？　本当に？　……資金はどうした？　結構かかっているはずだよ。婦人が大金を用立てられるとは到底思えないが」

この伯爵の言葉はもっともだった。世間では、女性の地位は男性よりも格段に低く、女に資産は管理できないと決めつけられているからだ。法でも婦人の財産は、結婚したとたん権利が夫に移行する。

カティアがたじろぐと、はっと我に返った彼は、小さな手を解放した。

「すまない、不躾《ぶしつけ》だった」

手をさすりながらうつむいたカティアは、じりじりと後退る。

「あの……ごめんなさい、秘密なのです。わたしの行動は……父に叱られます」

ちらと伯爵をうかがうと、真摯なまなざしにぶつかって、くらくらとめまいがした。

居たたまれずに「ごめんなさい」と、きびすを返せば、腕をすかさず摑まれる。

カティアは緑色の目をまるくした。兄に摑まれるのとは違い、伯爵の手にはひどく戸惑う。それにこれ以上彼といたら、どきどきしすぎて、きっと心臓は壊れてしまう。

「ではこうしよう。これから先の葡萄畑と醸造の資金はぼくが出す。そうすればきみの手から離れるし、お父上に叱られることはなくなるだろう？　ぼくたちふたりの秘密になる」

「……え？」

「だから、代わりにぼくの頼みをひとつだけ聞いてほしい」

思いがけない取り引きに、どうしようと迷っているのに、なぜかカティアののどは「はい」という言葉を絞り出していた。

青ざめて口もとに手をやると、彼の顔がほころんだ。その笑顔は見惚《みと》れるくらいにあたたかく、素敵で、カティアの心を蕩けさせた。

「ありがとう。頼みというのはね」

耳の近くでささやかれ、カティアはぴしりと固まった。

〝明日、ぼくに会いに来て〟


カティアはぼんやりと自室の窓辺に立っていた。あれからいつ馬に乗ったのか、いつベルキアの屋敷に戻ってきたのか覚えていない。気づけばこうして夕暮れに染まる景色を眺めていた。しかし、焦点は定まらず、頭にふわふわと思い描くのは彼のこと。

時折我に返って、カティアは両手で、恥ずかしそうに頬を包む。

惚《ほう》けた状態は晩の食事でも続き、うっかりドレスにスープをこぼしてしまうほどだった。もしも父と兄が屋敷にいたなら、作法を厳しく咎められていただろう。

相手は異国の伯爵だ。怖いのに、怖いはずなのに、でも、わくわくしている自分がいる。

もしかして、彼に会いたいのかしらと思いかけ、カティアはすかさず否定する。違う、自分は商人の娘なのだから、伯爵さまの頼みを断れず、従わざるをえないのだ。

長く豊かな金の髪を、ばあやに梳いてもらう間、カティアは明日の服を考えた。そのまま思考は彼に流れて、あの笑顔を思い出し、違う、違うと慌てて首を横に振る。

夜、寝台の上でまぶたを閉じれば、まなうらに浮かぶのは銀の髪。寝返りを打っても頭のなかに彼がいて、カティアの胸は高鳴った。

――わたし、どうしてしまったの。

ふいに昼間のことが思い出されて、カティアは足をぱたぱたと動かした。

いまだに彼に握られた手が熱い気がして、知らず頬が紅潮する。

胸がぎゅうと痛むのはなぜなのだろう。しかし、思いをめぐらせても答えは出なかった。

カティアはとうとう眠れずに、闇が晴れていくなか、鳥のさえずりを耳にした。

「ナターリア。来てくれてありがとう」

翌日、再びアビトワ領に来たカティアは、笑顔で迎えてくれた伯爵に、どきどきせずにはいられなかった。昨日の堅い装いから一転、白いシャツとズボンだけでくだけているのに、それでも彼は絵になった。おまけに少しシャツがはだけているのだ。彼の艶にあてられたのか、カティアの頭の中は真っ白になり、挨拶を返し忘れてしまったほどだ。

彼の髪が陽を反射して、きらきらと輝いた。銀の絹糸のようだ。けれど彼の深い青の瞳は宵を連想させるもので、カティアは漠然と、彼には太陽ではなく月が似合うと思った。やわらかな月明かりのなかの彼は、きっと、息をのむほど美しい。

伯爵に見入っていると、彼の唇は弧を描く。

「きみは陽だまりが似合うね。その金色の髪、太陽に照らされて綺麗だ」

カティアはまつげをはね上げた。

月だと思っていたところに太陽だなんて……。

甘い視線に、カティアの心臓は破裂の気配を持っていた。こんなに鼓動が速くなったことはないと言えるほどに。

「……伯爵さまが、畑を？」

「少し待っていてくれるかな。先ほどまで畑を手伝っていたんだ。着替えてくるよ」

「この園に少しでも関わりたいからね。できたての葡萄酒を飲むのがいまの夢だ」

言葉の途中で、彼はこちらを覗きこむ。

「きみは貴族が労働するなど、おかしいと思う？」

貴族が庶民のように働くのは、至極体裁が悪いとされている。

カティアは胸に抱えた想いをどう伝えていいのかわからなかった。それは、彼女が自身の行動を父や兄に秘密にしているうえに、労働をどこかで後ろめたいと思っているからだ。だから商人の娘と偽った。

「わたしは……」と、言いかけたカティアは、きゅっと唇を引き結ぶ。

——きっとおかしいのは、誰にも打ち明けられずに、内緒にしているわたしなのだわ。

ひと息ついた彼女は、ふるふると首を動かした。

「いいえ。あなたをおかしいとは思いません」

「そう、よかった。きみならわかってくれると思っていたんだ。実は村長には『とんでもない』って止められたんだよね。でも、きみが認めてくれるならそれでいい」

伯爵は無造作に髪をかき上げると、カティアの乗る青鹿毛に触れた。彼女は伯爵に見惚れるあまり、騎乗したままだったのだ。慌てて下りようとすれば、察した彼は補助してくれた。この時彼女は、全能なる神に、顔が赤くなっていませんようにと懇願した。

「立派な馬だよね。猛々《たけだけ》しくて」

たしかにカティアの乗る馬は気性が荒く婦人が乗るべき穏やかな馬ではない。だが、田舎育ちのカティアは馬と触れ合う機会が多いため、どんな馬でも乗りこなせる。

彼を見上げると、すぐにこちらをうかがう瞳と目が合って、彼女はうつむいた。

——どうしよう、絶対に顔が赤いわ。

「昨日、帰っていくきみを見ていたんだ。失礼だったら謝るが——その、きみの馬は大きくて婦人が乗るものには見えなかった。それでもきみはうまく乗りこなしていた。素敵だなって思ったよ」

カティアは額に汗をにじませた。昨日のことをまったく覚えていないのだ。婦人らしく横乗りでいたのか、紳士のように勇ましく跨がってしまったのか。もしも馬に跨がっていたらと思うと、だんだん消えたくなってくる。女が男の真似をするのははしたない。

　こわごわ彼を見やれば、その視線は青鹿毛に向いていた。カティアは、伯爵は横顔も綺麗なのだと思った。

「この馬、すばらしい毛艶だね。肉付きといい、名馬と言っていい。きみの家は…」

　カティアは内心ぎくりとした。父も兄もこの馬を手に入れた時、「ベルキアの家名にふさわしい」と誇らしげだったからだ。おそらく貴族が好む馬なのだろう。

　これ以上はぼろが出そうで聞いていられなくて、カティアはすかさず遮った。

「あの……伯爵さま。この馬はわたしの馬ではなく兄のものなのです」

「へえ、兄君がいるんだ。いくつかな」

「十八です」と答えながら、カティアは話題が変わったことに安堵《あんど》した。

「ぼくも十八だ。もうじき十九になるけれど。——ああ、でも、ぼくはきみの兄ではないからね。兄扱いしてはいけない。わかった？　ナターリア」

　意図がわからず、カティアはまばたきを繰り返す。兄以外を兄扱いするはずがないのに。

「はい。わかっています」

　意味深長に笑んだ彼は、カティアの腕をぽんぽんとやさしく叩いた。

「右に進めば厩舎があるから、つないでくるといい。そのままぼくを待っていて」

　カティアは、彼が触れた腕を意識しながら、村長の館に向かう広い背中を見送った。

ひとりで待つ間、カティアはベルキアからの道すがらに悩んだことを思い出す。カティアには問われたくないことがたくさんある。その最たるものが家のこと、資金のことだ。おそらくは伯爵に問われるだろう。その時どう答えるべきなのか。

父や兄に甘やかされて育ったカティアは、宝石やドレスをふんだんに与えられている。物ばかりではなく、女の身でありながら、自由にできる資金も多い。

父には好きなだけドレスや小物を仕立てればいいと言われたけれど、カティアはそれをアビトワの葡萄につぎこんだ。しかしながら、父はアビトワをいまいましいと感じているようだった。アビトワに関する話をした途端、気は荒くなり、人が変わってしまうのだ。だから兄には『禁忌に触れるな』と忠告されている。そんなふたりがカティアの行動を知ってしまえばどうなるか、想像に難くない。

当然アビトワの村人からも、ベルキアの印象は悪かった。ベルキアはアビトワの産物を潰《つぶ》したにもかかわらず、税は当然とばかりに徴収する。苦しい生活を余儀なくされている彼らが〝ナタ一リア〟の素性に気づけば、笑顔は消え失せるだろう。思っただけで震えがくる。カティアは商人の娘だと偽ったままでいるしかない。

――どうか、せめて葡萄酒が復活するまでは……神さま。

カティアは空を見上げて息をつく。苦しい胸を押さえつつ、厩舎の側の椅子に腰かける。自分が嫁ぐのはいつだろう。いずれにしても、商人の娘でいられる時間は長くない。

「ナターリア、待たせたね」

呼ばれて目を向ければ、伯爵は身体に沿ったこげ茶色の一揃《ひとそろ》えを身につけ、こちらに歩み寄ってくる。首もとを彩る白いレースのりぼんが、風に吹かれて揺れていた。

カティアは眩《まぶ》しげに彼を眺めて、知らず、理想の夫を頭に描く。自分の夫になる人は、貴族の体裁を気にせず動けるような、そんな人がいいと思った。そう、この人のような人。

あまりにじっと見てしまったからだろう。微笑した彼はわずかに首を傾《かし》げた。

「そんなに見つめられると照れてしまうね。ぼくの顔に何かついている？」

カティアはぴしりと固まった。いま、自分が思い描いた未来はとんでもないものだ。

顔を伏せた彼女は、頰の熱を感じながら、ぎゅうと膝でこぶしを作った。

「ごめんなさい」

「どうして謝るの？　きみに見つめられるのは嫌じゃない。顔を見せて」

弾かれるように鼻先を上げたカティアに、彼は言った。

「きみを愛称で呼んでも？」

伯爵は自分と親しくなりたいのだろうか。素直にうれしいと思った。

カティアがうなずけば、彼は〝ナターリア〟にちなんで五つほど候補をあげた。

「どれがいい？」

「どれでも……あの、伯爵さまが選んでくださいますか」

「うん。〝ナターシャ〟もいいけれど、そうだね……ぼくは〝ダーシャ〟がいいと思う」

奇《く》しくもそれは、亡き母と兄に呼ばれている愛称で、カティアは頰をゆるめた。

「はい、ターシャとお呼びください」

「ではターシャ、ぼくはたしかに伯爵だけれど名乗ったよね？　覚えているかな」

　カティアは視線を落とし、気まずさにもじもじとスカートをいじくった。

「その様子だと名前を覚えていないね。いい？　ぼくはジルベール。バルドー伯爵だ」

「バルドー伯爵さま」

「違うだろう？」と手を取られ、そのままふわりと立たされた。彼の瞳が間近に迫り、どきどきする。青の虹彩《こうさい》は光の加減で水色や紺に変化して、胸を打つほど綺麗だ。

「ジルベールだ。わかった？」

　彼の息づかいを感じて、カティアの動悸《どうき》は激しくなった。

「ジルベールさま……」

　おもむろに顔を離した彼は、「歩こうか」と告げると同時に、カティアの手を自身の腕にかけさせた。最初は居たたまれずにいたけれど、次第になんとか落ち着いてきた。

　ふたりは石が敷き詰められている道を行く。長い足の彼は速く歩けるだろうに、カティアの歩調に合わせてくれた。まるで恋人のような扱いに、心地が良くて、カティアはこの時間がずっと続けばいいのにと思った。

「昨日はごめん。会いに来てと言われて驚いた？　かなり強引だったよね」

　ジルベールはカティアが答える前に話を先に進める。

「ああ言わなければ、きみにもう会えないと思った。ターシャは昨日、ぼくが引きとめなければしばらく葡萄畑に来なかった。そうだろう？」

たしかにそのとおりだ。彼が会いに来てと言わなければ、少なくともひと月はベルキアに籠《こも》ったままでいただろう。

まごまごしたカティアが、近くにある楡《にれ》の木に視線をすべらせると、彼は深い息をつく。

「その顔は図星だね。よかった、ぼくは正しかった。……きみは信じられないかもしれないけれど、ぼくは本来強引とは無縁だ。特に婦人に関しては自ら声をかけたりしない。けれど昨日は……その、このままきみに会えなくなるのだけは避けたいと思った」

カティアは彼にどう答えていいのかわからなくて、ぎこちなく会釈《えしゃく》した。宮廷に上がる前の彼女は殿方の甘言に少しも慣れていないのだ。頭は戸惑いばかりが占めている。

「ねえターシャ、ぼくは三日後、国に帰る。それまで毎日会ってくれないか？」

「……毎日、ですか？」

「そう。ぼくはきみを気に入っている。昨日の今日でこんなことを言うなんて変だと思う。わかっているんだ。でもね、真剣に言っている」

ぽっ、と顔を火照らせたカティアは、あまりの展開に後ろに倒れそうになる。その腰を、ジルベールの大きな手に支えられた。

「こんなに赤くなるなんてかわいい。きみはまだ男に口説かれたことがないの？」

そんなこと、言わないでいてほしかった。指摘されてしまえばさらに赤みは増していく。

「不思議だ。昨日までのぼくは女性が苦手だったはずなのに。昨晩はきみのことばかりを考えて、眠れなかった。きみに一晩中悩まされたよ」

「わたしに？」

「そう、きみに」

カティアの手を掬《すく》った彼は、そのまま自身の口もとまで運んだ。やがて、やわらかな熱が指先にのせられる。

素敵な彼のくちづけを受けている。現実味がなく、おとぎ話のようだと思った。

「一時の熱かと思ったけれど、今日、確信した。ひと目で落ちることもあるんだね」

続けて紡がれたのは、身を焦がすほどの甘いささやきだ。

「ターシャ、ぼくは毎日きみに会いたい」

カティアは拒もうとは思わなかった。同じ思いを抱いたからだ。

「わたし、会いに来ます。その……毎日あなたに」

はにかみながら伝えると、肩をがっしり摑まれて、彼の顔が近づいた。芳《かぐわ》しい香油の匂いが鼻に届く。びくびくしていると、頬にちゅっとキスされた。右も、左も。

カティアは目をまるくする。

「ありがとう、うれしいよ」

がちがちに緊張しながらカティアも思う。

——わたしも、うれしいわ。

ジルベールと過ごした三日の日々を、のちのカティアは、何度も何度も反芻《はんすう》することになる。それほど心は満たされた。この三日の間に、カティアはたしかに恋をしたのだ。身を切るような、つらく悲しい思いもしたけれど、それでも宝物の日々に変わりはない。

〝ターシャ。男を夢中にさせても、お前は夢中になるな〟

ふいに、兄の忠告が脳裏をよぎったが、心の流れは止まらなかった。また、いったん走りだした想いは、どうにもできないとカティアは知った。

何も、彼と特別なことをしたわけではない。葡萄畑の細道を散策したり、果実を食べたり、小川で釣りをしてみたり、並んで乗馬をしただけだ。

それでも、となりを歩いているだけで気分は高揚し、指先が触れ合うだけで胸が高鳴る。彼をうかがえば、すぐにこちらを見つめる目と目が合って、思わず顔がほころんだ。彼のまつげが長いと知って、ただそれだけでうれしくなった。もっと彼を知りたくなって、目を凝らして見つめた。

紳士的な彼は、段差や水たまりがあるとこちらに手を差し伸べて、終始カティアを気遣った。また、葡萄畑の散策中、スカートにひょっこりとあおむしがついた時には、悲鳴をあげたカティアをなだめて、気づかぬうちにとってくれた。髪に葉っぱがついた時も同様だ。彼が落とした葉が舞い落ちるさますら愛しく感じて目で追った。

次第に『ジルベールさま』と呼ぶのに抵抗がなくなった。用事がないにもかかわらず、名を呼んだこともある。そんな時も彼は機嫌を損ねず、すべてに応えて笑顔をくれた。

彼と会うのは楽しくて、つい、アビトワに長居をしてしまう。ベルキアに帰り着くのは夜の帳《とばり》が下りる頃で、ばあやをはじめ、周りに心配をかけたり、不審がられてしまったけれど、それでも彼に会いたい気持ちを抑えることはできなかった。

ジルベールはしきりにカティアを屋敷まで送りたい、迎えに行くと告げてきたけれど、それだけはだめと辞退して、毎日カティアが彼を訪ねた。けれどカティアは彼にならを素性を明かしていいと思うようになっていた。貴族でありながら村人と気さくに接し、労働をいとわない彼ならきっと、ありのままのカティアを受け入れてくれるだろう。

カティアが自身の想いを恋だと気がついたのは、彼とふたりで乗馬して、小高い丘で休憩した時のことだった。物言わぬ彼は身を屈《かが》めると、カティアの額に、そっと唇をのせたのだ。まるでそうすることが普通のような、自然な動きに翻弄《ほんろう》されて、言葉にならない彼への想いが突き抜けた。

「ターシャ」

彼のささやきは甘かった。続けて左右の頬にくちづけを受けた時には、渦巻《うずま》く想いが何なのか、カティアははっきり自覚した。

〃誰にも心を許すな〃

兄の言葉を振り払う。目の前にあるのは彼の顔。その唇が弧を描く。長いまつげに縁取られた青い瞳は、真っ赤なカティアを映している。

ふいに彼の人差し指が、カティアの唇に、ふに、と触れた。

「ここにもキスをしたいけれど、いまは我慢する。でも、近いうちに……」

唇にキスを受けるその意味を思えば心はざわめいた。

――お兄さま、わたしは。

ちょうど葡萄畑のほうから、風がざあっと吹き抜けた。銀の髪がきらめきながら揺れるさまをみとめて、カティアはこくりと唾をのむ。

――わたし、この人が好き。

「ぼくのキスを受けるのは嫌かな」

「いいえ」

「よかった。ぼくは、きみに誠実でありたい」


そして、迎えた最終日。ふたりは楡の木の下に座り、じっと見つめ合っていた。

午後には村を出る彼に、カティアは朝から会いに来た。

「ぼくの気持ちは伝わっているよね。その、驚かせないように時間をかけたつもりだ。きみも同じ気持ちだと信じたい。うぬぼれだとは思いたくないな」

想いを互いに言い表したことはないけれど、カティアには彼の示す気持ちがわかる。

「ジルベールさま、わたしも……同じ気持ちです」

「ターシャ」

手を強く引かれて、彼に寄りかかる体勢になる。すぐに身体が彼の腕に包まれた。

「ぼくにこうされるのは嫌ではない？」

「嫌ではありません」

「もう少し、力を入れても？」

「はい」と答えると同時に、彼の腕の力が強まって、ぎゅうとふたりは密着する。カティアははじめての抱擁《ほうよう》に、信じられない思いとともに、この上ない幸せを感じた。

「聞いて、ターシャ」

身体を離した彼は、カティアを見据えて言った。

「ぼくたちの間には身分の壁がある。時間はかかるけれどなんとかする。ひと月後、またこの葡萄畑に来るからお父上に挨拶させてほしい。きみをつなぎとめておきたい」

カティアはふるりと首を振り、彼を見つめた。その意図を知らない彼は眉をひそめる。

「お願いだ、断らないで」

「いいえ、ジルベールさま。違うのです」

彼の手が肩にのる。力強くて、熱かった。

「何が違うんだ？」

「わたしたちに身分の壁はないのです」

青い瞳が見開かれている間に、カティアは言葉を紡いだ。

「ごめんなさい。わたしも、あなたと同じで……あの、貴族なのです。アビトワの葡萄畑に関わるには、商人の娘でいなければなりませんでした。ですから、わたしは」

肩から彼の手が下ろされる。離れた重みに、カティアの胸に不安がよぎる。

「嘘つきでごめんなさい……どうか、お許しください」

唖然《あぜん》としている彼の顔に笑みを見るまで、カティアは固唾《かたず》をのんでいた。ほんのわずかな時間だったが、果てしなく長く感じられた。

「許すも何も。ターシャ、本当に？　ぼくはこの三日ずっと悩んでいたんだ。きみを親戚の養女にしてもらおうだとか、爵位を従兄弟にゆずることまで考えた。きみがほしくて」

あまりのうれしい言葉にカティアは瞳をにじませた。彼に求められるなんて幸せだ。

「商人の娘ではないきみの名前は？　聞かせて。……ああ、それよりも早くきみのお父上に許しを乞わなければ。きみは適齢期だからいつ縁談が舞いこむかわからない」

彼の手が伸びてきて、頬がぬくもりに包まれる。カティアはうっとりと緑の目を細めた。

「ジルベールさま。わたしは、カティア・ナターリア・ベルキアと申します」

一瞬、錯覚かと思った。

名前を告げた途端に、彼の青い瞳が、見たことがないほど鋭い光を帯びた。

「……ジルベールさま？」

彼は何も言わずに立ち上がる。頭上から降る木洩《こも》れ日のなか、端正な顔が歪んだ。

――なんて、冷たい。

「もう二度と会わない」

二章

「どうしたというんだ。お前の顔色ときたら断頭台《だんとうだい》に向かう囚人みたいじゃないか」

宮廷に向かう馬車のなかで、兄アルセニーは、しかめ面で長い足を組み替えた。その向かいに座るカティアは、うつむけた顔をあげようとはしなかった。気分は沈み、勝手に視線が落ちてしまう。葡萄畑での別れ以来、毎日ずっとそうだった。

屋敷に籠り続けるカティアを見かねた兄は父の命に従い、有無を言わさず馬車に乗せた。その意味を彼女は知っている。自分には逃れられない義務がある。

カティアはジルベールに一方的に突き放されても、彼への想いを断てずにいた。彼以外のことは考えられない。かれこれ半年経過しているけれど、心はあの日に留まったままだ。父にも兄にも、彼のことは話していない。もちろん葡萄畑での出来事もだ。

「わかっているのか、お前は栄えあるベルキアの娘だぞ？　このぼくの妹だ」

カティアは父と兄を敬愛している。役に立ちたいと思っている。でも、足枷にしかなっていなくて、ふがいなさに視界がにじむ。

「ごめんなさい……」

兄はぎろりとカティアを睨《にら》んだ。

「すぐに謝るのは悪いくせだ。いいか、この先おいそれと非を認めるな。たとえお前が悪くてもしらをきりとおせ。それが嫌なら謝る状態に陥るな。常に背すじを伸ばしていろ」

兄が語るのは宮廷での心構えだ。一度非を認めれば、それ以上の罪を着せられるという。彼はカティアにはやさしい兄だが、世間知らずな彼女でも生きていけるように度々こんなふうに指導していた。

ぐす、と鼻を鳴らすと、兄は語気を弱めた。

「ターシャ、泣くな。宮廷で涙は命取りだ。そのまま弱みにつながる。弱いやつだと一度でも思われてみろ、ハイエナのような輩にたちまち陥れられる。だから泣くな」

頬に兄の指がすべり、涙を散らされる。

「お前が馬車を苦手に思うのはわかる。母上は馬車の事故で亡くなったからな。……いや、それだけじゃないな。お前は半年前からおかしい。何があった？」

「何もないわ、お兄さま」

「……だったら笑え。これからお前は、宮廷の華になる。誰の目から見ても幸せでいてくれなければ困る。貴族がありのままの感情を表すのは愚かなことだ。己を偽れ」

カティアはゆるゆると顔を上げた。こんな時でも思いを馳《は》せるのは彼のことだ。

〝もう二度と会わない〟

彼はカティアの名前を聞くなり豹変《ひょうへん》した。まちがいなく、ベルキアに反応したのだ。刺すような苦しみに耐えかね、カティアは胸を押さえた。

「お兄さま、ベルキアは憎まれているのかしら……」

兄は「ふん」とばかにしたように鼻で笑った。

「何をいまさら。当然だ。敵は多い。そもそも、憎まれていない貴族などいるものか。宮廷はある意味戦場なんだ。父上は常に駆け引きをしておられる。じきにぼくも跡を継ぎ、父上の望みどおりに家を発展させることになる。ターシャ、お前とともにな」

中腰になった兄は、カティアのとなりに席を移動して、彼女の肩を抱き寄せた。

「辛気《しんき》臭い顔をするな。いいか、お前に求婚したいと名乗りを上げている貴族で父上が許した男は五人。家柄も経歴も申し分ない、そうそうたる顔ぶれだ。加えて、王太子殿下もいる。彼を落とせば最高の結婚になるぞ。ターシャ、精一杯愛想をふりまき、とりこにしてしまえ。それがさらにベルキアの家格を高めることになり、父上とぼくの力になる」

カティアはうつろな目で兄を見た。兄は、女の幸せは結婚だと信じて疑わない。

「お前もじきに十六だ。早く結婚して立派な男児を産まなければな」

恋を知る前のカティアであればうなずけただろう。しかし、知ってしまったいまは肯定も否定もできずにうなだれた。すると兄の手に力がこめられる。

「めそめそするのはいまだけだ。宮廷では許さない。……泣くな」

カティアは涙で濡れた頬に兄のくちづけを受けながら、まつげを伏せた。

「お兄さま……わたし、宮廷は嫌なの。田舎が好き」

「わかっているだろう？　よほどのことがないかぎり、お前は二度と屋敷に帰れない」

カティアの頭に葡萄畑の景色がよぎる。もう、帰れない。

鼻先を上げたカティアは、すんと洟《はな》をすすった。

ジルベールと過ごすうちに、自分は彼と結婚できるとうぬぼれた。しかし、彼の想いは違っていた。彼以外が相手なら、誰と結婚しても同じだ。ならばせめてベルキアの役に立つ歯車にならなければ。

「ターシャ、忘れるな。どんな時でも笑え。つらくても苦しくても笑え。笑ってすべての思いを隠せ。いつでもぼくだけを信じて、このぼくの言葉を思い出すんだ。約束しろ」

カティアは指で目頭を押さえながら兄を見た。

「わたし……うまく笑えるかしら」

「笑えるかしらじゃない、笑うんだ」


――笑え。

それはひどく困難なことだった。カティアはすぐに、半年前のあの日に戻ってしまうのだ。彼が言った言葉は一言一句覚えている。なかでも耳に焼きついたのはこの言葉。

〝もう二度と会わない〟

『どうして』と、問うた声は無視された。追っても彼は振り向かず、無言で村から立ち去った。ひと月後にまた村に来ると言っていた、彼の言葉にすがり、毎日葡萄畑に通いつめても、彼は訪ねて来なかった。ひと月が経ち、ふた月が経ち、そしてさらに月日が流れても、彼の姿を見ることは叶わなかった。カティアが待つのを諦めたのは、彼が代理人を立てて葡萄畑に出資し続けていると知った時だ。

代理人。すなわちもう、彼は来ないのだ。……二度と会えない。

絢爛豪華《けんらんごうか》な建物群や見事な柱に精緻《せいち》な家具、毛足の長いじゅうたんや光り輝くシャンデリア。この国の宮廷は圧巻だと国内外で謳《うた》われているけれど、カティアの心には響かない。貴族に生まれたなら誰もが憧《あこが》れる宮廷の生活も、彼女にとっては無価値に等しいものだった。ずっしりと重い真珠が散りばめられた高価なドレスは、自身を縛りつける枷だとしか思えない。ドレスと揃いの履《は》きなれないサテンの靴は、カティアの肌を傷つける。

水晶や宝石のきらめきよりも、太陽を浴びて光る水面のほうが好きだった。意匠を凝らしたレースのドレスよりも、ばあやが作ってくれた簡素なドレスのほうが好きだった。

ここは、色や物があふれすぎていて、いつの時でも心が休まらない。

——帰りたい。

宮廷に上がった途端に、カティアは気づいたことがある。ここでは家名がすべてだ。皆はカティアではなく〝ベルキアの娘〟に対して機嫌をうかがってくる。どんなにちやほやされても、美辞麗句を並べ立てられても中身はない。カティアを通して彼らが見ているのは、背後にいる父や兄、ベルキアの富と名声だ。

兄はカティアに求婚者が殺到していると言っていたけれど、廷臣《ていしん》は皆、王の覚えのめでたいベルキアの後ろ盾や名誉や権力にしか興味がない。つながりがほしいだけだった。娘の容姿や人間性など二の次だ。カティアは自分という存在が道具でしかないと思い知った。もしもベルキアが王の不興を買ったのならば、蜘蛛《くも》の子を散らすように貴族たちはまわりから消えるだろう。いびつで希薄な関係だ。宮廷は一見きらびやかでも脆くて虚《むな》しい。

この場所を好きにはなれないと思った。やはり、田舎の方がずっといい。

兄は妹の自分でも麗しいと思えるほどに、品よく笑い、気づけば多くの者に囲まれている。けれど綺麗に笑っていても、その目は氷のように冷ややかで、常に相手を蔑《さげす》んでいた。

カティアはひとり、兄の言葉を思い出しつつ、『笑え』というのはそういうことかと納得した。無表情に徹《てっ》するよりも、笑顔は内に秘めた感情を隠すことができるのだ。

つまらなくても、くだらないと思っていても、笑顔はその場を和やかにするうえに、不用意に敵を作ることもない。同時にカティアは、微笑む貴族の多さに背すじが冷えた。笑顔の陰で、宮廷は、こんなにも得体が知れない。

「ターシャ、顔色が悪いな」

ふらついてしまったのかもしれない。背後から兄に支えられた。

宮廷で極度の緊張を強いられているせいもあるけれど、半年前からカティアはうまく眠れずにいた。寝られても三時間ほどだけだった。

「お前にこれからの行事は無理だな。父上にはぼくから伝えておく。自室で休んでいろ」

「お兄さま、行事って？」

兄にエスコートされながら、宮廷内の自室に向けて歩きだす。

「処刑だ」

思いもよらぬ返答に、カティアはみるみるうちに青ざめた。兄はその顔を一瞥する。

「ぼくたちには参加の義務がある。古来より続く風習で——まあ、平たく言えば反乱を起こさせないための見せしめだな。処刑のあとは晩餐《ばんさん》だ。フロル王太子殿下がお前と踊りたがっていらしたが、休んでも問題ないだろう。王太子はすでにお前をご存じだ」

カティアは目を瞠《みは》った。

「王太子殿下とお会いしたことはないわ」

「どこかでお前を見たのだろう。その髪は目立つからな。明日に備えてお前は休め」

兄に休めと言われても休めそうもなかった。実際カティアは、その日一睡《いっすい》もできずに朝を迎えた。

そして昼が近づく頃だった。上機嫌の父が部屋にやってきた。

両腕を広げた父に抱きしめられて、カティアはまばたきを繰り返す。

「カティア、大手柄だ！　さすがは我が自慢の娘」

　父のはずんだ声色に、背すじにぞくりと寒気が走る。父が喜ぶ心当たりはひとつだけだ。

「フロル王太子殿下がお前を指名した。お前は殿下の妻になる。見初められたのだ」

　奈落の底に叩き落とされるような錯覚に襲われる。父に抱きしめられていなければ、くずおれていただろう。

　王族からの申し出は断ることはできない。そもそも婚姻はカティアに決める権利はない。家と家との問題であり、自身のことでも蚊帳《かや》の外だ。

　カティアは打ちひしがれながら、銀色の髪と青い瞳を思った。

「でかしたぞカティア」

　唇を噛みしめて、湧き上がる感情を抑えつけた。

　カティアは懸命に、心を殺して笑みを浮かべた。

「……はい、お父さま」


　愛を不要と言い切る兄を、カティアは理解できた気がした。自分の好きな相手と結婚できる貴族はどれほどいるだろう。宮廷の様子からしてもまず無理なのではないだろうか。

　多くの貴族は伴侶以外に愛人を持ち、放埓《ほうらつ》に振る舞う。兄にも愛人がいると知った時には、卒倒しそうになった。割り切った関係なのだと兄は言っていたけれど、それが宮廷の日常なのだとカティアが気づくのは早かった。

「……どうして結婚していながら恋人を持つのかしら」

兄に誘導されながら、回廊を歩いている途中でカティアが疑問を漏らせば、兄は言った。

「同じ相手ばかりでは飽きるだろう？　皆、日々退屈しているんだ。ただ刺激がほしいのさ。駆け引きを楽しむ者、肉欲に溺れる者、血迷い、相手に夢中になる者、家の発展に動く者、さまざまだ。割り切れず深みに嵌《は》まる者は没落する。行き着く先は破滅だ」

ぞわぞわとせり上がる寒気に身の毛がよだつ。

「考えられない世界だわ。お兄さまは結婚したばかりなのにどうしてもう恋人を？」

「必要だからさ。ぼくの興味は家の発展のみだ。妻など男児さえ産めばどうでもいい」

兄の新妻がこれから結婚する自分の未来と重なって、カティアは息苦しさを覚えた。

「ひどいわ」

「何がひどいものか、相手も同じようなものだ。あの女はぼくの家名しか見ていない。結婚した途端ベルキアを笠に着て宮廷で偉そうに振る舞いだした浅はかな女だ」

兄の話を聞きながら、カティアは兄が女嫌いなことを思い出す。そして悟った。兄は父に命じられて動いているのだ。父の期待に応えるために結婚もしたし愛人もつくっている。

カティアが目を向けると、兄は涼しい顔で鼻先を上げた。

「その顔は宮廷向きじゃないな。ターシャ、笑え」

とてもじゃないが笑えない。けれど、宮廷では自分を隠すために笑わなければならない。こんなばかげたことがあるだろうか。貴族とは人でありながら人ではないみたいだ。

受け入れるには心は邪魔だとさえ思う。何もかもが信じられない環境で、身を切られるほどつらくて苦しい。

　これまで以上に自身の生まれを窮屈に感じる。本当に、商人の娘だったらよかったのに。そう思いかけ、カティアは咄嗟に否定する。自分は父や兄を愛している。

　カティアは兄にエスコートされ、中庭にある庭園までやってきた。陽は煌々と照り、景色を白く飛ばしているのに、カティアの目には暗くどんよりして見えた。いつもは廷臣がぽつりぽつりと散策しているけれど、いまは人払いをされている。

　兄は、カティアの耳に「しっかりやれ」と言葉を残し、きびすを返して去っていく。ひとり取り残された彼女は絶望を感じてうつむいた。まるでこの世にたったひとりきりになってしまったようだった。

　それでも歩かねばならないことには変わりなく、カティアは自身を叱咤した。

　園内の中ほどにある四阿《あずまや》に、王太子が待っているという。カティアは小道の先を行く。これがアビトワの葡萄畑で、待っているのが彼ならどれほど幸せだっただろう。しかし、叶わぬ夢だ。カティアの身体は鉛のように重だるく、足取りもたどたどしい。

　庭園には色とりどりの花が管理されていた。見たこともない花々は、おそらく外国から取り寄せたものだろう。芳香を放ち、美しい。けれどカティアは、ベルキアを散策した時に見つけた、野に咲く素朴な花のほうが好きだと思った。

　四阿が見えたところでカティアは首を横に振る。いまと過去を比べてしまうのは悪いくせだ。逃れられない以上覚悟を決めて、受け入れることが自分の務め。

わかっている。けれど……。

カティアは王太子の姿を捉えて、じわりと汗をにじませた。王家特有の黒髪だ。四阿に据えられている長椅子の中央で、王太子が鷹揚《おうよう》に足を組んで座っている。

顎《あご》から汗が滴《したた》った。がたがたと震えが止まらず、お腹に力をこめて耐える。

「カティアだね」

さすがは次期国王だけあって、威厳に満ちた声だった。王太子と目が合わないように進み出たカティアは、ドレスのスカートをつまみ、膝を曲げて腰を落とす。許可なく王太子の目を見てしまうのは、不敬にあたるからだった。

「はじめてお目にかかります。ベルキア侯爵マルセルの娘、カティア・ナターリアです」

「堅苦しいのはよそう。顔を上げて。あなたは私の婚約者だ」

婚約者の言葉が重くのしかかる。命に従い顔を上げると、すかさず王太子と視線が重なった。力強い灰色の瞳に知らず身体が縮こまる。するとその目が愉悦《ゆえつ》を含んで細まった。

「あなたの緑の瞳を実際に見たいと思っていた。肖像画と遜色《そんしょく》ないね。大抵は詐欺《さぎ》と言えるほどの出来栄えだが実に良いことだ。……近くへ」

踏み出す足がずぶずぶと沈む錯覚を覚える。カティアは必死に姿勢を正し、前を向く。

やがてこちらに伸ばされた手に、儀礼的に指をのせれば、強く握られた。

「あなたの耳に入る前に伝えておくが、私には先日まで別の縁談が進んでいた。しかし、あの王女は高慢《こうまん》すぎてね。本来、妃は国内の貴族からは選ばないが、あなたの肖像画が気になって保留にしていたのだ。この先王女の話を聞くと思うが、胸を痛める必要はない」

王太子はカティアを覗きこみ、「悪しざまに言う輩は放っておきなさい」と言い足した。

おずおずと見返せば、王太子の唇が笑みに歪んだ。

「ひと月前、宮廷に上がるあなたをテラスから見ていた。初々しい蕾のようだった。純真さがにじみ出ていたよ。廷臣は汚らわしくていけないね。不純で、どのような病気を持つのかわかったものではない。私は、あなたとなら末長く共にいられると思う」

カティアは背中にぞくぞくしたものを感じて身をすくませた。が、離れたくても王太子の手に逆らうことは許されず、それればかりか王太子はいきなり、自身の豪奢な衣装がしわになるのもかまわずに、カティアを膝の上にのせた。

「朝露《あさつゆ》のように麗しい。そんなあなたに、私に想われる権利をあげよう」

「……王太子殿下、あの……」

「フロルでいい。あなたは私の婚約者なのだから」

王太子の指に顎を持ち上げられて、黒いまつげが伏せられていくさまを見た。刹那《せつな》、唇にやわらかなものがくっついて、はじめ、何が起きたのかわからなかった。しかし、ぬくもりに瞠目《どうもく》したカティアはすぐに顔を逸らした。

——なんてことなの……。

くちづけだ。わななくカティアが自身の口を押さえると、王太子が低く笑った。

「かわいい人だ。やはり接吻《せっぷん》ははじめてなんだね。あなたは真っさらで綺麗だ」

カティアは唇を噛みしめた。

彼に捧げたかったのに……。

そんなカティアの様子を王太子は恥じらいだと受け取ったらしい。「照れないで」とささやいた。

「あなたは宮廷の悪習を知っているよね。でも、決して染まってはいけない。恋人を持つのは許さないから覚えておいて。あなたに触れる男は私だけだ」

カティアは涙がこぼれそうになるのを必死に耐えていた。頭には、葡萄畑で額と頬にキスをくれた彼の姿がめぐる。

それでもなお、王太子はやめてはくれず、無情にも肩を強く摑まれる。そして、王太子の顔が近づいた。黒髪の隙間から見える、ぎらついた灰色の瞳が怖い。

「震えるあなたを前にしていると、狼になった気分になる。……それもいいね、新鮮で」

「……いけません、殿下」

「いけないものか。あなたは私の婚約者だ」

言うやいなや、角度を変えて、また唇に唇を押しつけられる。

——ジルベールさま……わたし。

されるがまま、口を貪《むさぼ》られるカティアのまなじりから涙が伝った。

「カティア、きみの兄から聞いた」

そう言って、居室を訪ねてきたフロル王太子はカティアの金の髪に触れた。二週間ほど前のはじめての対面以来、王太子はほぼ毎日カティアのもとにやってくる。けれど、そんな王太子を、彼女はどうしても彼と比べてしまうのだ。その度につきりと胸は痛み、罪悪感に苛まれる。婚約者がいながら別の人を想うなんて、宮廷の悪習をなぞっているようだ。

――早く、彼を忘れなければ。

カティアは、努めて口の端を引き上げて王太子を仰ぐ。笑顔で心を隠していたかった。

「あなたの誕生日は三日後なんだね。手を出して」

王太子に手渡されたのは黄金細工の箱だった。カティアは目をまるくする。

「私の亡き母の首飾りだ。一週間後の晩餐会でつけて」

箱からして、宝石で贅沢《ぜいたく》に彩られているそれは、中身を確認せずともどのような代物かわかる。王太子の母は大国の王族の出だ。その価値は計り知れない。

「このような貴重な代物、いただけません」

「もうあなたのものだ。……カティア、目を閉じなさい」

〝目を閉じなさい〟――それは、カティアには抗えない、王太子のキスの合図だ。

カティアは身をかちかちに固めながら、ぎゅうとまぶたを閉ざした。心音がやけに大きく鳴り響く。もう、何度受けているだろう。

緊張のさなか、王太子がカティアの口に激しく吸いついた。

かつてはキスに憧れていたけれど、好きにはなれないと思った。唇や舌の感触も、熱も、嫌悪感が勝って肌が粟立《あわだ》つ。首に施されるくちづけも、耳を舐《な》められるのも大嫌いだった。

──お願い、早く終わって……。

ぴちゃぴちゃと聞こえる淫らな音にぞっとした。必死に耐えていると、胸もとをずり下げられるのを感じ、たまらずカティアは目を開けた。肌に風を感じて動揺する。

「んぅ……」

キスで口を塞がれているため、言葉を紡げない。身をよじるなか、王太子が胸に触れているのがわかった。こんなところ、人に触れられるのははじめてだ。恐慌に陥ったカティアは小刻みに震える。なぜこうなっているのかわからず混乱していた。

「晩餐会の夜、あなたに私を与えよう」

王太子の手がカティアに痛みを植えつける。あまりにも想定外な刺激に、膝ががくがくして立っていられなくなると、王太子に腰を支えられた。

「そう緊張するものではない。大丈夫……結婚まで中では出さないよ」

灰色の目に捉えられたカティアはのどを引きつらせた。その間王太子の視線が胸もとに落ちていく。つられてうつむいたカティアは、むき出しの自身の胸に小さく悲鳴をあげた。

「私はあなたを自由にする権利がある。想像どおりあなたはここも愛らしい。実にいい」

隠そうと動かした腕は大きな手に取られ、王太子の意のままだ。

「あなたが私のものだと忘れてはいけない。私を満足させるのはあなたの務めだ」

カティアはうめきながら首を振り、その場から逃れようとした。が、逃げようとすればするほど王太子の身体が密着してくる。

「震えているが、怖いことなど何もない。ひたすら気持ち良くなるだけだ」

言葉の途中で屈んだ王太子の顔が胸に下り、まだ発達過程にある小さな実を食べられた。

――いや！

舌が胸先をざらざらと舐《ねぶ》る感覚が、生々しくておぞましい。

王太子の唇がすぼめられ、頬がへこんだその瞬間、身体に走った刺激に背中が反り返る。

カティアはむせび泣きながら、腕を両目に押し当てた。いくら助けを乞おうとも、誰もこないと知っている。地獄だ。

――お兄さま、こんな時でも笑わなければならないの？


自室の寝台の上で、カティアは自分を抱きしめながらうずくまっていた。王太子がとても怖かった。あまりの恐ろしさに、この場から泡のように消えてしまいたくなった。

あれから執拗に続いた王太子の胸への刺激に打ちのめされて、終わりを迎えるまで生きた心地がしなかった。そして、去り際に王太子は言った。

『続きは晩餐会の夜に』

勝手にかちかちと歯が鳴った。

胸の先がちりちり痛み、いつもは桜色のそれは、弄《もてあそ》ばれて赤くぷくりと腫《は》れていた。

カティアは一心不乱にお湯で胸を洗ったけれど、こすっても、こすっても、王太子の名残は少しも消えてくれず、悪夢は頭のなかで繰り返された。

——一生、晩餐会の日が来なければいい……。

ぐす、と洟をすする音が虚しく響く。

カティアは兄に相談したくてその帰りを待っていたけれど、夕暮れ時に召し使いから聞いた話は無情なものだった。ベルキアにて長年建設していた大教会が完成し、父と兄は、そちらに向かったらしい。しかも昼前には居室を出ていた。自分は知らされもせず、ベルキアの者ではなくなったような気がして、カティアは猛烈なさみしさを覚えた。

——何もかも消えてなくなればいいのに。

そうすれば晩餐会の日はこないし、こんなにつらく悲しい思いをせずに済む。

さらに力をこめて自分を抱きしめたカティアは、言い知れぬ孤独を感じて、腕に顔をうずめて泣いた。


いつのまにか眠ってしまったようだった。燭台にろうそくが揺れているものの、部屋は濁ったように薄暗い。

先ほどまでは晴れていたというのに、風がうなりをあげていた。雨は壁を殴りつけ、闇色の窓には、おびただしい水が流れ落ちている。

寝台の上でゆるゆると身を起こしたカティアは、先ほど自分が抱いた思いにぶるりと身を震わせた。あれは呪詛にも似た恐ろしい思いだ。

〝何もかも消えてなくなればいいのに〟

あんなことはどんなにひどい状況でも思うべきではなかった。首を振れば、金の髪が波打った。彼女はもつれるのもかまわずに、何度も思いを否定する。

その時だ。ろうそくが一本尽きて部屋の闇が濃くなった。暗がりは不安を煽《あお》り、不吉な兆しに胸が軋む。

カティアは膝立ちになり、眼前で手を合わせて指を組む。ぎゅうと固く目を閉じた。

――神さま、消えてしまえばいいなんて……恐ろしいことを思ってしまった愚かなわたしをお許しください。

ベルキアで大切に育てられてきたカティアはこれまで穏やかに生きていた。そのため向けられる悪意にも、自身が抱く負の感情にも慣れていない。彼女は自分の黒い思いに気がつけば、常に真摯に神に懺悔する。

いつもはそれで終わっていた。

しかし、一夜明けてもたらされた出来事は、カティアに深い影を刻むことになる。

敬愛する父マルセルと兄アルセニーを乗せた馬車が、昨晩、崖《がけ》の底に転落したのだ。

二章

窓の向こうは快晴だ。多くの人は清々しいと感じるだろうが、ジルベールは違う。気を抜けば、すぐに記憶は蘇《よみがえ》る。耳に銅鑼の余韻が、細く、長く、消えずに残り、激しい頭痛とともに、意識は過去に帰るのだ。

やけに太陽が眩しく感じられた昼下がり、叔父が背中をずっと支えてくれていた。処刑人が大剣を振るえば、夢だと思ってしまうほど、冗談みたいに父と母の首がころりと転がった。人の命は脆すぎる。

ひと目処刑を見ようと集まる物見高い群衆は、直後、さも巨悪が打ち滅ぼされたかのように喜び、場内には割れんばかりの喝采が巻き起こった。

不正を憎み、領地を、そして領民を愛した父は、心から誇らしく思う立派な人だ。そんな父がありもしない罪を被せられ、この世から消えた。

やまない歓声に、尊敬する父の死を嘲うやつらをすべて斬り伏せたくなった。

父はかつての親友に裏切られて殺された。

昔、屋敷を訪ねてきたあの男が、しらじらしく笑みをたたえていたのを忘れてはいない。

『イサーク、久しぶりだな』

男が発したのは父の名だ。父と抱擁を交わしたあとに、あの男の手がこちらに伸びた。

『きみがヴァレリーか。私にもきみと同じ歳の息子がいてね、名をアルセニーという。妻に似て少々身体が弱いが、近いうちに連れてくるから仲良くしてやってほしい』

疑いもせず、素直にうなずいてしまったのを覚えている。アルセニーに、集めた鉱物の標本を見せてあげてもいいとさえ思った。

『一緒に娘も連れてこよう。困ったことにアルセニーから離れたがらないのでね。兄離れできていないが、癇癪《かんしゃく》を起こさないやさしい子だから、きみの手は煩わせないよ』

そう言われ、まだ見ぬ兄妹に招待状を書こうと思い立ち、あの男に言った。

『歓迎します。アルセニーと、あの……娘さんの名前は。教えてくださいますか』

『ほう。そうか、招待状をくれるのか。喜ぶよ。あの子の名前は――』


ジルベールは、首を横に振り、過去の記憶を払いのけた。

書斎にて、裁可を求める書類にペンを走らせている間も、にわかに思いは蘇る。だが、それにかまっている暇はない。

彼は、幼少期からいまも変わらず極めて勤勉な性格で、周囲からの信頼も厚く、その結果、任される職務も多かった。なかでも国の政治に関するものが多い。毎日忙しく、周りの貴族のように遊びに興じるひまはなかった。

手の空かない主に向かって、傍らに立つ壮年の執事が書類をゆっくり読み上げた。しかし、それまで短く応えていた彼は、次の言葉を聞いた途端、眉をひそめた。

「坊っちゃま。続きましては、アビトワの葡萄畑についてですが、醸造の」

「やめろ。お前にすべて任せると言ったはずだ。ぼくに報告するな」

彼はぞんざいに銀色の髪をかき上げ、すぐにため息を鋭く吐いた。

「アントン、金はいくらでもあるんだ。うまく処理しろ」

隣国の南に位置するアビトワは、彼にとって特別な土地だった。にもかかわらず、いまはアビトワに関わるすべてを避けている。半年前に出会った彼女を思い出すからだ。

きらきらと光り輝く金色の髪、色鮮やかな深緑の瞳。

〝ジルベールさま……〟

ジルベールは、こぶしを机に打ちつけようとしたが手を止めた。長年仕える執事のアントンが、物言いたげにこちらを見ていたからだ。

アントンの思いは察したけれど、だからこそ知らないふりを決めこんだ。大人びていると周りから評されていても、彼はまだ十九歳の青年でしかなく、受け止めきれないことも多い。未熟であるのは、本人とて痛いほどわかっている。

「今日は誰も取り継ぐな。王宮に行く」

ジルベールは羽根ペンを投げ出すと、椅子からすっくと立ち上がった。

王宮の建物を見上げる度に、ジルベールは自嘲《じちょう》の笑みがこみ上げる。この国では知られていないが、彼は異邦《いほう》の者であり、愛国心などひとつもない。にもかかわらず、叔父に指導されるがまま動いてきた結果、いつしか国の中枢に関わるようになっていた。

己の時間を犠牲にし、国に利益をもたらした。忠誠心など持ち合わせていないが、廷臣の鑑と言われ、将来を期待されている。爵位も授与された。はからずも尽くすことになったこの国を愛せたなら楽だろう。だが、みじんも愛せない。いつだって自分は部外者だ。

親を殺されても、家が断絶しても、故郷と呼べる場所はひとつだけ。どれほど憎もうとも、いまいましくても、懐かしく感じるのは彼《か》の地をおいて他にない。もしも故郷で正体を暴かれようものなら、逆臣の息子として処断されるというのに、それでも譲れないなどばかげている。

皮肉な運命だと思う。安寧を与えてくれるこの地は、自分の居場所ではないのだから。

青い瞳で遠くを見やれば、かつん、かつんと後ろから大理石を踏む軽快な音が近づいた。

「ジルベール、お前も来ていたのか」

声をかけてきたのはイリヤだ。ジルベールの唯一と言ってもいい友人だ。

振り向くと、宮廷服を纏ったイリヤは「久しぶりだな」と付け足した。

円形の柱が等間隔に配された回廊を並んで歩けば、城内の者は道を空ける。向けられるまなざしは羨望《せんぼう》だ。ふたりは共に十分な爵位と資産を持ち、おまけに結婚適齢期なため異様に人気が高かった。婦人や、娘を持つ親は、爵位持ちや嫡男を捕まえようと躍起《やっき》になっている。それは、女の地位は結婚により確定し、夫の権力や資産に大きく左右されるからである。

「おいジルベール。周りを見ろよ。皆お前に釘づけだ。やつら、のぼせあがっているな」

ジルベールはにやにやしているイリヤに、「くだらない」と露骨にしかめ面をした。

「まあそう言うなよ。なあ、お前を虎視眈々《こしたんたん》と狙うあの狩人たちのなかから火遊びの相手を見つけてみろよ。銀の貴公子に誘われて嫌がる女はいまい。全員諸手《もろて》を挙げて傅《かしず》くぜ」

イリヤがからかい混じりに告げれば、ジルベールは鼻先を突き出した。

「興味がない」

「少しは遊びを覚えろよ。女に賛辞と喜びを与えるのは男の甲斐性《かいしょう》だ。だが生娘はやめておけよ？　即結婚につながりかねないからな。未亡人や夫人を相手にして……」

「黙れ」

「これだから堅物は。ところでお前も陛下に呼ばれたんだろう？　おそらくあれだな」

ジルベールもイリヤも、先月行われた晩餐会で、王に外遊に付き合えと命じられていた。宮廷内でも若く見映えが良いふたりを、王は特に侍《はべ》らせたがる。己の権力を外部に示すための、自慢のお飾りだ。現にふたりは、宝石にも勝ると国内外で語られていた。

「しかしジルベール。お前、宮廷の行事にほぼ参加していないだろう。さぼりやがって」

「忙しくてひまがないだけだ。その分こき使われている。イリヤも忙しそうだな」

ジルベールが送る蔑みの目に、イリヤは顔を歪めて苦笑した。

「その様子じゃ知っているんだな。お前とは別の忙しさでてんてこ舞いさ。フィデール男爵夫人との密会がばれて、危うく男爵に決闘を申しこまれるところだった」

「ばかげている。男爵は屈強な軍人だぞ。痴情《ちじょう》のもつれで危機に陥るなど愚《ぐ》の骨頂《こっちょう》だ」

「まったくだ。幸いフィデール男爵家は火の車でね、めでたく金で解決したさ」

その後も軽口をたたくイリヤの言葉に答えつつ、しかし、ジルベールの脳裏は常に外遊で占められた。王の行き先は祖国なのだ。

――いよいよだ。

ジルベールは綺麗に悪意を隠していたけれど、付き合いの長いイリヤは、その研《と》がれた横顔から不穏なものを読みとったらしい。声の調子を落として言った。

「……お前、今度の外遊で何をやらかすつもりだ」

ジルベールは冷えた視線をイリヤに向けて微笑した。

「何の話だ」

イリヤは眉をつり上げ、「とぼけるな」と、ジルベールを睨んだ。

「気づかないとでも思ったか。親の仇を討つつもりだろう？　いいか、おれも加えろ。ひとりで行動すれば死ぬぞ。相手はいまや大貴族だ。王族を動かすほどの権力を持つ」

イリヤはこの国において叔父や召し使い以外でジルベールの真実を唯一知る者である。そのため何かにつけ関わろうとしてくる。

「ジルベール、なぜ黙っている。なんとか言えよ」

肩を摑んできたイリヤを、彼は不敵に一瞥した。その瞳は闇を孕《はら》んだように仄暗い。

「お前の助けはいらない。却って邪魔だ」

イリヤが目を見開けば、ジルベールは小声で言葉を絞り出す。

「何年計画してきたと思っている。あの日からずっとだ」

「このばか。だからって命知らずにもほどがある。異国の断頭台に立つつもりか」

「お前には関係ない」

イリヤはたまらないとばかりに帽子を外し、髪をくしゃりとかき上げる。

「――くそ、いらつく。関係ないだと？　何年付き合いがあると思っているんだ。十年近くになるんだぞ。お前を放っておけるはずがないだろう。このおれが」

まっすぐ前を見ていたジルベールは、青い瞳だけイリヤに向けた。

「お前はお前の保身だけを考えろ。忘れるな。所詮、ぼくは他人であり異国人だ」

「何を言っている」

「貴族などたやすく寝返る。敵になりうる存在だ。ぼくもお前も。例外はない」

「は。このおれが敵になるとでも？　お前を裏切ると思っているのか」

「お前だけではなくぼくにも言える。安易に信用するな」

絶句している様子のイリヤに、彼は顔を近づけた。銀の髪から覗く目は鋭い。

「ぼくは目的のためなら手段を選ばない。お前をも利用する。心などとうに捨てた」

「ジルベール、お前」

「人の命は等しく軽い。父と同じく、あの男にも、脆く、あっけなく、死んでもらう。あのいまいましい家を跡形もなく滅ぼす。そのためならこの命など惜《お》しいものか。準備はすでにできている」

――どうせ生きていてもつらいだけだ。

声にはならない声でつぶやき、ジルベールは遠くを見やった。

＊　＊　＊

父と兄はもういない。

求めても、姿や声を探しても、永遠に見つけることはできない。神の御許《みもと》に召された。暗い谷底で、父は即死だったが兄はしばらく生きていたようだった。カティアが刺繍したハンカチで、自分の血ではなく父の血を拭った跡があったらしい。

兄らしい行動だ。兄は、父の期待に添うべく努力を怠《おこた》らない人だった。父のために生きていたと言えるほど尽くしていたように思う。その命が尽きるまで。

カティアははらはらと涙をこぼした。

〝何もかも消えてなくなればいいのに〟

あの時の自分の思いに胸が抉《えぐ》られる。消えればいいと願ったばかりに――晩餐会の日など来ないでと望んだばかりに、結果、父と兄の死によって、晩餐会は取りやめになった。望みどおりになったものの、代償はあまりにも大きすぎるものだった。

大切なものを失うくらいなら、こんな身体などどうでもいいのに、浅ましくも自分を守ろうとした結末がこれだ。貴族の娘に生まれついたその日から、指示に従い、受け入れるべきだったにもかかわらず、背いて招いた結果がこれだった。

カティアは唇を噛みしめた。――わたしは悪魔だ。

思えば、母が亡くなった日も、カティアは『早くお母さまが帰ってきますように』と、さみしさに耐えられず、神に強く願ってしまった。そして母は、普段は使わない近道を通り抜けようとして、馬車の事故で帰らぬ人となったのだ。己の罪深さに震えが止まらない。

カティアは父と兄を失ったその日から、何も手につかないどころか、寝台から下りることさえままならず、気づけば涙を流していた。消えてと願ってしまったために、願いどおりにすべてが泡のように消えたのだ。カティアは、もう、ひとりきりだ。

全部悪い夢だったらいいと毎日思っているけれど、陽は沈み、夜が訪れ、また陽は変わらず昇ってしまう。時間がじりじり過ぎゆく度に、黒い現実が襲い来る。昼はまだましだが、夜は闇が重くのしかかり、孤独を嫌というほど知らしめられる。それでもお腹がすくのだから、卑《いや》しい自分が嫌になる。

――わたしが消えればよかった。なのに……。

もう、愛する家族はいない。がらんどうの大きな居室は、カティアには広すぎた。

フロル王太子は毎日カティアのもとにやって来る。茫然自失でいるうちは気づかなかったが、家令のエゴールが教えてくれた。

王太子は以前、キスを強要していたけれど、カティアがひとりになってからは、過剰に触れてくることもなく、気持ちを慮ってくれている。

父と兄を失ってから十日ほどたったその日、カティアの寝台を囲む薄布をまくった王太子は、断りを入れ、そっとカティアのとなりに身を横たえた。以前よりも王太子を身近に感じて、カティアはゆっくり彼を見た。

「やっとこちらを見たね。ろくに食事をしていないと聞いた」

「殿下……食べています」とうつむけば、王太子の指に顎を掬われた。

「隠してもむだだ。あなたの家令から聞いている。カティア、ひと月ほどベルキアに行かないか。あなたをこのまま宮廷に置いておけない」

カティアはしゅんとうなだれた。廷臣であるにもかかわらず、しかも、王太子殿下の婚約者でありながら、すべての行事を特別に免除されている。貴族が度々戦争や病で死ぬなか、家族を失ったのは、何もカティアだけではないというのに。

「……わたしが、ふがいないばかりに……ご迷惑を」

「そうではない。ベルキア侯爵亡きいま貴族の均衡が大きく崩れ、あなたは最も危うい立場にいる。侯爵の遺児はあなたひとりだ。つまり、あなたはベルキアの莫大な資産を継いでいる。これは危険なことだ。皆、亡者のごとくあなたを狙いだす」

狙われるとは、命を狙われるのだろうか。そう考えていても、カティアはうつろなまなざしを王太子に向けるだけだった。カティアは残された者としてベルキアを守りたい気持ちがあるが、その一方で、家族の側に行きたい思いを拭えない。

「それればかりではない。あなたは私の婚約者だが、まだ婚姻しているわけではないからね。万が一、他の誰かに攫《さら》われ、手折《たお》られてしまったのなら終わりだ。その男があなたに代わりベルキアを自由にする権利を持つ。この宮廷で、すでに目の色を変えている貴族が大勢いるんだ。いまのあなたは、さしずめ狼の前に差し出されている極上の肉だ」

言葉のあとで、王太子は「ベルキアに向かう件、異存はないね」と付け足した。

「……ありません」

「では、あなたの家令に伝えておく。こうなった以上、我々の結婚も早めなければ」

カティアは寝台を下りた王太子を目で追った。

——結婚。

ふいに思い出されるのは兄の言葉だ。

〝ターシャ、笑え。笑ってすべての思いを隠せ〟

カティアは長いまつげを伏せた。まなうらに浮かぶのは、葡萄畑の忘れなければならない光景だ。心は泣いているけれど、カティアは顔に笑顔を貼りつけた。存外に苦しくて、つらくて、ぶるぶると手も足もわななないた。

だがそれははからずも、おとなへの成長過程にある彼女の壊れそうな儚い美とも相まって、人を魅了するものだった。次期国王であるフロル王太子も例外なく。

「カティア……」

王太子は熱いまなざしをカティアに送り、手を差し出した。

王太子の手に手を重ねたカティアは立ち上がる。決意をこめて王太子を見つめた。

せめてこの先は、お父さまとお兄さまの望みどおりに生きよう――。


首もとを彩るのは、王太子から以前贈られた精緻なサファイアの首飾り。合わせたドレスは家令のエゴールとばあやが厳選したクリーム色のものだった。動く度に、重ね合わせた薄いレースが揺れるさまが美しい。

自然を愛し、これまで宮廷に興味がなかったカティアは、ドレスに明るくないため選ぶ時には人の目と手が必要だ。その点ばあやは、かつて〝宮廷の薔薇《ばら》〟と謳われ、賞賛された母付きの元侍女であり、家令は父と兄の宮廷服を毎日選んでいた、流行りを熟知する人だ。ふたりはカティアを、ベルキアの家名にふさわしく飾ることに余念がない。

あれから王太子に連れられて戻ったベルキアは、宮廷にいるあいだじゅう帰りたいと望んでいたにもかかわらず、父と兄がいない現実を突きつけられる場所だった。父の書斎では、椅子にうずくまって思い出に浸り、兄の部屋では、掛けられていた外套《がいとう》を抱きしめた。いずれもほのかに匂う香水に、涙があふれて止まらなかった。

ひと月の滞在予定は、ふた月先まで延ばされた。大好きだった散策や、乗馬、そしてアビトワの葡萄畑に出向く気力もなく、時は無為に過ぎていた。帰城の日、カティアは迎えに来たフロル王太子に手を取られ、馬車に乗りこむ時にこう聞かされた。

『先日、あなたとの婚約を正式に発表した。もう、おいそれとあなたに手を出す者はいないだろう。婚礼の衣装はできているからね。ひと月後、あなたは晴れて私の妃だ』

胸がちくりと痛むのを感じたが、気のせいだとその思いを払う。

王太子がうれしそうに語るので、カティアは良いことなのだとうなずいた。

『私は思う以上にあなたとの結婚に浮かれている。やはりあなたを選んで正解だった』

いまだつながれたままの手の甲に、王太子の唇がのせられる。

『どうやら私は、あなたを愛しく思っているようだ』

思わぬ言葉に目をまるくしたカティアに向けて、王太子は悩ましげに続ける。

『自覚してしまうとおかしいね。以前の私は間違った行動をしていたとわかる。無垢なあなたの肌に触れたこと、すべきではなかったといまでは思う。言い訳なのだが知らなかった。婦人は皆、私に触れられることに喜びを感じるものだとばかり。つまり、あなたを気持ちよくさせたい一心で……私が相手をしてきた女性は経験がある者しかいなかった』

『殿下……』

『だが、接吻だけは許してくれ。あなたを知ってしまった以上、抑えるのはむずかしい』

言い終える前に王太子の顔が近づいて、『いいかな』と問うてくる。カティアはキスの感触を思い出し、身をこわばらせたが、自分は婚約者なのだから受けるべきだと考えた。それに、そもそも断れない要求だ。王族の申し出を廷臣は断れない。

『はい』と答えた直後、カティアの唇にやわらかいものが触れた。一度、二度。鳥肌が立つほどキスには抵抗がある。しかし、これに慣れなければならない。いつか、慣れるものなのだろうか――。

『カティア、もう一度』

『…………はい』

そして宮廷にたどり着き、一夜明けていまに至る。

カティアはぼんやり鏡を眺めた。鏡越しに見る室内は、どこか他人事のように目に映る。カティアの支度のために、普段はベルキアに籠っているばあやも宮廷にやってきた。まわりでは、ばあやと家令の指示で召し使いたちがせわしく動き回る。

ばあやは化粧台の前でカティアの髪を梳きながら、「すべては大切なお嬢さまを引き立てるためのものですわ」と告げてきた。実際、纏うドレスや首飾りは、彼女の緑の瞳や白い肌、光の加減で色味が変わる金の髪を際立たせ、カティアを素敵な少女に変えていた。

「お美しいですよ、お嬢さま」

と、家令もばあやも褒めてくれたがちっともうれしく思えない。「ありがとう」と作った笑顔の裏で、この先起きることを想像し、膝が小刻みに震えた。これから国王主催の舞踏会に参加しなければならないのだ。

側にはもう、父も兄もいない。カティアひとりでベルキアを背負っている。

履きなれない、かかとの高い靴が痛かった。締め上げられたコルセットがひどく苦しい。

カティアは静かにうつむいた。指では首飾りと揃いのサファイアの指輪がきらきら光を反射する。王太子に与えられたそのきらめきに、どうしようもなく不安を覚えた。

一歩、一歩と足を踏み出せば、こつりこつりと音が鳴る。大理石が敷き詰められた回廊を、カティアは家令に付き添われて進む。王太子のもとに向かうためだ。

以前は感じなかった悪意に満ちた視線が、今日はやけに突き刺さる。無理もない。強大な力を持つ父と兄を失ったベルキアは、たとえ莫大な資産があっても、いまはちっぽけな娘が主の、恐れるに足りない存在だ。置かれた立場が変容したのを、肌で感じるほどだった。これまで媚びへつらってきた廷臣たちは、堂々と噂話《うわさ》に興じる。

「どうしてフロル殿下はあの子をお選びになったのかしら。見て、まだ子どもだわ」

「ベロニカ王女のほうがお似合いだったわ。あの子はめずらしい髪と目を持つだけよ」

「もしかしてフロルさまはベルキアを吸収するために、あの子を娶られるのかしら」

「そうね、資産だけは無駄にありますもの。それしか考えられませんわ」

くすくすとしのび笑いが起きるなか、お腹に力をこめたカティアは聞こえないふりを決めこんだ。兄から噂話ややっかみに反応するなときつく言われていたからだ。

それでもこうもあからさまな皮肉を聞くのははじめてで、知らず視線が落ちてしまう。

すると、家令が音もなく近づいて、カティアにだけ聞こえるようにささやいた。

「お嬢さま、あの方々はゴルトフ公爵令嬢アリョーナさまをはじめ、その取り巻きです。ゴルトフ家はいわばベルキア家の政敵。決して挑発にのられませんよう」

政争に疎いカティアはよく把握しきれていないが、ベルキアに敵は多いと知っている。これまで父と兄の手腕で何も言わせなかっただけだ。

「エゴール。大丈夫よ、わかっているの」

「しかしながら、つらくなりましたらお教えください。全身全霊でお守りいたします」

彼特有の深みのある声は、カティアを安心させてくれる。エゴールは元軍人であり、長年父を支えてきた人だ。その彼が、いまはカティアの側に控えている。

カティアはうつむき加減の顔を上げた。

「ありがとう、頼りにしています」

もちろん、悪しき視線を向けられているばかりではなかった。なにせカティアは王太子殿下の婚約者だ。擦り寄る者も存在する。しかし、多くは傍観者だ。カティアが国王と王妃に疎まれたなら、たとえベルキアの娘だとしても、宮廷では無価値に等しい。貴族は日和見《ひよりみ》主義者であり、より大きな権力に取り入るのが常だった。

「ひとつ言わせていただきます、お嬢さま」

そう前置きしたエゴールは、声をひそめて言った。

「堂々とお振る舞いください。あなたはベルキアの娘であり主です。背すじを伸ばしていてください。勇ましく野を駆けていたあなたらしく」

瞠目したカティアが家令を見上げると、彼はやさしく目を細めた。

「……知っていたの？」

「ええ。かつて気がかりであなたの後を追ったことがあります。騎乗するあなたは無謀でしたが、のびのびとしていながら高潔でした。気がつけば、ほれぼれしておりましたよ」

「エゴール、……あの、まさか葡萄畑も」

カティアは言葉を止めて、背の高い家令をうかがった。彼は何も言わないけれど、その目は把握していると言っている。

言い知れぬうずきを覚えて、カティアは扇《おうぎ》を持つ手に力をこめた。そして、はたと気がつく。アビトワの葡萄畑に関わりだしたのは十四歳の時だった。宮廷で自分の力を思い知ったいまこそわかることがある。世間知らずの無力な娘にいったい何ができただろう？あのようにうまく葡萄畑を救えただろうか。思えば、あの日のジルベールも『本当にきみが？』と何度も聞いていた。間違いなく、エゴールの計らいがあったのだ。

確認しようと、カティアが歩みを止めた時だ。家令は穏やかに切り出した。

「お嬢さま、あなたの父君や兄君は努力を怠らず、並び立つ者がいないほど優れた方々でいらっしゃいました。そのお力がお嬢さまを生涯守り、支え続けてくださいます」

胸がじんわり熱くなり、カティアは両手を胸に当てた。

——お父さま。お兄さま。

「……あなたも支えてくれる？　これからも」

「当然でございます。この命があるかぎり、微力ながらお手伝いいたします。我が君」

まるで姫に忠誠を誓う、騎士のような口ぶりだ。小さな頃はいかめしくて、どこか怖く感じていた家令が、時を経て、こんなにも頼もしい。カティアは瞳をにじませた。

「おや、お嬢さま。このような場でお泣きになってはなりませんよ。他人につけこむ隙を与えるだけです。強くあっていただかなければ」

「わかっているわ」と、カティアはまばたきで涙を散らした。

「ありがとう。……わたしは、ひとりじゃないのね」

「ええ、おひとりではございません」

彼に言われると不思議だ。カティアのなかから、恐れが消えたように思えた。


王太子の居室に到着すると、すぐに家令は離れていった。王太子が顎で払ったためだ。アーミンの毛皮のついた白い正装姿の王太子は、ゆっくりこちらに手を伸ばし、側に来るようカティアを誘う。

緊張していないと言えば嘘になる。けれど笑顔で隠し、カティアは王太子の前に立つ。

王太子は、美麗な言葉を連ねてカティアを褒めると、自身の腕に手をかけさせた。

「あなたは舞踏会ははじめてだったね」

内心縮こまっているカティアに、王太子はほがらかに告げる。

「国内外の来賓も多い。だが、案ずることはない。あなたは私のとなりで、ただ笑っていればいい。ベルキアについて問われても、私が良いように取り計らおう」

「はい……ありがとうございます」

変わらず靴で足は痛むが、王太子の歩調に合わせて歩く。

「今夜はベルキアの蒸留酒と葡萄酒を皆に振る舞う。ベルキアの酒は最高だからね」

その言葉で、カティアの顔に影がさす。もしかして、父はベルキアのお酒を高めるために、アビトワの葡萄酒を廃したのかもしれない。父は、わけもなくアビトワを敬遠していたし、兄もだ。けれど、そのアビトワの葡萄畑の復興に動くカティアを、なぜ、父に忠実な家令は助けてくれたのか――。

うつむいてしまったのだろう。王太子の指に、顎を上げさせられる。

「今宵の主役は私とあなただ。笑って」

カティアは、笑顔に見えますようにと願いながら、唇の端を持ち上げた。


大ホールを彩るきらびやかなシャンデリアから、光がちらちら降ってくる。そのもとで、貴族がひしめき、香水がむんとわき立つようだった。ゆらめく炎と婦人の扇、帽子を飾る大きな羽根。明かりを反射し照り輝く宝石に、光沢のある色とりどりの宮廷服。舞踏会の会場は、黄昏色《たそがれ》に映し出された、豪奢で現実味のない虚構《きょこう》のような空間だ。

好きにはなれないと思いつつ、カティアは王太子のとなりに立っていた。時折王太子が顔を寄せ、挨拶に訪れる特使の国の話をする。けれどそれは、右から左へ流れていた。

国王や王妃と話をしたけれど、何を話したのか記憶にない。いつでもうわの空だった。

――どうしてここにいるのだろう。ここは、わたしの居場所じゃないのに。

微笑みを浮かべ、しかし、楽しんでいると見せかけながら、実際カティアが思い描くのはベルキアでの光景だ。まだ、家族が生きていた。そして、アビトワの葡萄畑。

「カティア」

王太子の声だ。呼ばれて彼女ははっとした。

視界の端で、王が鷹揚に腕を上げ、指を払えば、楽師が音を奏《かな》でだす。

「踊ろう」

さわやかに手を取られ、王太子に誘導されたのは、貴族たちが左右に道を空けたその中心だ。音に合わせて王太子と片手を重ね、それを軸に、足を動かし円を描く。

右へ回り、方向を変えて今度は左へ。カティアのドレスは、この、王太子とのファーストダンスを見越して作られた。スカートをつまみ、さばけば、幾重ものレースが趣を変えるのだ。が、カティアは意匠を凝らしたドレスに見向きもしなかった。それよりも、靴とコルセットによる痛みと身体の軋《きし》みに苦心している。しかし、いま、踊るのは王太子と自分だけだった。注目を浴び続けるなか、カティアは必死に、落ちかける鼻先を持ち上げる。

腰に大きな手が回された。踊りの間、王太子の視線を受け止める。じりじりと熱いまなざしが気まずくて、本当は目を逸らしていたかった。

ひとつひとつの動作は派手ではないけれど、だんだんじわりと汗が浮く。カティアの息が切れはじめた時、曲調はなめらかに変化して、まわりの貴族が踊りに参加しはじめた。衣擦れの音のなか、数々のドレスが花が咲くように広がった。

「疲れたかな?」

ぬっと顔を近づけた王太子が問うてきた。

「はい、少しだけ……」

「しばらく休もう。カティア、こちらへ」

流れるように王太子の手がテラスに誘《いざな》い、カティアは素直に従った。

テラスは昼間であれば、国自慢の庭園が望めるが、いまはあいにく夜の闇に覆われている。しかしながら空を埋めつくす無数の星は圧巻だ。月も、心なしかいつもよりも大きい。

見上げていると、王太子が側に寄り添った。ぴたりと身体がくっついて、カティアは戸惑いを隠せない。

「今日のあなたを前にして、想いを抑えるのは困難だ」

ささやかれた刹那、カティアの前から星は消え、王太子の顔が間近に迫る。吐息が顔に吹きかかり、腰が引けそうになる。けれど、次の瞬間口を貪られ、呼吸も声も失った。強く抱きしめられている。

思わず抵抗しようとした。しかし、カティアはその手を止めた。すでに王太子と婚約しているのに、嫌だと感じる自分はおかしい。目を固く閉じ、必死に嫌悪を振り払う。けれど、うごめく肉厚の舌が気持ち悪くて身体が震える。吐き気もする。

息苦しくなったカティアが身じろぐと、ようやく王太子の腕の力が弱まった。

「いけないいな、そんな顔をしないでほしい。……止められなくなる」

どんな顔なのかわからずに、カティアは王太子を見返すことしかできずにいる。

立ち尽くしていると、どこからともなく、威厳のある声がした。

「フロル王太子！」

顔を上げた王太子は、カティア越しにその人物に向けて満面の笑みを返した。

「ああ、これはジュスタン殿、お久しぶりです。あなたの戴冠式以来ですね」

カティアが振り向けば二十代半ばであろう青年が立っていた。彼が纏う青灰色の衣装は、一見落ち着いて見えるが毛皮や宝石がふんだんにあしらわれた贅沢なものだ。

「フロル王太子。意外なものだな。きみがこれほどまでに熱い男だったとは。無粋だが、きみたちの逢瀬をこの目で確認したよ。これでは我が従姉妹のベロニカ王女も結婚を断られるのは当然だ。二世の誕生はすぐだと言ってもよさそうだな」

「そうですね。その際は、あなたに名付け親になっていただきたい」

「いいだろう、光栄だ」と言いながら、青年はカティアのほうに目を向けた。

「かわいい方、私はブレシェ王、ジュスタンだ。きみのフロル王太子とは幼なじみでね。

この先、度々会うことになるだろう。ぜひ、近いうちに我が国に来てくれ」

カティアは慌ててスカートをつまみ、膝を曲げて会釈した。

「はじめてお目にかかります。カティア・ナターリア・ベルキアと申します」

声に震えが伴った。くちづけを見られていたなんて、平静でなどいられない。けれど、それ以上に、目の前の青年がブレシェ王だという事実に、動悸が激しくなっていた。

ブレシェ——それは、カティアが忘れたくても、いまだに忘れられない人の国。

婚約者がいるにもかかわらず、彼がいる国の名を聞いただけで、動揺するなど重症だ。

一方で、戸惑うカティアを尻目に、ブレシェ王と王太子の会話は続けられていた。

そして、ふいに言葉を止めた王は辺りを見回すと、目をある一点に固定した。

「ああ、いた。ぜひきみたちに会わせたい者がいる。彼らは独身だからね、いずれかにこの国の娘を娶らせたいと考えている」

「待ってください。我が国の娘を、ですか」

問いかけた王太子に、ブレシェの王は、意地悪そうに片眉を上げげた。

「きみがベロニカ王女を振るから仕方がないだろう」

「それは申し訳なく思っていますよ。ですが私は運命に出会ってしまった」

だしぬけに王太子に背中に触れられ、カティアは固まった。

「わかっているさ。ただ、同盟を強固にしろと城のじいさんたちが食い下がる。私が結婚してもいいのだが、きみの妹はまだ八つだ。少々無理がある。そこでだ。きみが最高の娘を見立ててくれ。家柄、容姿、人柄。すべてにおいて申し分のない娘がいい」

「むずかしいですね。人柄というのは特に」

「女は爪や牙を巧妙に隠す生き物だからな。私とて将来有望な彼らに化け物をあてがうのはごめんだ。つつがなく子作りさせるためにも、慎重に娘の人柄も見定めておかねば」

「化け物とは。うまいことを言いますね」

「ヒステリーをわずらった女はもれなく化け物だ。男の生気をみるみる枯れ果てさせる」

王太子とブレシェ王は、さもおかしそうに笑った。

「きみの手腕が問われるぞ。その娘はきみの国の代表だからな。……なあに、私が用意している者も国で最高と胸を張れる男たちだ。彼らを見て、きみは見合う娘を探せばいい」

ブレシェ王が合図をすると、婦人に囲まれているふたりの青年がこちらに目を向けた。

「ふたりとも、来てくれ」

最初に歩んできたのは、茶色の髪の人懐こそうな青年だ。めずらしい紫色の目をしている。そして、続くもうひとりは——。

その人は、絹糸のような銀の髪、冴え冴えとしたラピスラズリ色の瞳を持っていた。

認めた途端、カティアの息は止まりそうになる。

——嘘……。

どうしてと、何度心のなかで問うただろう。がたがたと、ドレスに秘された足が震える。

悠然と、何食わぬ顔で近づいてきたのは、二度と会えないはずの彼だった。

四章

自分でも、このままではいけないと思っている。気を抜けば沈んでしまいそうだった。カティアは王太子のキスをずっと拒み続けている。怒鳴られてもなじられても、どうしても王太子と唇を重ねられない。頑なに、したくないと思ってしまうのだ。

きっかけは、彼と再会した、あの舞踏会での出来事だった。

「フロル王太子、並びにカティア嬢。彼はティリエ伯爵、そして、彼がバルドー伯爵だ」

テラスにて、ブレシェの王からティリエ伯爵に続いて紹介を受けたバルドー伯爵――ジルベールはこう言った。

「はじめまして」

再会に動揺しているのはカティアだけらしい。刻まれている彼の笑顔は見たことがないもので、彼は至って涼しげに、終始カティアを初見の娘として扱った。あの日の出会いは幻なのではないかと思うほどだった。彼の瞳に感情の色はなく、伝わるのは〝無関心〟。

胸がきりきり痛んだけれど、それでも心はあの日に帰り、想いがどくどくあふれてしまう。王太子の側に立っていながら、葡萄畑を夢みていた。再会を喜んでいる自分がいる。銀色の髪は以前に比べて伸びていた。綺麗な髪と目の色を引き立たせる黒衣を纏い、少しも変わらぬ美貌を誇っている。懐かしくて恋しい。

王太子と婚約しているいま、そんな想いなど葬るべきだとわかっているのに。

「フロル王太子殿下、レディ・カティア。ご婚約、心よりお祝い申し上げます。私のことはイリヤとお呼びください」

ジルベールのとなりで、ティイリエ伯爵が恭しく続ける。

「つきましては王太子殿下、私に未来の妃殿下と踊る名誉を与えてくださいませんか。この国でのすばらしき思い出のひとつに加えさせていただきたく」

「貴公は大胆不敵だな。さすがはジュスタン殿に寵愛されているだけのことはある」

フロル王太子はブレシェ王にちらと目をやり、ゆったりとうなずいた。

「イリヤ、私のカティアは公式な催しははじめてなのだ。私以外の男にはまったく慣れていないから、本来許すつもりはないが、今宵の私は気分がいい。特別に名誉を与える」

王太子はカティアの手を取った。熱く指を絡めながら言う。

「私はジュスタン殿と少し話をしてくるからね、存分に舞踏会を楽しみなさい」

返事をしながらも、この時カティアが意識していたのは、近くに立つジルベールだった。

それはイリヤと名乗ったティイリエ伯爵と踊っているさなかでも。

どうして彼は去ったのだろう。どうして心変わりをしたのだろう。どうして知らないふりをするのだろう。想いは募るばかりだが、はっとして首を振る。――この想いは罪だ。

「おや、レディ・カティア。あなたもバルドー伯爵に興味がおありなのですか」

唐突なイリヤの言葉にカティアの鼓動は速まった。彼は極力見ないようにしていたのに。

「いえ、わたしは」

カティアは、曲調の変化に合わせて顔を逸らした。赤くなっていない自信はなかった。

「彼、素敵でしょう？　もちろんフロル殿下も素敵な方ですが。バルドー伯爵は、ブレシェでも飛び抜けて人気があるのですよ。しかしながら、女性よりも下手に妖艶なものだから、皆、近寄りがたそうに眺めるばかりです。まさにこのホールの婦人たちのように」

イリヤの言うとおり、ジルベールに興味を示す婦人は多いが、声をかけるでもなく遠巻きに様子をうかがう者ばかりだ。

「そうだ、ご存じですか。我が国の王は、私とバルドー伯爵のどちらかに、この国の娘を娶らせようとしているのですよ」

カティアは視線を落として息をつく。近い将来、ジルベールの結婚が決まった時のことを思うと、暗雲めいた黒い気持ちが押し寄せる。相手の婦人に対する羨望と、身を焦がす醜い嫉妬。

こんな感情を抱く自分が、不埒で、汚らわしくて嫌だった。胸の鼓動が苦しい。

「我々もついいましがた知らされたのです。果たしてどちらが結婚することになるのか」

言葉の途中、踊りのステップの関係で、ふたりの間に距離が生まれた。

「しかし、残念です。あなたが王太子殿下に選ばれていらっしゃらなければ、私はいますぐに跪いているものを」

意味がわからず首をひねると、イリヤは片目を瞑った。

「これは鈍くていらっしゃる。いいですね、婦人は鋭いよりも鈍いほうが好ましい」

曲に合わせて足を踏み替え、イリヤは、見事なステップでカティアを誘導する。

「求婚するという意味ですよ。あなたの家柄はすばらしい。そのうえ愛らしくて、奥ゆかしく恥じらいもある。容姿も私好みです。輝く金の髪に緑の瞳。心を動かされない男は、男ではありませんよ。いるとすればまがいものです」

殿方が婦人を褒めちぎるのはある意味礼儀だ。普段から王太子に褒められ、いまでは慣れつつあるカティアは、そつなく相づちのみを返した。

「おや、心なしか顔色がよろしくない。ずいぶん息も切れていらっしゃいますね。我らが国王陛下と王太子殿下の会談はしばらく続くでしょうから休まれてはいかがです？」

「……あの、わたしは」

「お供しますよ。ああ、ご安心ください。今日の私は聖人君子でいると約束します」

この申し出は、断るべきだし警戒すべきとわかっている。けれど、カティアの足と、コルセットによる痛みは限界で、彼の言葉に甘える選択肢以外、考えられない状態だった。

カティアはやむなく、イリヤに誘われるまま大ホールを横切った。そして、連れられた先の貴賓室で見たものは――。思わず視界がにじんでしまう。

――ジルベールさま。

星空が広がる窓を背景に、彼が佇《たたず》んでいた。

「ああ、お前もここにいたのか」

イリヤが気さくに声をかけ、ジルベールが「ぼくの自由だ」とすげない返事をしている間、カティアは生きた心地がしなかった。広々とした部屋にいるのは、カティア含めてわずか三名。にもかかわらず、息がつまるほど窮屈に感じて汗が出た。

居たたまれずにカティアがきびすを返しかければ、すかさずイリヤの手が腰に当てられる。驚いて、肩がはねた。

「レディ・カティア。飲み物を用意させますよ。少々お待ちを」

続いてイリヤは、ジルベールに目を向ける。

「お前はどうする」

「葡萄酒を」

「待っていろ」と、イリヤが部屋から出て行けば、気まずさがさらに増す。他人行儀なジルベールとふたりきりでいるのは、苦痛以外の何ものでもない。

カティアは、毛足の長いじゅうたんに沈む靴の先を見下ろした。

何を話せばいいのだろう。どう切り出せばいいのだろう。それともこのまま黙っているべきなのか……。

必要以上にあれこれと、ぐるぐる思い悩んでしまう。

はじめての恋だったのだ。視線を外していても、どこかで彼の気配を追っている。

好きだと思ってしまう気持ちを必死で隅に追いやった。想いがあふれて、彼にすがりつきたくなるからだ。ずっと、ずっと、待っていた。彼が消えてから三か月、晴れの日も、雨の日も、ほぼ毎日アビトワに通いつめ、その訪れを待っていた。

それなのに、ようやく会えたいまカティアには婚約者がいて、結婚の日取りも決まっている。

会いたかった。けれど、会いたくなかった。どうしていいのかわからず混乱する。

彼にたくさん聞きたいことがあるのに、すべての問いは無意味なものだ。何を聞いても、彼の側にいる資格はカティアにはないのだから。もう、葡萄畑は遠すぎる。

「レディ・カティア」

夢にまで見た彼の声だ。しかし、もう、ターシャとは呼ばれない。

――そうよ、二度と会わないと……言われたのだもの。

自分に苦しむ資格はないのだ。悩んでもいけない。

決意をこめて、カティアは手に持つ扇を握る。

だったら想いを消せるまで、自分を隠して笑おう。そしてなんでもないふりをして、この場をあとにするのだ。

ずっと顔をうつむけていたカティアは、勇気を持って顎を上げた。

「……バルドー伯爵さま、わたし」

「感心しないな。供も連れずに」

ずいぶん近くから声がした。一歩しか離れていない距離に、いつのまにか彼がいる。

シャンデリアから落ちる明かりの加減で、カティアは彼の影に包まれた。

〝ジルベールさま〟と呼んでしまわないように唇を引き結ぶ。名前を呼んでしまったら、この心は引き返せなくなるだろう。それを思えば怖かった。

逆光のなか、彼の瞳は冴えていた。ゆっくりとこちらに手が伸ばされるさまを見た刹那、絹の手袋越しに腕を摑まれた。強い、力だ。

たとえ彼が無表情でも、何を考えているのかわからなくても、まるでいつも夢見ている世界にいるようだった。彼がいて、自分がいる。ただそれだけで高揚する。

長いまつげに縁取られた切れ長の瞳。高すぎず低すぎない綺麗な鼻、形の整った薄い唇。その、すべてが好きだった。否、いまでも好きな人。大好きだ。

緊張と、脈打つ鼓動で、胸がはちきれそうになる。心の動きがどうにもならない。

息苦しさに、はっ、はっ、と息を繰り返していると、ぬっと彼の顔が近づいて、複雑に結い上げている金の髪に、大きな手があてられた。

何をするのですかと問おうとした唇が、熱くなる。カティアはまつげをはね上げた。

間近にある彼の顔。その彼の唇とカティアの唇が、いま、ぴたりとくっついている。

頭が真っ白になる。同時に、言い知れぬ想いが身体を貫いた。

彼を押し返さなければならない。婚約者がいるのだ。

しかしカティアの手は、仕立てのよい黒い生地を握るばかり。

どうして握ってしまうのか。まるで、彼を捕まえているみたいだ。けれどわかってしまった。彼を離したくないのだ。ずっと側にいたくて狂いそうになる。やはり、この人だけだと強く思う。なぜなら、王太子のキスはおぞましくて震えるのに、彼とのキスは歓喜に震えているのだ。いつまででもキスをしていたいとさえ思う。

彼が離れて、すうと唇が冷えていく。けれど、心には火が灯ったままだった。

どうしよう、好きだ。

そっと彼を見上げる。

するとその途端、心からすっと熱が引いていった。

彼の瞳は冷えていた。銀の髪から覗くまなざしは、蔑むように凍てついている。

——憎まれている。

カティアのなかで、いくつもの〝どうして〟が、また積もってゆく。

そんななか、ジルベールの唇が、酷薄《こくはく》そうに弧を描く。

「フロル王太子の婚約者殿は宮廷の悪習に染まっておられるようだ。よく知りもしない男のキスに、こうも乗り気になるとはね。ずいぶんと貞操観念が欠けていらっしゃる」

怒気を孕んだ声に気圧されて、カティアはじりじりと後退る。心を隠す笑顔など作れずに、緑の瞳をうるませた。あの、彼の口から出た言葉だとは信じたくなくて首を振る。

カティアが引けば、ジルベールは追い詰めるように迫って来る。ついにはマントルピースに背中が当たる。ちょうどその時、下でぱちりと火が爆ぜた。

「あなたは何度、王太子殿下に抱かれた？」

たちまち身体がわなないた。なんてことを聞くのだろう。カティアが何も言えずに彼を見つめれば、彼は言葉を換えて同じようなことを言う。

「何人の男を、その身に受け入れた？」

「そんな……わたしはそんな、ことなどしていません」

のどがからからだ。声がかすれる。どうして彼は――。

「嘘だ」

彼は、カティアを囲うようにマントルピースに手をついた。間近で青い瞳に覗きこまれる。その目は威圧的で、恐怖を植えつけるものだった。見ているだけで凍えそうになる。

「いまさら純真ぶっても手遅れだ。王太子とあのようなキスをしておいて」

カティアはがたがた震えた。

見られていた。王太子とのキスを、一番見られたくない人に。

＊　＊　＊

飲み物を運ぶ従僕を伴い、扉を開けたイリヤは、開口一番こう言った。

「おい、レディ・カティアはどうした。蜂蜜《はちみつ》水を用意したのだが」

貴賓室には、ジルベールがひとりで長椅子に座っているだけだ。彼は何食わぬ顔で、長い脚を組み替えた。

「体調が悪そうだったからね、部屋に案内して差し上げた」

「まいったな」

イリヤは従僕のトレイから杯をふたつ取り上げ、「下がれ」と顎を突き出した。従僕が去り、扉が閉まれば、やっていられるかとばかりに、どかりと椅子に腰かける。

「はあ。王太子に無理を言ってあの娘を預かったのに、どう説明すればいいんだ」

「心配ない。ベルキア側の家令が王太子のもとに向かった」

イリヤはジルベールに杯を手渡し、意味深長な視線を送る。

「へえ、ベルキアの家令がね。で、これからどうするつもりだ」

ジルベールはその問いを無視して口に杯を運んだ。本日振る舞われている酒は、すべてベルキアのものだという。その味を確かめてみたかった。

まずは鼻に芳醇な果実味が抜ける。雑みをあえて残しているうえ、無機質な味もほのかに感じる。熟成が進みつつ、かすかに甘みのある、複雑でいながらも深みのある葡萄酒だ。色も濃く、美酒と謳われるのもうなずける。が、どのみちこれは、この手で滅ぼす酒の味。

ジルベールにつられるように葡萄酒を傾けたイリヤは、「うまいな」と素直に言った。

「どうだ、おれのおかげで少しはあのベルキアの娘と話せただろう」

ジルベールは、一気に酒を飲み干すと、どんと杯を机に置いた。

「ぼくは話をしたいなどひと言も言っていない。なぜ連れてきた」

「考えてもみろよ。この国に来てみれば、お前が憎むベルキア侯爵は、嫡男とともにあっけなく事故で死んでいただろう？　だったら、実質あの娘がベルキアの主だ。お前には仇の娘だが、方法を変えるしかない。違うか？　……それはそうとあの娘、裏では財宝呼ばわりされていたな。娘を手に入れた男はベルキアの莫大な資産を自由にできるってね」

苦々しい顔をしているジルベールにかまわず、イリヤは肩をすくめた。

「しかし、もうどうにもならない。彼女は王太子殿下の婚約者におさまっているからな。となれば、妻の資産は夫のもの。ベルキアは王家のものだ。ああ、ベルキアに組みこまれたアビトワも王家のものというわけだ。いかに憎かろうと、お前に手出しはできない」

イリヤは葡萄酒の瓶を摑むと、自身の杯とジルベールの杯をそれぞれ満たした。

「決めたぞ。おれはこの国の娘と結婚する。だからお前はブレシェ国の娘を妻にしろ。これを機にこんな国などを捨てて、身も心もブレシェに染まればいい。さあ杯を交わそう」

ジルベールは、イリヤの言葉に答えず、つぶやくように言った。

「アビトワが王家のもの？　違う、ぼくのものだ」

剣呑《けんのん》な目を見せるジルベールに、イリヤはごくりと唾をのむ。

「おい、よせよ」

「これ以上、アビトワを愚かな輩に蹂躙《じゅうりん》されてたまるか」

「はあ？　何を言っている。ばかはよせ。アビトワを取り戻すなど狂気の沙汰だ」

ジルベールは杯を持ち、揺れる赤い液に映る自分を見下ろした。かつては地位も力も知恵もなく涙をのんだが、いまは手に入れている。

「ジルベール、何を考えている」

あたふたするイリヤを尻目に、彼は光を集めている髪をかき上げた。

「……さあね」


ジルベールは十年前に自分を消した。わずか九つの時だった。

失くした名はヴァレリー・ベルナルト・ウルマノフ・アビトワと言う。父が罪人にさせられたのと同時に、ヴァレリーの存在も、侯爵家嫡男から罪人の息子に成り代わった。

リベラ国では、罪人の息子は容赦なく消される。かつて、親を処刑された男が騎士になり、王に対して蜂起《ほうき》し、その王を八つ裂きにした歴史があるからだ。結果、罪人は息子も殺すよう定められたのだ。

彼も処刑される運命だったが、叔父の手の者によって逃がされた。叔父と合流するまでの逃亡生活は、自身がどぶ鼠《ねずみ》になったのではないかと錯覚するほどひどかった。それほどみじめで貴族の矜持が許さなくても、父とともに死ぬのではなく、泥水をすすってでも生きることを選んだのは、父の無実を知っているからだ。父を嵌めた悪しき男、ベルキア侯爵マルセルを地獄に叩き落とすまではと、募らせた恨みが原動力になっていた。

彼は、母に対しては特段何の感情も抱いていない。母は良い意味でも悪い意味でも生粋の貴族の女であり、息子をひとり産んでからというもの、約束は果たしたとばかりに宮廷に入り浸り、何人もの愛人を渡り歩いた。王の情婦だった時もある。彼は、そんな放埒な母から抱きしめられたこともやさしく声をかけられたこともなく、母を他人としか思えなかった。彼にとって重要なのは父であり、真面目な父に憧れ、尊敬し、そして愛した。

侯爵家の嫡男だった頃の彼はふくよかだったが、三か月に及ぶ過酷な逃亡生活のせいで風貌はがらりと変わった。特徴のあるめずらしい銀の髪をしているが、痩《や》せこけた彼を、アビトワ侯爵の息子とみなす者は誰ひとりいなかった。そんな時だ。異国に住まう叔父が自ら、彼のもとにやってきたのは。

叔父曰く、父が捕らえられた頃、ちょうど叔父の息子が亡くなったらしい。生まれた時から病弱で、一日のほとんどを屋敷のなかで過ごしていたそうだ。

叔父は息子の死を公表しなかった。そのわけは簡単だ。

父の処刑の日、古の言語で叔父は言った。

〈すべてを忘れろ。ヴァレリー、お前は今日から私の息子だ〉

彼はうなずいた。父のものを取り戻し、仇を討つために。

その日、父の死とともにヴァレリーは消え、叔父の息子〝ジルベール〟が生まれた。

屋敷から一歩も出たことがないジルベールになりきるのはたやすかった。というのも、叔父は長年、息子の身代わりを探し求めていたようで、その時に備えてさまざまな準備をしていたからだ。

叔父はジルベールを跡継ぎとして厳しく扱ったが、努力を重ねて叔父の期待にすべて応えてみせた。結果、信頼を勝ち取るのは早かった。本物のジルベールは栗色の髪の少年だったというのに、銀色の髪の少年はブレシェの貴族社会にも疑われることなく受け入れられた。彼は来《きた》るべき日に向けて、着実に、地位と力と知恵をつけていった。

ブレシェの宮廷に出入りするようになってから四年が経過した頃、彼は軍事における功績により、王に爵位を与えられ、バルドー伯爵を名乗ることになった。

そして、時は流れ、十八歳になったジルベールは意を決して単身アビトワへ向かった。

船を降りた途端に感じた懐かしい故郷の香りと風景は、胸を震わせるものがあった。ブレシェにいる間も心はいつでもこの地にあったのだ。彼は、十分な金を御者に手渡し、馬車に乗った。窓の外を食い入るように見つめて、アビトワの景色を青い瞳に焼きつけた。

しかし、その後ジルベールが目の当たりにしたものは、悲惨な現実だった。

壮麗だった屋敷や先祖伝来の城は、黒ずみ、蔦《つた》がはびこり、化け物がたむろしていそうなほどに廃墟と化していた。彼は衝撃のあまりおよそ半日その場に立ち尽くした。名馬がたくさんいた厩も、庭師が丹精《たんせい》こめて仕上げていた庭園も、ぼうぼうと草が生い茂り、花は枯れ、栄華は見る影もない。ベルキア侯爵は父を嵌めただけでは飽き足らず、アビトワの誇りや歴史までずたずたに貶めた。

悔しさと憎しみが、堰を切ったようにあふれ出る。ぶるぶると身がわなないた。

燃えさかる憎悪を抑えることができずこぶしを握りしめていた。爪が皮膚を傷つけ、血がぽたりぽたりと滴った。

その後彼は、焦燥に駆り立てられるがまま、馬でアビトワをめぐった。鉱山や綿などいくつかの産業は保たれていたが、国外でも名高かった葡萄畑は潰されていた。思えば、ブレシエでもアビトワの葡萄酒の噂は聞かず、ベルキアの酒の話ばかり聞いていた。

ジルベールは一縷《いちる》の望みをかけて、アビトワ随一の葡萄酒を醸造していた村まで出向くことに決めた。アビトワの誇りでもあるあの葡萄畑が残っていれば、時間はかかるだろうが、再びアビトワの酒を盛り立てられると考えた。葡萄酒だけは諦めたくなかった。亡き父が、ことさら愛していたからである。

その後、村長に会い、葡萄酒が絶えたと知った時の絶望感。続いて、葡萄畑を復活させるために尽力する商人の娘の存在を聞いた時の希望。

ジルベールは、すぐにナターリア・バラノフという名の少女に会いに行った。

光を反射し、輝く金の髪を持つ少女は、はじめはおどおどしていたけれど、すぐに笑顔を見せた。貴族のような作りものの笑みではなく、あたたかな心がにじみ出ている笑みだった。その透明感、はじけるような初々しさは、思わず見入ってしまったほどだ。

ガラスのように脆そうでいながら大地に根を張りめぐらせた樹木のようなしなやかさも合わせ持つ。彼女は相反する魅力を備えた不思議な人だった。

彼女は素朴な格好をしているけれど、見事な緑の瞳と白い肌、伸びた背すじから醸し出す空気は驚くほど華がある。かといって、決して出しゃばることはなく恥じらいを持っていて、少し自信なさげな顔は愛らしく、思わず身を投げ出しても守りたくなる。貴族の娘にはない、その自然体な姿に抗えないほど惹かれた。恋を自覚するのも、結婚を意識するのもすぐだった。

その日のうちに、彼女との未来を想像したほどだ。一度失った家族を、彼女とともに一から作りたいと望んだ。

いままで感じたことのない胸の高鳴りは、心地のいいものだった。女など口説きたいと思ったことも、口説いたこともないのに、必死に彼女を口説いている自分がいた。それに頬を染めて応えてくれる彼女を見るにつれ、ますます好ましくなって、己の猛烈な欲求を抑えこむのに苦労した。

『きみはなぜアビトワの葡萄畑を復活させたいのだろう。見たところきみは毎日ベルキア方向に帰るが、ベルキアにも葡萄畑はある。それなのに、なぜアビトワなのかな？』

おおよそ彼女の理由は想像できるのに、あえて問うた。その魅力的な唇から、アビトワを語ってほしかった。

アビトワも、葡萄畑も失ったけれど、この少女がいれば耐えられる。出会ったばかりだというのに、彼は未来に目を向けたくなっていた。

『答えにくい質問だったかな。ではほかのことを聞いてもいい？』

『……いいえ、そうではありません。ふと思ったのです。わたしは、いまのジルベールさまのように、誰かに理由や意見をくわしく問われたことがありません。ですから……うまく説明できるかどうか』

　自信のなさそうな言葉とは裏腹に、うれしそうにはにかむ彼女の手を握りしめれば、ナターリアはジルベールの上にさらに手を重ねて言った。

『アビトワの葡萄酒は、わたしの母が生前愛したお酒です。当時のわたしは、母があまりにもおいしそうにいただくので飲んでみたいとせがみました。その時母はこう言ったのです。〝あなたはおとなではないのだから、飲む資格はないのよ〟と。だからわたしは葡萄酒を復活させて、おとなになったら飲みたいと思いました。いつも想像しています。あの時の葡萄酒は……母が亡くなる前日に、幸せそうに飲んでいたあのお酒はどんな味がするのだろうと。きっと、飲めば母を近くに感じられる。そんな気がするのです』

　彼女は『ジルベールさま』と、伏せていたまつげを上げた。

『悲しいことに、もう母はいません。ですから、もしよろしければわたしと……復活したなら、いつか一緒にアビトワの葡萄酒を飲んでいただけませんか』

　勇気を奮い立たせているのだろう。小さな手は震えていた。そのいじらしい姿を見て、強く抱きしめたくなった。

『もちろんだ。ぼくがおとなになったきみを祝おう。本当はぼくが言いたかった。先を越されてしまったけれど、ぼくはきみと一緒に葡萄酒を飲みたい。ああ、ターシャ』

もう、彼女以外考えられなくなっていた。

ほどなくジルベールは求婚した。彼女が貴族だと知った時のうれしさは天にも昇るほどだった。これまで生きていて苦しいことばかりだったけれど、すべてが報われたとさえ思うほど、この上ない幸せを感じた。

だが、しかし。続いて彼女から告げられた真実の名に、輝いていた景色が彼女ごと色を失った。

『ジルベールさま。わたしは、カティア・ナターリア・ベルキアと申します』

カティア・ナターリア・ベルキア――。

通称〝ベルキアの娘〟と呼ばれる、ベルキア侯爵マルセルの愛娘。

頭には、あの日に聞いた、銅鑼の音が鳴り響き、大剣が振り下ろされるさまが、まざまざと蘇る。

転がる首。そして、空に轟く歓声と……。

――嘘だろう？

カティア。憎いあの男の血潮が流れ、憎いあの男の財が育んだ少女。あの男の掌中《しょうちゅう》の珠《たま》。

――吐きそうだ。

混乱を極めるなか、口は勝手に言葉を紡いだ。

『もう二度と会わない』


将来を考えた女性の真実に打ちのめされ、アビトワの葡萄畑を追われるように離れて帰路についたジルベールは、海風が吹きつける甲板で、ふとかつての出来事を思い出した。

あれは彼女と出会う一年ほど前のこと。ブレシェの王宮にフロル王太子をはじめ隣国の貴族が数名招かれ、晩餐会が開かれた。そこではじめて、憎いあの男の息子に会った。

ベルキア侯爵家の嫡男アルセニーは、亜麻色の髪に青灰色の目を持つ精悍な面ざしの青年で、常に人好きのする綺麗な笑みを浮かべていた。とはいえ瞳の奥は氷のように冷えていて、周囲を蔑んでいるのがわかった。ジルベールは、あの息子も父親と同じく冷酷なのだと決めつけた。

ジルベールは遠目に彼をうかがいながら、過去にベルキア侯爵が告げた言葉を思い出す。

『きみがヴァレリーか。私にもきみと同じ歳の息子がいてね、名をアルセニーという。妻に似て少々身体が弱いが、近いうちに連れてくるから仲良くしてやってほしい』

当時、アルセニーに鉱物の標本を見せてあげてもいいと思ったのんきな自分が呪わしい。

実際、冷酷だと評したアルセニーは、想像どおりの男のようだった。後日、おしゃべりな女たちの会話を聞いた。茶会があれば、女の口はひどくゆるむ。

『ねえ、結局あの晩餐会のあと、シルヴェーヌはフロル王太子殿下に抱かれたのかしら』

廷臣は時間を持て余している者が多い。一見、上品な淑女でも、口にする噂話は大概下品なものだった。彼女たちにとって享楽に耽ることは日常茶飯事なのだから。

大木の下で寝そべっていた彼は、四阿にいる女たちの会話に聞き耳を立てた。

『さあ、どうかしら。シルヴェーヌは秘密主義だもの。でもね、フロル王太子は手が早いと聞くわ。多くの婦人と情を交わしながら、真実の愛を探しているのですって』

『まあ、真実の愛？』と扇で口を押さえた四人の女がしのんで笑う。愛とは身を滅ぼす諸刃の剣であり、彼女たちははなから愛を信じていない。それはジルベールとて同じこと。

『ところでヴィルジニー、あなたはどうだったの？　アルセニーさまと。晩餐会でずっと側にいたでしょう。あの方、礼儀正しくて素敵よね。そのうえ名高いベルキア侯爵家の嫡男ですもの。外国の方だけれど、結婚するならああいう方がいいわ』

ヴィルジニーは、十四歳で四十も年上の貴族と結婚したため、現在二十歳ながら未亡人だった。以来、奔放にすごし、後腐れのない関係を好んでいるらしい。

『ええ、抱かれたわ。でもね、アルセニーさまとの結婚はおすすめはできないわよ。あの方は、いずれ身を滅ぼすと思うの』

『物騒ね。どういうことなの？』

すべての注目を集めたヴィルジニーは、拗《す》ねたようにつんと鼻を上向けた。

『アルセニーさまは綺麗な方だし、やさしそうだと思うでしょう？　全然。ささやく言葉は甘くても冷淡なの。あの方は女性に悦びを与える方ではないわ。わたくしね、ずっと奉仕を強要されたのよ。あんなに奉仕したのははじめて。顎がどうにかなりそうだったわ』

『やだわ、そうなの？』

『あの方はね、全然達しないの。嫌になっちゃう。でね、ようやく最高潮を迎えた時ときたら。無粋にも他の女の名を呼んだわ。〝ターシャ〟ってね。それからは獣のように貪られたの。執拗で、壊れるかと思ったわ。彼はその女以外に欲情できないの。きっと……いいえ。それほどあの方は、ターシャを愛しているのよ。このわたくしが身代わりに抱かれただなんて屈辱的。好みの殿方だったけれど、消したい過去のひとつね』

皆が興味津々で身を乗り出すなか、ヴィルジニーはせつなげに視線を落とした。

『ひとりの女にのめりこむ男が長生きできると思えて？　わたくしは思えない。あの方にとってすべての女はターシャの代わりなの。愚かだわ。でも、あれほどまでに殿方に想われるってどんな気持ちかしら。少しだけ、ターシャがうらやましいと思ったわ』

『ヴィルジニー、あなた、アルセニーさまに惹かれているのね』

『まさか。でも考えてしまうのよ。あの方はターシャをどのように抱くのかしら。愛はばかげていると思う。けれど、深く愛されるのは、女にとって幸せなことかもしれないわ』

居眠りをしているふりをして、彼女たちの会話を聞いていたジルベールは、ひそかに口角を持ち上げた。

――女ごときに、ばかな男だ。自滅させるのも一興か。

その時のジルベールは、ベルキアの嫡男を愚かだと嘲っていた。

湿気を含んだ風が音を立てて吹きつけた。船上で、きらめく銀色の髪が乱される。

我に返った彼は膝からくずおれた。頭には、じくじくとベルキア侯爵の言葉が蘇る。

『一緒に娘も連れてこよう。困ったことにアルセニーから離れたがらないのでね。兄離れできていないが、癇癪を起こさないやさしい子だから、きみの手は煩わせないよ』

カティア・ナタ－リア・ベルキア。

ナタ－リア。――その名の愛称は……タ－シャだ。

アルセニーも、彼女をそう呼んでいたとしたら。

どくりと胸が波打って、荒々しく血がかけめぐる。

奥底がふつふつ沸いていた。吐きそうになり、身体じゅうから汗が噴きだす。

混乱しきって、何も考えられなくなった。ただ、脳裏には抱き合う兄妹が描かれた。

〝この馬はわたしの馬ではなく兄のものなのです〟

――彼女は兄と……？　くそ。どうでもいい……。

こんなくだらないことで、煩わされるわけにはいかない。

汗をぞんざいに拭った彼はすくりと立ち上がり、足早に船内に歩いていく。おそらくひどい顔をしているのだろう。すれ違う者、皆に視線を向けられたが、もはや気になどしていられなかった。

船には娼婦が数名いた。女を忘れるなら女だと自らに言い聞かせ、ほどなく彼は赤毛の女を寝台に押し倒す。陽だまりのような彼女に似ても似つかぬ、けばけばしい赤い唇をした女だった。

　あまたの男に抱かれている娼婦は、その多くが短命だ。だが、病気を移されてもかまわなかった。己が死んでしまってもどうでもいい。たとえ復讐の道半ばでも、頭のなかの彼女を消してしまえるならば。

『うれしい。あたし、こんなに綺麗な人はじめて見た。あんた、お人形さんみたいだね』

　女はこちらに手を伸ばし、頬に触れてきた。

『あれ、舐めてあげようか？　あたしすごくうまいんだ。天国に連れて行ってあげる』

　彼は咄嗟に女の手を振り払う。

『やめろ』

　――吐きそうだ。

　ジルベールは固くまぶたを閉じる。が、必死に彼女を頭に描いても、出てきてくれない。光が解けた金色の髪を波打たせ、こちらに手を振り、屈託なく笑う彼女の姿。それが、見えない。どうしても。

　彼女を想像しながら娼婦を手酷く陵辱すれば、この苦しみを消せると思っていたのに。

『え？　ちょっと、あんた』

『泣いてるの？』

　娼婦の両端に手をついたまま、下唇を噛みしめて、彼は身体を震わせる。

『ばかな』

『ねえ、早くあたしを抱いて忘れちゃいなよ。嫌なことなんか全部。慰《なぐさ》めてあげるからさ、思いきりあたしのなかに出しなよ。何回したっていいから、相手してあげる。ね？』

ジルベールは先ほど娼婦を押し倒したものの、女の服には触れてもいなかった。女は焦れたように、自ら胸もとをはだけて、つんと尖《とが》る膨らみを見せつけた。

『ほら、おいしそうな乳首だろう？　自慢なんだ。ここ、吸って』

それでも彼が動かないので、女ははしたなくも脚を開き、女陰をあらわにした。

『あんたを見ていると、ほら、勝手に濡れちゃった。このまま入れてもいいよ。来て』

ジルベールは自嘲ぎみに笑った。少しも女に欲情しないのだ。それどころか、おぞましい穢れにしか見えない。

彼はポケットから金貨を出すと、女に放った。それを認めた女は目をまるくする。

『……本気？　こんなにくれるの？』

『いますぐ出て行け』

『はっ！　……なんだい、この不能が』

ぶつぶつと文句を垂《た》れる女を部屋から退散させると、彼は窓辺に立ち、水平線を眺めた。広がる空と海原は、憎らしくなるほど澄んでいた。そこに、かもめが一羽飛んでいく。

たった、一羽だ。

ジルベールは、しばらく目で追っていたが、やがて両手で顔を覆った。

──こんな感情、いらない。

五章

「帰る。言っておくが、結婚が成立した瞬間にあなたを抱く。身ごもるまで一枚たりとも布を纏わせるつもりはない。あなたを抱き潰すからね。叫んでも無駄だ。そのつもりで」

正面を切って告げられたのは、恐ろしい言葉だった。静かな怒りを孕んだ声だ。

フロル王太子は、宮廷内のベルキアの居室から大きな音を立てて出て行った。カティアは扉が荒々しく閉まるさまを震えながら見ていた。

くちづけを拒否し続けて一週間、王太子は日に日に苛立ちを募らせていて、そのつどカティアを容赦なく縮みあがらせる。

けれどどうしても王太子とキスをする気にはなれなくて嫌で仕方がなくて泣けてくるのだ。きっと――否、確実に、あの日ジルベールとのキスの味を覚えてしまったのが原因だ。

カティアは、くちづけは相手によって違うものだと知ってしまった。拒絶などしてはいけないというのに。しかし、王太子ではだめなのだ。彼でなければ――。

顔を両手で覆ってうなだれていると、家令のエゴールが落ち着いた声色で、「お嬢さま、ドレスをお直しください」と告げてきた。王太子はエゴールが見ている前で、激昂《げきこう》し、荒ぶったのだった。

カティアはよろよろと姿見に近づいて、はだけてしまった服を直した。先ほど、キスを拒んだために、王太子が胸に触れようとしてきたのだ。かろうじて以前のように胸を弄ばれはしなかったけれど、ふくらみの上部に赤いしるしをつけられた。

ちょうど、王太子が顔をうずめていた部分にあるそれは、肌が白いせいもあり、やけに目立つものだった。こすっても、一向に薄まりそうにない。

——赤くて不気味だわ。

「エゴール……どうしても消えないの。これは、どうしたらいい？」

途方にくれたカティアは振り返り、助けを求めて壮年の家令に目をやった。エゴールはすかさずケープを持ち、カティアの肩にそっとかける。赤いしるしはドレスの胸もとぎりぎりにつけられていて、生地からわずかにはみだし、どうしても見えてしまうのだ。

鏡越しのエゴールは、いつもは無表情に徹しているのに、いまは憐れみがちらついた。

「お嬢さま、あなたは婚姻前でいらっしゃいますから、その痣《あざ》は人に見せていいものではありません。今日はこれでお隠しください。いいですか、人に見られないようにお気をつけください。悪しき噂が立ちかねません。いまやお嬢さまは話題の中心でいらっしゃいますから」

カティアは「わかったわ」と、おずおずとうなずいた。

「痣はしばらく消えません。ですから新たなドレスを手配してまいります。調うまで極力居室に留まっていてください。念のため、体調が思わしくないとお伝えしておきます」

家令が扉の向こうに消えると、カティアは自分を抱きしめた。怖かった。王太子のぎらつく目が、キスを迫る迫力が。胸に顔をうずめられた時には、思わず叫んでしまった。

カティアは力なくまぶたを閉じる。頬に熱いものが垂れてきて、手の甲を押し当てた。

もうじき自分は王太子の妻だ。キスですらだめなのに、その先にあることを想像しただけで身の毛がよだつ。

——どうしよう。

思わず神に祈ろうとして、すかさず思考を振り払う。カティアは父や母、兄を思い浮かべて息をつく。自分が祈りを捧げれば、きっと良くないことが起きてしまう。

もう、何も望まないし、望んでもいけない。

しかし、それでも最後に思い浮かべたのは、葡萄畑でやさしく笑む彼だった。

＊　＊　＊

中庭を吹き抜ける風が、銀色の髪を巻きあげる。湿気を含んだ空気は土の匂いをのせていた。

ほどなく、彼の頬に雨が一粒滴った。先ほどまでは晴れていたのに、いつのまにか空一面に、どす黒い雲が重苦しく垂れこめていた。

　ジルベールは、ゴルトフ公爵令嬢アリョーナに、中庭に来てと手紙で乞われてやってきた。無視したいところだが、あいにくアリョーナは建前上の〝母〟であるリシャール公爵夫人リュドミラの兄の娘にあたり、従姉妹である以上、無下にできない存在だ。

　アリョーナは、侍女を引き連れて四阿に姿を見せていた。彼が階段を上がれば、アリョーナは頬を染めて椅子から立ち上がる。

　彼女は本物のジルベールと同じ、豊かな栗色の髪を持つ娘であった。凝ったドレスや入念な化粧から、必要以上におめかしをしているのだとわかった。

「きみ、ずいぶんめかしこんでいるね。晩餐会でもあるの？」

　冷淡な目を向けてもアリョーナはどこ吹く風だ。

「ジルベール、何を言っているの。あなたのためよ」

　アリョーナは扇をふり、すべての侍女を邪魔だと言わんばかりに立ち去らせた。

「お久しぶりね、ずっと会いたかったの。あなたったら、相変わらず素敵なのね」

　ジルベールが近づけば、すぐに絹の手袋をまとった手が腕にかけられた。彼はさりげなくその手を払うが、それでもアリョーナはめげずにかけ直す。

「ぼくにわざわざ手紙を寄越すとはね。何の用かな。……ああ、あの件ならお断りだ」

　あの件とは、アリョーナとの間にある結婚話だ。彼女は五年前にはじめて顔を合わせた時から、ジルベールに執着をみせている。

　アリョーナは、彼のすげない態度に紅を差した唇を尖らせた。

「ひどいわ。話す前から断るなんて。それはそうと、あなた、ブレシェの王からこの国の娘を妻に迎えろと命じられているそうじゃないの」

「ぼくだけが命じられたわけではない。ティリエ伯爵かぼくのどちらかだ」

ぷっくりと頬をふくらませたアリョーナは、「同じことよ」と彼に扇の先を差し向ける。

「だったらわたくしを選ぶべきだわ。お互い知らない相手と結ばれるよりはいいはずよ」

「きみはぼくにこだわりすぎだ。ぼくはぼくの家の利になる者を妻にする。悪いが、きみは利にならない。それはきみの立場からも言えるはずだ。ぼくたちの結婚は何も生み出さないからね。……アリョーナ、考えるんだ。ゴルトフ公爵令嬢のきみがぼくの妻になってどうする。バルドー伯爵夫人など、きみの家から見て、さして魅力はないはずだ」

「どうして意地悪を言うの。たしかに伯爵夫人に魅力はないけれど、でもね、わたくしの夢を知っていて？　リシャール公爵夫人になりたいの。あなたはいずれ公爵になるわ」

ジルベールは鼻で笑い飛ばした。

「きみ、父が健在ないま、仮にぼくの妻になったとして、いつリシャール公爵夫人になれると思っているんだ。父よりもぼくが先に死ぬかもしれない。忠告しよう。不確かで無駄な夢は見ないほうがいい。それに、ぼくはきみとは結婚しない。ぼくにこだわっていると、たちまちきみはオールドミスになり、あわれな余生を送るはめになる」

アリョーナは唇を曲げ、わなわなと震えた。

「ひどい……わたくしは、あなたに身も心も捧げると決めているのに。あなたほど素敵で条件のいい殿方なんていない。わたくしはあなたの子を産むわ。だから」

ジルベールは激情に駆られつつあるアリョーナをエスコートし、椅子に座らせる。ヒステリーを起こしたら最後、このアリョーナという女は手がつけられなくなる。

「いい殿方がいない？　きみの目はふしあななのかな。最高の殿方がいるというのに」

「どなたよ、そんな方いないわ」

ジルベールは、思わせぶりに銀色の髪を耳にかけ、じっとアリョーナを見つめる。その仕草は、宮廷に集う下手な貴婦人よりも、よほど妖艶だった。

「わからない？　王太子殿下だ。端正な容姿のうえ次期国王になられる。最高だろう」

アリョーナは瞠目した。その後、苦虫を噛み潰したように顔を歪める。

「何を言うの、フロル王太子殿下には婚約者がいるわ。あのいまいましい小娘がね！」

ぎりぎりと歯を噛みしめるアリョーナに、彼は内心ほくそ笑む。ベルキア家と、アリョーナのゴルトフ家は政敵だ。そんななか、自身の国の栄えある王太子がベルキアの娘を選んだのだ。アリョーナも公爵もいまどのように思っているのか、想像に難くない。

ジルベールは口もとに、一見麗しく見える笑みを刻んだ。

「ぼくと王太子殿下を天秤にかけてごらん。どちらの妻が魅力的だろうか」

アリョーナは視線をさまよわせてうつむいた。

「それは……あなたの前では言いたくないけれど、フロル王太子殿下だわ」

ジルベールは、アリョーナのとなりに腰を下ろし、長い脚を組んだ。

「もっともだ。ぼくがきみなら公爵の息子ふぜいではなく、王太子殿下との結婚に動く。まだ婚礼まで日はあるからね。王太子は婚約していようとも独身だ。いまから勝負を捨てるなどばかげている。指を咥えて見ているだけなんて、ぼくは愚かだと思うが」

彼はアリョーナの目がこちらに向くのを感じ取り、あえてねっとりと流し見る。

「アリョーナ、きみは栄えあるゴルトフ家に生まれ、加えてすばらしい容姿をしている。見目麗しいきみを誰も無視などできない。そんなきみが、なぜ己を活かしてこの国で最高の女を目指さないのだろうか。不思議だね。このままではその称号はベルキアの娘のものになる。……果たして、きみはぼくにかまけて機会を逃しても本当に後悔しないのかな」

ジルベールはアリョーナの人となりを知っている。苦労を知らず、存分に甘やかされて育った彼女は〝最高〟の言葉に弱いし、おだてられればどこまでも高く木にのぼりつめる。

「……そうよ。わたくし、あの娘よりもはるかに優れているわ。あんな田舎者」

うなずいたアリョーナの緑の目が、挑戦的な光を帯びた。ジルベールは、緑は緑でも、これではないと思った。この、茶色が混じる不純なものではなく、求めているのは、鮮やかな深緑の瞳だ。儚げでいながらも、意志の強さを秘めたあの澄んだ瞳。

「あなた、わたくしが王太子殿下を手に入れられたのなら、褒めてくれる？」

遠くを見つめて、そして、彼はアリョーナに視線を戻した。

この娘は根っからの貴族だ。いつか、ゴルトフ公爵のもとに父の助命に出向いた時のことを思い出す。泥にまみれて、涙ながらにひれ伏したが、公爵は汚物を見る目で蔑み、こう告げてきた。

『ふん、騙される者が悪いのだ。利用される者が悪い。敗者になど用はない。愚か者の息子は野垂《のた》れ死ぬしかなかろう。消えろ』

そして、父の刑が確定した。

なんでも相談しなさいと、笑顔で自分の頭をやさしく撫でた男が、手のひらを返した瞬間を忘れない。十年前、放心するほどの衝撃だった。これだから貴族という輩は。

だったら騙してやろう。利用してやろう。自分の駒として、すべてを。

「……ジルベール？」

彼は怪訝そうに覗きこんでくるアリョーナを、感情を殺して見返した。

当時ごみのごとく扱った少年が、こうしてひそかに返り咲いているとはあの公爵も思うまい。しかも、親戚として現れた。おまけに公爵の娘は、その少年に愚かにも懸想している。

「当然褒めるさ、アリョーナ」

彼は笑いがこぼれないように、口もとを手で覆った。

「ぼくの大切な従姉妹殿がすばらしい地位を手に入れるのだからね。誇りに思うよ」

「そう……。わたくし、決めたわ」

アリョーナの手がジルベールの脚にのり、舐めるようにゆっくりと撫でさする。

「ねえ、ジルベール。わたくし、この国で最高の女になるわ。だからね、その時は」

彼は、アリョーナの手の上にふわりと自身の手を重ねた。

「その時は、なんだろうか」

アリョーナの唇は美しく弧を描く。

「わたくしの愛人になって。最高のわたくしを、あなたは慈しんでくれるでしょう？」

曖昧に微笑みながら、彼はうつろな目を空に向けた。雨は本格的に降りだしていた。


歩く度にぐちゃ、ぐちゃ、と音が立つ。雨は地面をぬかるませ、辺りの景色をけぶらせる。アリョーナと中庭で別れた後、彼が訪れた先は、とある居室が見える場所だ。

水を含み、張りつく宮廷服が重い。雨は冷たく、心底冷えた。

日が沈みかけているいま、雨も手伝い仄暗い。なぜここへ来てしまったのか、それは彼にもわからなかった。

視線の先にある部屋では、ろうそくがか細く揺れていた。ぼんやりと、髪の長いシルエットが薄布に映りこむ。

ぽたぽたと銀の髪からしずくをこぼし、彼は部屋に近づいた。

ちょうど、図ったように雷が轟いた。光と音の間隔からして近くに落ちたと推測できる。

そのなかで、見たものは。

少女は可憐な胸をはだけさせ、自身の肌を凝視していた。金の髪、隙間から見える真白《ましろ》の肌は、灯りでぬらぬら濡れて見え、ひどく扇動的だった。

窓の内側にある光景に、彼の身体は、激しい飢餓を覚えて反応した。

なぜ、きみはあの男の娘なのだろう。どうして商人の娘でいてくれない。

心底憎い。

立ち尽くして彼女を眺める彼は、次の瞬間、かっと目を見開いた。

彼女が纏っていたドレスを足もとに落とし、裸になったのだ。

たちまち、脳裏に彼女と王太子のキスが蘇る。濃密に舌を絡めたキスだった。深い関係にある男と女が、情を交わす前にするたぐいのくちづけだ。

彼女の肌に王太子の手が這い、ふたりが密着するさまが浮かんでくる。

ジルベールは、燃えたぎる激情を、ついには抑えられなくなった。

＊　＊　＊

続けざまに稲妻がほとばしる。宮廷で雷が苦手な婦人は多いけれど、カティアは驚いたりなどしなかった。田舎で育った彼女にとって、めずらしくはないからだ。いくら大きく鳴ろうとも、彼女には些細な問題だ。それよりも——。

王太子の言葉が頭のなかで繰り返されて、未来に希望が持てず、口からため息ばかりがこぼれる。怖さが拭えず、身体も勝手に震えてしまう。

カティアは、こわごわ姿見の前に立った。ひどい顔だ。夜が近づいているせいもあるが、鏡に映る顔には濃く影が差し、血の気のない石像のような色をしていた。結い上げている髪もほつれて貴族らしからぬみすぼらしいありさまで、カティアはゆっくり髪の飾りに手を伸ばす。解けば、豊かな金色の髪が胸と背にさらりと落ちた。

続いて彼女はドレスをくつろげて、コルセットの紐を解いた。そして赤いしるしを眺める。それは、胸の先にある薄桃色よりも目立ち、カティアにこう主張した。

〝王太子に抱き潰されるのはもうすぐだ〟

とたん、肌が総毛立ち、カティアはいや、いや、と首を振る。覚悟など決められない。でも、逃げることもできない。八方塞がりだ。

強く拒絶したらどうなるのだろう。思いかけて、カティアはぎゅっと目を閉ざす。

相手は王太子だ。ただの王族ではなく次期国王だ。不興を買えば、追放——もしくは、都合よくあらぬ罪を着せられ断頭台だ。そして資産は没収されて、ベルキアは露と消える。

愛する父と兄の努力を知っている。だからこそ、ベルキアを潰すわけにはいかない。

未来を思えば、だんだん息苦しさが増してくる。

その時また、雷光がひらめいた。

カティアはドレスを足もとに落とし、下着もすべて取り去った。先ほど、召し使いが湯を用意してくれたのだ。とにかく、王太子の感触を洗い流して、落ち着きたかった。

けれど、焼きつくような視線を感じて、ぞくりと背すじが冷えていく。王太子がすぐそこにいるような気がして恐ろしく、後ろを振り向こうにも振り向けない。

宮廷にあるベルキアの居室のなかでも奥まったところにあるこの部屋は、父に与えられた部屋だった。カティアしかいないはずだ。いつもは控えている召し使いも、赤いしるしを見せたくなくて、いまは人払いしている。

しかもいまは、夜の気配がさらに強まり、部屋はずいぶん暗かった。ろうそくが一本さみしく灯り、あとは暖炉が燃えるだけだ。それがカティアの恐怖を煽る。

夜は闇が住まう世界だ。カティアは、煌々とろうそくを灯しておけばと悔やんだ。

その時だ。

「無用心だね。窓が開いていた」

突如聞こえた声に心臓が飛びはねる。振り返った刹那、そこにあるはずのない姿を見た。

雨を滴らせたずぶぬれの彼が部屋のなかに立っている。

強烈な視線は、カティアを上から下まで舐めていき、ある一点で止まった。

赤いしるしだ。

「レディ・カティア」

彼はカティアに手を差し向けた。

「どうぞ、続けて。身体を拭くのでしょう？　湯が冷めてしまうよ」

閃光が走り、彼の輪郭が現れた。青いはずの瞳は、暗がりで色を失い漆黒に見える。

「それともぼくが清めてあげようか」

あまりの怖さにもれた小さな悲鳴は、すかさず風雨にもみ消された。

再び、地響きを伴う音とともに光がほとばしった瞬間、彼が一気に距離を詰めた。驚きで言葉を発せないでいると、いきなり彼にかき抱かれて、唇を熱く塞がれた。

——これは夢？　でも、熱い。

カティアのやわらかな唇が変形し、舌を無理やりねじこまれる。強引に舌と舌が絡まって、わけもわからずむしゃぶりつかれ、カティアは壁にじりじりと追い詰められていく。ひどく冷たい壁がむきだしの肌に当たり、カティアはびくんと背を反らす。それが合図になったのか、彼の指が、つっとカティアの胸に降りていき、ふたつの突起をいきなりぐっと奥に押しこんだ。強い刺激がカティアを襲う。

「う……、ん……っ」

彼の口のなかに声は消え、くぐもった音しか出せずにいる。そのうえ外の嵐が、彼の気配を覆って隠す。

唇を離した彼は、胸から手を離し、カティアの腕をそれぞれ摑んで固定した。身をよじって抵抗すれば、そのまま後ろでひとつに束ねられ、カティアは首を横に振る。

「おやめください……こんなこと」

言葉の代わりに、至近距離で鋭い目に射貫かれる。影を宿した彼の面差しに表情はなく、ただ、静かで重い圧を持つ。しなやかだが、獣のように凄絶だ。

胸に顔を下ろした彼は、王太子のつけた赤いしるしの上に唇をのせた。そして、次の瞬間、じゅ、と激しく吸ってきた。まるで捕食されるようだった。じくじくと肌が痛む。

さらに濃く、大きく色づく痣に、彼はべろりと赤い舌を這わせた。

「あなたは今日、王太子に抱かれたんだね」

思いもよらぬ言葉に、カティアは呼吸を忘れた。話せないでいると、彼は「答えて」とささやいた。

息がうまく吸えずに喘いだカティアは、混乱しきって頭が働かない。なぜ、どうして、ばかりが脳裏を占めて、何も口にできなかった。

焦れたのだろう、目を細めた彼は、カティアのおしりを撫で回し、後ろからあわいを辿り、指を奥へしのばせた。それは他人に触られるなんて考えられない箇所だった。

「――っ、いや」

脚の間にある彼の中指に力がこめられ、秘裂に指が沈みこむ。たまらず、カティアは鼻先を突き上げた。

「ぼくは、聞いているんだよ」

彼が指をぐっと穴に押しこんだ。誰にも触れられたことのない穴が軋むように痛む。指から逃げを打ち、つま先でぴんと立てば、彼の指も移動して、さらに奥を目指して埋められた。じくじくとした未知の苦しみだ。

「う……、やめて……」

「ここに、王太子は何度入った？」

唇がいまにも触れそうな距離で問われる。伝わる彼の息づかいにわななないた。

「……こんなところ……入ってなど、いません」

　カティアの耳に、流れるように顔を寄せた彼が何かをつぶやいた時、同時にまた、雷鳴が轟いた。けれど、カティアにだけははっきり聞こえた。

〝嘘つきだね〟

　どうしてと、紡ごうとした唇は彼の口に食まれた。払いのけようとした手はあえなく摑まれ、よじった身はのしかかってくる身体に固定される。嫌だと首を振れば、毛足の長いじゅうたんの上、金の髪が広がった。

　一糸纏わぬカティアは、またたく間に床に押し倒されていた。信じがたいことに、『二度と会わない』と去り、それでもずっと焦がれ続けていたあの彼に。

　猛烈な雨が降るなか、カティアは愕然《がくぜん》としながら彼を見た。銀の髪が赤く色づくのは暖炉の火のせいだ。光が揺らめく彼の瞳には、怒り、苦しみ、迷いといった、さまざまな思いが感じられた。カティアは抵抗しながらも、その目をよぎる思いが気になった。

「…………伯爵さま」

　震える声で勇気を持って呼びかけたけれど、彼は応えてくれない。

　こちらを覗く彼の髪からは、ぽたぽたとしずくが垂れて、カティアの顔にそのつど落ちる。彼はずぶぬれといってても乱れることなく着こんでいて、そのずっしりとした布の重みはカティアに絡みつき、白い肌をしとどに濡らす。

　冷たい。けれど、注がれる視線が熱くてカティアは喘いだ。知っている人のはずなのに知らない人みたいだ。

「こんなこと……おやめください」

「この状態でやめると思う？」

――おめでたい思考だね。

冷淡にささやく彼は、カティアの顔の横に手をついた。つんと張り詰めたカティアの胸が、呼吸に合わせて上下する。桜色の蕾は緊張を強いられて震える。彼は、じっとその淡い色を見ていたけれど、いきなり顔を落として、カティアのそれに吸いついた。

「……っ、う」

胸の先が、唇で挟みこまれてざりざりと舌でこねられる。それは王太子に胸を弄ばれた時とは違い、言い知れない刺激をもたらした。いけない行為であるはずなのに、その官能は心地よく、気持ちいいと思ってしまう。もっと強くしてほしいと身体が望む。

「ん……。あっ」

自身の甘やかな嬌声に驚いたカティアが目を見開くと、彼が突起からわずかに唇を離して言った。

「その声、出し慣れているようだね。何人の男がこれを味わったのだろう」

あまりにもひどい言葉だ。彼はカティアを宮廷にいる放埓な婦人として扱っている。

カティアは悲しくなった。後にも先にも嫁ぎたいと願ったのは、彼だけなのに。

「……、違います。わたしは！」

カティアの思わぬ大きな声に、ぬっと顎を上げたジルベールは、目を細めた。

「声。ぼくはいいけれど、気をつけたほうがいいんじゃないかな。この行為を見られたらどうなると思う？　未来の王妃さま」

からかい混じりの声色だ。カティアは彼に憎まれていることを思い出す。

「どうして」

「さあ、どうしてだろう。……ああ、一応言っておくけれど、いまからきみを抱くよ」

いざ口にされてしまうと、その衝撃に、カティアののどが引きつれた。

カティアは王太子の婚約者だ。たとえ憎んでいたとしても結婚が決まっている者を抱くだなんてどうかしている。この不埒な行為を知られようものなら――。

「……断頭台」

「そうだね。でも、ぼくだけではなくきみも罪に問われる」

彼の影を孕んだ美貌からは感情をはかれない。カティアはひくりとのどを鳴らした。

「いっそ、共に死のうか」

カティアはわななきながら声を絞り出す。

「だめ……いけません」

「さあ、ベルキアの娘。人を呼ぶも、黙ってしのぶもきみの自由だ。いま、選ぶがいい」

呼べるはずがなかった。自分のことよりも、彼が断頭台に立つ姿を想像してしまうともうだめだ。考えた途端、頭のなかが白くなり、胸が張り裂けそうになる。

カティアは唇を噛みしめる。彼を断頭台送りになどしたくない。

「へえ、黙るんだね」

「お願いです。こんなこと、やめてください」

けれど、懇願しても剣呑なまなざしの彼は考えを改めるそぶりを見せない。

「ぼくは何があろうともやめる気はない」

話しながらも、彼の指はカティアの胸の先を摘み、円を描くように揉みしだく。いつのまにかカティアの胸はしこり、赤く熟れていた。それをわざと彼は見せつけるのだ。

頬を染めたカティアが視線を横にずらせば、まなじりから涙がつうと伝っていった。

「いや……やめて」

こんな弱々しい声ではだめだと思った。はっきりと拒絶を示して、彼を押し退けなければならない。それなのに、冷たい手による刺激に身体は震え、快楽でしびれる。

「ん。……どうして、こんな」

「裸の女が目の前にいて、抱かない男がいると思う？」

彼は再びふくらみに顔を埋め、頂《いただき》をぴちゃぴちゃと弾くように舐った。身体の奥が反応し、知らずカティアの腰がはねる。

「……んっ」

「女の身体は男が触れるほど感じやすくなっていく。……きみ、ずいぶん感じやすいね」

「わたしは……、あ」

彼がカティアの胸の先を吸い、甘噛みするのでうまく話せない。そればかりか腰の奥がもどかしくなり、脚をもぞもぞ擦り合わせれば、考えられない場所がとろりと濡れているのに気がついた。先ほど彼に指を入れられたあたりだ。

唇を噛みしめたカティアは首を振る。

「だめです。わたしは……フロル王太子殿下と」

「そうだね、きみはフロル王太子殿下の婚約者だ」

カティアの胸に舌を這わせ、鎖骨を通って顎まで上ってきた彼は、唇同士が触れ合うほどに顔を寄せた。

「でも、それが何か？」

もう何を言ってもだめだと思った。けれども阻止しなければならない。絶対に。

頭に浮かぶのは黒い頭巾を被った男が待ち構える断頭台だ。

カティアは持てる力をこめて身体をひねった。しかし、張りつく彼の服とのしかかる重みで身動きできない。首を動かすのがやっとだった。まるで、蜘蛛の巣に捉えられている獲物のようだ。

必死にもがくカティアは、彼の長いまつげが伏せられていくさまを見た。そして、ねっとりと唇を貪られた。

濃密なくちづけとともにはじまったのは狂気の沙汰《さた》だった。

彼はカティアの口を舌で蹂躙し続け、そのさなかに彼女の脚の間に手をしのばせた。カティアがびくりとこわばるなか、秘めた箇所にしきりに執着する。嵐が音をもみけしていたけれど、合間に淫靡な音を聞く。くちゅ、くちゅ、と彼はあわいに沿って指をすべらせてこすりあげ、カティアを翻弄し続けた。

上部にある敏感な花芽は二本の指で挟まれて、ぬるぬると泳がせるようにいじめられた。あらぬ箇所がすり潰されてカティアは経験したことのない官能の高みに攫われた。

下腹に蓄積された熱はぐつぐつと煮え、いまにもはじけそうだった。耐えられずに何度も何度も叫びをあげた。けれど声も息も唾液もすべて彼に食べ尽くされて、うめくことしかできずにいた。

痙攣するほどの快感が脳天まで貫いた。ぐねぐねと最奥が何かを欲して蠢動《しゅんどう》する。わけもわからず、耐えかねたカティアが顎を上げて打ち震えれば、ようやくくちづけをやめたジルベールは身を起こし、カティアを至近距離で眺めた。

少し荒い彼の息が吹きかかる。

「達したね」

彼は、弛緩するカティアの両の膝裏にそれぞれ手を入れ、太ももで胸をぐっと潰すほどに折り曲げた。カティアの小ぶりなおしりは床から浮いている。そして、そのままこれ以上開けないほど、ぐっと脚を開かせた。

脚の間に焼きつくような、強烈な視線を感じる。

「は。……やだ……」

絶対に見られたくない秘密の場所が、彼の目前にあますところなく晒された。普段は閉じている襞まで開けられている。うごめく秘部は、灯りを受けてきらきら輝いた。

「やめ……。っ」

秘部に風を感じる。それは顔を下ろした彼の息だ。

人に脚を見せることすらはばかられるのに、このありさまは、死に値するほどありえないことだった。

「いや……見ないで」

羞恥に紅潮したカティアはもがいたけれど無駄だった。曲げて強く固定された身体は身動きひとつできない。

カティアの膝裏を両方押さえたままの彼は、悠然と秘部に赤い舌を落とした。ぴちゃ、ぴちゃ、と音が立つ。わざと彼は猫が水を飲むようにして、艶めく液を舌に絡め、カティアがどれほど濡れているかを見せつける。

卒倒しそうなことがいま起きている。不浄の場所に、彼がいるなんて。

「あ。……いやっ。――あっ」

「これはきみが先を期待している証拠だ。たくさん出ている」

熱くやわらかな唇の感触に、カティアは顎を高く上げた。

彼がずるずる音を立ててカティアのそれを飲んでいる。ひくひくと震える箇所は、彼に吸われて綺麗に舐められた。それだけでは終わらずに、彼はあわいに沿って舌を何度も往復させて、ついには後孔でぴたりと止める。そして、薄桃色の窄《すぼ》まりに荒々しくちづけた。彼の唇と舌はやけに執拗で熱かった。

　視界がじわりとにじみだす。ただでさえ羞恥で意識を失いそうなカティアは、さらに身体を火照らせた。心臓は、破裂しそうだった。

「いや、……も。もういやっ、やめて」

「さすがにここは誰にも汚されていないよね」

　抵抗したいのに、膝を縫いとめられているいま、何もできない。現状にひどく混乱しているカティアは唇を噛みしめた。

　カティアがむせび泣くと、彼は鼻先を上げ、瞳にカティアを映した。これまでの瞳は冷淡だったのに、いまは情欲に濡れていた。

「ここは初夜にもらおう。……入れるのはぼくだけだ」

　そのまま舌を前に這わせた彼は、小さく可憐な花芽に行き着くと、それを唇に隠した。

「あ！」

　そこは何もしていなくても敏感なのに、先ほどまで嫌というほどいじられていたため、充血していてさらに感度が増していた。触れられれば、たちまち気が狂ってしまいそうになるほどに。

　彼はそれを吸いこみながら舌でふにふにとつつき、舐り、奥へ押しこんだ。ぺろりと包皮をめくり、さりさりと無垢な粒を刺激する。彼の舌が動く度に、秘部から体液が満ちて

こぼれていくのがわかるほどだった。

艶めかしく蜜のような液はおしりの間をとろとろ垂れて、彼は舌を這わせて舐めとった。まるでカティアを残さず飲み干そうとしているかのようだった。

カティアはめくるめく激しい淫靡なうずきに翻弄されて、幾度も身体を痙攣させた。お腹の奥は灼熱だ。度々貫く快感に気をやって、ふと気がつけば、変わらず彼は淡い金の下生えごと食みながら、カティアの芽に執着していた。しかも、いつの時でも彼の瞳は静かにカティアの顔に向けられて、達するさまを観察している。

官能があまりにも強すぎて、カティアは顔をくしゃくしゃにして泣いていた。つらかった。蔑ろにされ、どんなに無体をされても、いまでも彼が好きだった。大好きだ。あれほど思い続けた彼を忘れられるはずがない。けれど、いくら好きでも、大好きだとしても、これは阻止するべき大罪だ。絶対に拒絶しなければならない。しなければ恐ろしいことになる。

しかし、カティアはもう、やめてと言葉を紡ぐことはできないでいた。口からもれるのは嬌声まじりの悦びともとれる荒い息。長きにわたり続けられた愛撫はカティアを腰くだけにして力を奪う。のども声を出しすぎてからからだ。前後不覚に陥りそうだった。

ようやく彼の力がゆるみ、膝が下ろされたのがわかった。苦しい体勢だったから、やっと楽になれたと思った。けれど脚は開かれたまま、そして、冷たく濡れた布がひたりと身体に被さった。彼のレースの装飾が、カティアの肌に張りついた。

　ぼんやりと、硬くて熱いものが秘部に触れているような気がした。そして、次の瞬間、張り裂けそうな、めりめりとした激痛に襲われる。

「うっ……う、あ——」

　堪えようのない猛烈な痛みにわななくカティアは、視界が暗転し、意識が遠のいてしまう。何もかもがはじめてで、極限のなか、身体が限界を迎えたのかもしれなかった。

　その時、弱々しい声が聞こえた気がしたけれど、聞き取ることはできなかった。

「そんな……きみは、はじめてだったのか」


　夢を見た。

　カティアは耳もとで〝ターシャ〟と呼ばれてうれしくなった。金の髪もやさしく撫でられ、こびりつく不安な思いが遠のいた。父と兄を亡くしてから、安息を感じられたのははじめてで、ずっと見ていたいと思うほど、それはふわふわとした幸せな夢だった。

『ターシャ』

　あの、葡萄畑で見た面差しだ。向き合う彼に手を取られ、両手を重ねて十指を絡める。

『きみの唇にキスをしてもいいかな』

　とくんと胸が高鳴った。その言葉を待っていた。ずっと、ずっと。

『はい、ジルベールさま……』

端正な顔が近づいて、カティアはまつげを伏せていく。やがて触れ合う唇は、やさしいぬくもりに満ちていた。

熱を伝え合うのは、まるで愛を告げ合うことのようだ。

終わりを迎えて、わずかに距離が生まれれば、彼の額がカティアの額をこつりとついた。

これは、夢だ。カティアに都合の良い夢だ。

王太子と婚約した自分は彼に愛される資格はない。しかし、夢のなかなら許される。カティアは、いっそこのまま目が醒めなくてもいいと思った。

自分の愚かな願いのために、父と兄、母を失った。だから何も望んではいけないけれど、夢でなら彼と一緒にいられるし、どんなに彼を想っても、相手は損なわれることはない。幸せを感じるのは夢のなかだけでいい。カティアの願いは見果てぬ夢だ。

『ジルベールさま。もう一度……キスをくださいますか』

カティアが伏せていたまぶたを上げれば、彼の瞳とかち合った。綺麗なラピスラズリ色。

『いいよ、何度でも』


目覚めたカティアはうつろな目をして虚空を眺める。

あれほど激しくうなりを上げていた嵐は消えて、部屋には静寂が広がっていた。

カティアは寝台に横たわったまま、一度、二度、瞬いた。その後、意識がはっきりした途端がばりと身を起こす。

毛布が滑り落ちて現れた身体は、綺麗に化粧着をつけている。

暗い部屋、ろうそくはすべて消えていた。暖炉が燃えているだけだ。ひとりきり、すべてが幻だったのではないかとさえ思う。

しかしカティアは首を横に振る。そして、化粧着をたくし上げ、脚の間に手を入れる。いまだに蕩けているそこは、じくじくとした痛みを帯びていた。続いて胸のりぼんを解いて、ふくらみを見つめる。肌に色濃く残ったしるしは、あれは現実なのだと主張した。

寝台から下りたカティアは、彼に押し倒された暖炉のそばに移動した。屈んで赤いじゅうたんに手を当てれば、そこはぐっしょり濡れていた。彼が残した雨の跡だ。

まざまざと彼との行為が蘇る。カティアは、どくんどくんと激しさを増す鼓動を聞いた。

彼の行いは非難に値するものであり、ふたりの間でとんでもないことが起きたというのに、胸の内を占めるのは、憤りではなく彼の痕跡への愛しい気持ちだけだった。ずっと嫌だと抵抗していたけれど、心のどこかで彼を求めている想いがあった。だから、カティアは彼を責めようなどとは思わない。ただ、自分の罪深さをひしひしと感じる。

おもむろに立ち上がったカティアは、暖炉にろうそくをかざして火を移し、燭台にも灯していく。部屋が明るくなったあと、姿見の前に立つ。彼に見せた自分の姿をひと目確認したかった。

鏡に映る顔には、悲愴《ひそう》感は少しも見当たらない。以前の自分は青白く不健康だったけれど、泣き腫らした目をしていても、頬は赤く色づき艶やかだ。

喜んでいるのだ。婚約者がいる身でありながら、蹂躙されたというのに、彼とともに過ごせた時間を。二度と手が届かないと諦めていたというのに、彼と結ばれたという事実を。浅ましい。

鏡に手をつきうつむくカティアは、しかし、目の端できらりと光るものに気がついた。不思議に思いながらも髪をかき上げる。

目を瞠ったカティアが見たものは、耳たぶできらめく鮮やかなエメラルドだった。カティアには、光の粒が飛び散るほどに、それはそれはまばゆく見えた。

耳飾りを滅多につけないカティアには、その贈り主がわかった。

「嘘……」

まるで夢。手も足もあわれなほどに震える。

「わたしの……目と同じ色……?」

そっと、耳飾りに触れてみる。すると、宝石の上、ちかちか光が踊る。綺麗だ。

――ジルベールさま。

堰《せき》を切ったようにあふれる彼の思い出に、カティアの肩は小刻みに揺れる。

目を閉じたカティアの頬に、涙がこぼれて滴った。

これさえあれば、何があっても生きていける、そう思った。

家令のエゴールが手配した、首もとまで隠れるドレスを纏ったカティアは、窓辺でほおづえをついていた。愁《うれ》いをたたえて外を眺めているけれど、その実、緑の瞳は何も映していなかった。彼女は三日前の出来事を思い出しては息をつく。

断罪されるのは自分ひとりだけでいい。

手の中にあるのはエメラルドの耳飾り。大好きな、彼がくれた唯一のものだ。

眺めていると、重厚な樫の木の扉が二度叩かれた。

「お嬢さま、フロル王太子殿下がいらしております」

それは家令の声だった。カティアは突如激しくなった動悸に、大きく息を吸いこんだ。

ジルベールに抱かれてから三日の間、ずっと王太子に伝える言葉を探していたのに見つからなかった。王太子の妻になる者は、王子を産むにあたり貞操を強く求められるのは当然だ。よって、カティアはもう妃になる資格はない。しかし、自分ひとりで罪を背負うにしても、行為は相手がいないと成り立たないため、伝え方がわからなかった。行為の事実を告げた途端、相手を問われてしまうだろう。黙っていれば、憶測が憶測を生む結果になる。誰かに相談するべきだけれど、どうしても言えずに部屋に籠りきりになっていた。

だが、幸運にも王太子の訪れが三日の間途絶えていたため、カティアの命運は尽きないでいた。とはいえ毎日、断頭台にあがる思いでいたけれど。

覚悟を決めたカティアは縮こまりながらも、おそるおそる声を出した。

「……いま、行きます」

扉を開けたカティアは、控えるエゴールに向かって、「ごめんなさい」とつぶやいた。父と兄が心血を注いだ家の名声に、そして、長きにわたりベルキアに尽くしたエゴールの忠誠に、これから拭うことのできない泥を塗る。無責任で役立たずの自分は愚かの極みだ。

カティアの様子に気づいたのだろうか。エゴールが励ますように、やさしく背に触れてきた。すると、不思議と鼓動が落ち着き、背すじを伸ばしていられた。

彼はいつも職務に徹して無表情でいるけれど、真心が伝わってきて、目の奥が熱くなる。

「お嬢さま、フロル王太子殿下のお言葉を心して、堂々とお聞きください。決して誇りを失わず、取り乱したりはなさいませんように」

すでにあの行為が王太子に伝わったのかもしれない。カティアは静かにうなずいた。

家令に案内されたのは生前の父の書斎だった。ベルキア家は宮廷に規模の大きな居室を与えられているが、父と兄亡きいまは王太子との婚姻により国王に返す手筈になっていた。すでに召し使いたちが荷物をベルキアに引き上げつつあるため、以前よりも物寂しい。

カティアはすでに外されている絵画や梱包された壺を眺める。今日、王太子に事のあらましを伝えたら、おそらく居室は失われるだろう。もしも断頭台行きを宣告されたなら、ベルキアの地位も資産も消え失せる。父が気に入っていたあの絵画や壺は没収され、輝かしいベルキアの屋敷や領地……森も草原も野花も馬も思い出も、すべてが消える。

――ごめんなさい。

自分の身勝手さに肌が粟立つ。けれど後戻りはできない。

唇を引き結んだカティアがエゴールに向けて小さくうなずくと、家令はきびすを返して去っていった。

握ったこぶしは緊張で震える。その手でカティアは書斎の扉を二度叩く。その後、「入れ」の声とともに扉を開けた時だった。

「カティア！」

椅子から腰を上げた王太子が叫んだ。思わぬ反応に驚いたカティアがよろめけば、大股ですぐ側まで来た王太子に力のかぎりに抱きしめられた。

これはどうしたことだろう。カティアは王太子の行動を読めずにいた。しかも、「カティア、カティア」とうなされたように呼びつつ、頬にくちづけてくる王太子の瞳は濡れている。カティアのほうが余裕がないはずなのに、わけがわからず混乱した。

「あの、王太子殿下」

顔を離そうとしたけれど、すかさず後頭部に手が置かれ、王太子の硬い胸に沈められる。カティアのやわらかな頬は潰された。話を切り出したいのに切り出せそうにない。

「あなたを離したくない」

苦しげにうめいた王太子は眉間にしわを寄せ、灰色の瞳を閉ざした。

「あなたを愛している。本当だ、カティア。私はあなただけを愛しているのだ」

どこか悲愴めいた王太子に、カティアは戸惑うばかりだ。

「私たちは愛し愛される最高の王と王妃として君臨するはずだった。……しかし……あなたを妻に迎えられなくなってしまった。それというのも、あのいまいましい女のせいだ」

——妻に迎えられない？

その言葉は僥倖《ぎょうこう》だったが、状況がわからず、カティアは緑の瞳をしばたたかせた。

王太子は「くそっ、あの魔女め！」と吐き捨て、続いて甘い声色で「カティア……」と、金の髪を撫でてきた。

「もう、あなたの耳に入っているだろうか。……あなたの家令から話を聞いた？」

「いいえ、わたしは」

「そうか……まだ聞いていないのだね。あなたの家令は家令の鑑《かがみ》だ」

深々と息を吐いた王太子は身を離し、カティアの両肩に手を置いた。視線が交わる。

「落ち着いて聞いてほしい。私は父に命じられ、あなたではなくゴルトフ家のアリョーナを妃に迎えさせられることになった。固く断ったのだが強制的に……ああ、カティア！」

回りくどく時間をかけて理由を説明されたが、王太子の話はとどのつまりこうだった。

カティアにキスを拒まれ続けて一週間、むしゃくしゃした王太子は隣国ブレシェの王が開いた晩餐会で浴びるほどに酒を飲み、酔いと欲望にまかせ——王太子は〝悪しき女に惑わされた〟と言っていたが——とある令嬢と夜を共にした。本来、王太子が相手であれば、婦人はたとえ純潔を失ったとしても権力によりうやむやにされ、何も無かったことになるものだが、相手が悪かった。その令嬢は、ベルキア家の政敵ゴルトフ公爵の娘アリョーナであり、彼女の父ヤーコフは現在ベルキアに成り代わり権勢を振るっているため無視できない存在だった。しかも、情事を目撃したアリョーナの召し使いが、ヤーコフに報告したため裸で絡み合って眠るさまが晒された。ヤーコフは国王に直訴し、事態は急遽一変、フロル王太子の妃はカティアではなくアリョーナに決定した。

「私は嵌められたのだ！　ヤーコフめ……あいつがほくそ笑んでいるのをこの目で見た」

手を引かれて長椅子に移動し、王太子のとなりに腰かけさせられたカティアは、ゆるゆると王太子を見返した。彼の顔や目には、後悔、怒り、無念、といった色が見えた。その様子に彼女はこくりと唾をのむ。

——わたしはきっと悪魔なのだわ。だって……まったく残念に思っていないのですもの。それればかりか、自身の犯した罪を忘れて喜び、安堵していた。もうジルベールが罪に問われることがないと思えばうれしくて、心のもやがすっきり晴れていくのがわかった。

——いけない。

カティアは抱いた思いを悟られないようにうつむいた。これは貴族の欺瞞というものかもしれない。いつのまにか、自分も宮廷にはびこる考えに染まってしまったのだろう。

王太子は「カティア、すまない」と言いながら彼女の手をさすり、その手を持ち上げ、自身の唇を甲にのせた。胸の錘《おもり》が解けたいまのカティアは、穏やかにこれを受け入れた。

「いいえ、王太子殿下。どうかお気になさらないでください。わたしは」

「そのような物わかりの良いことを言わないでくれ！　カティア、私はこんなことになろうとも、あなたを手放したくないのだ。どうしても」

王太子は黒い髪をくしゃくしゃとかきむしる。

「この世に神はいないのか。私は……私の息子はあなたが産むものだと思っていた。その未来を固く信じていた。——くそ。この先、あなたの産む子を正式に迎えられないなど」

顔を上げた王太子がひたむきに見つめてくるので、カティアは動けなくなった。

「あなたを愛しているのだ。カティア」


カティアは長椅子に倒れるように腰かけた。王太子の滞在は長く、ようやく退室したのは夜を迎える時刻になってからのこと。ぐったりしていたカティアのもとに、家令は気を利かせて蜂蜜水を運んでくれた。

「お嬢さま。毅然とされてご立派でした」

その言葉にカティアの胸はうずいた。おそらく彼は、婚約が破棄されたことでカティアが落胆していると思っているのだ。そんなことは一切ないのに。

カティアは姿勢を正して家令を見つめた。

「エゴール。わたしはこれからどうするべきなのかしら。……いつもあなたに頼りきってごめんなさい。でも、身の振り方がわからないの」

カティアは父と兄の指示に従ってきたため、残されたいま、右も左もわからなかった。

「そうですね、個人的な意見でかまいませんか」

「ええ」

「宮廷を一度下がられたほうがよろしいかと。王太子殿下は結婚後、すぐにお嬢さまを愛妾に迎えられるおつもりです」

「まさか」と、瞠目したカティアは、口に運んでいた杯を止めた。

愛妾——王族の愛人は、大抵既婚の婦人か未亡人がなるものだ。つまり王太子は、カティアに適当な廷臣をあてがい、結婚させ、その男に妻を献上させる腹づもりなのだ。

自分にはそれほど執着される価値などないというのに。

「侯爵さまがご存命でいらっしゃいましたら、お嬢さまに愛妾になるよう勧められていたでしょう。ですが、僭越《せんえつ》ながら申し上げますと、良い結果につながるとは思えません」

たしかに、カティアも父ならば愛妾になれと命じるだろう思った。政敵の娘が王太子の妃におさまるのは、当然父はおもしろくないだろう。だが、結婚した途端に寵愛を奪えるのだとしたら、宮廷内で華々しく権力を誇示できる。父から精一杯誘惑しろと言われただろう。

「お嬢さま、お嫌でしたら事が動く前に国王陛下へのお早い申告が最善かと思います」

カティアは大きくうなずいた。

エゴールの言葉を受けて早々に動いたカティアは、王太子との婚約を取り消されたばかりということもあり、配慮があったのだろう。翌日には国王との謁見を取りつけられた。

心臓が口から出るのではないかと思うほどに緊張しながら政務室に出向くと、王は人払いをしてふたりきりになった。

しかし、おずおずと王にいとまごいを進言した際に告げられた言葉は無情なものだった。

「許可はせぬ」

顔をうつむけ、許しを乞うていたカティアは固まった。まさかはね除けられるとは思わずに、けれど黙って従うほかはなくて、小さく同意の膝を折る。

「そなたの母は〝宮廷の薔薇〟と呼ばれ賞賛されていた。その美しい薔薇を失い、色褪《いろあ》せていたところにようやくそなたを呼び寄せたのだ。そなたはまだ小さな蕾でしかないが、じきに艶やかに花開くであろう。余は花を愛でずにみすみす損なう愚かな真似はしない」

言葉の途中でかちかちと歯が鳴ってしまい、カティアは気取られないように噛みしめた。

以前兄は『お前は二度と屋敷に帰れない』と言っていたが、そういうことなのだと思った。カティアを宮廷に呼んだのは実際のところ父や兄ではなく、王だったのだ。だとしたら、二度と帰れないという言葉に納得できる。宮廷は逃げられない牢獄だ。

ドレスのなかで膝が震えた。このまま閉じこめられるのだと思うと絶望におそわれる。

青ざめているカティアにかまわず、王は機嫌がいいのか、杯に蒸留酒を注いだ。

「フロルとそなたの婚約は破れたが心配はいらぬ。昨夜、良き申し出があったのだ」

王の言葉は拒絶できるものではない。次の言葉は絶対に守らなければならない命令だ。

固唾をのんで待つなか、豪奢な黄金の椅子に座る王は鷹揚に足を組み変えた。そのサテンの靴につく宝石がぎらつくさまをカティアは見ていた。

「カティア・ナターリア・ベルキア」

カティアは懸命に顎を持ち上げた。すると王は蒸留酒をのどに流しこんでから言った。

「そなたの父であり、余の友マルセルの功績を称える。そなたは生涯〝ベルキアの娘〟であり続ける」

しかし、カティアはその言葉の意図することがわからなかった。ベルキアの娘であり続けるとはいったい何なのか。

「ブレシェ王より提案があったのだ。同盟を強固にするためベルキアの娘を迎えたいと。だが、余は断じてベルキアを失うわけにはいかぬ。そこで条件を出したのだ。ブレシェはすべてのむとのことで許可した。そなたは異国の者に嫁ごうとも余の国の貴族だ」

――異国の者に嫁ぐ……。

「ブレシェとの協議により、そなたはバルドー伯爵の妻になることが決まった」

王はぶつぶつと「ああ、もう調印は済ませたな」とひとりごつと、王太子と同じ灰色の瞳をカティアに向けた。

「そなたはすでにバルドー伯爵夫人だ。くわしくは夫に問うがいい」

カティアは驚きのあまりに頭のなかが真っ白になった。

バルドー伯爵……それは、すなわちジルベールのことだ。

六章

『もう二度と会わない』
そう伝えた時の彼女の顔が、頭にこびりついて離れない。
きびすを返し、逃げるようにその場を去るなか、背に彼女の悲痛な声が刺さる。
『どうして……？』
問いはそのまま突き返したい思いだった。——呪わしい。
『ジルベールさま！』
無意識に足が止まりかけたが、身体の奥に渦巻く思いでそれを散らした。
彼女に関するものすべてを、ありったけの黒で塗りつぶす。
憎かった。憎くて憎くて、憎くて、憎くて。
だが、きっと、彼女は泣いている。
——知ったことか。

「お前、正気か」

ブレシェ王の貴賓室にて。となりでうめいたイリヤに、ジルベールは冷めた視線を送った。だが、見ているだけで何も語ろうとはしないジルベールに焦れたイリヤはもう一度「正気か？」と問いかけ、ため息をつく。

それというのも、ジルベールは王太子とアリョーナの婚約を知るやいなやブレシェ王ジュスタンに「ベルキアの娘ならば娶ります」と願い出たのだ。ジルベールは一生独身でいるのではないかと危ぶまれるほど堅物で知られるため、たとえ相手が婚約を破棄されたばかりのけちがついた娘でも、王はふたつ返事で「お前に決定」とにんまり笑った。

その後、話はさして障害なく進み、当人同士ではなくふたりの王が約定を交わす形で成立した。この結婚は、ベルキア側にはおかまいなしで進められた。おかげで同盟は強固なものとなったが、娘はまだ自身が結婚したことを知らない。

「お前、あの娘をどうするつもりだ？　お前が憎む侯爵はもうこの世にいない。それをあの娘に償わせるのか。しかも結婚までするとは狂気の沙汰だ。側に置きながら腹いせに復讐するなど陰険にもほどがある。それよりもだ。お前は人生を復讐に費やすつもりなのか？　仇の娘と結婚など……本当にそれでいいと思っているのか！」

つらつらと述べた後、イリヤはこぶしでどんと机を叩いた。拍子に杯と酒瓶が揺れ動く。ジルベールは冷静に、「危ないだろう」とそれを倒れないように支えた。

「ジルベール、よく考えろ！　そんな人生は虚しいだけだ。一生を棒にふるつもりか？

おれにはお前が不幸になりたがっているとしか思えない。ベルキアの娘ごとな！」

「お前には関係ない」

「このばか、何を考えているんだ！」

「関係ないと言っている」

ジルベールはすげなく告げると、葡萄酒が入った杯を持ち、窓辺に歩み寄る。宵のガラスに険しく眉をひそめた顔が映った。

これまで十年、復讐のためだけに生きてきた。だからこそ生きられた。

ガラスに映りこむ影で、イリヤが近づいてくるのがわかった。

「いまからでも、ぎりぎりだが間に合う」

ジルベールは「しつこいな」と乾いた笑みをもらし、手に持つ杯を呷《あお》った。

「何が言いたい」

「お前が無理をする必要はない。おれがカティア・ナターリア・ベルキアと結婚してやる。安心しろ、アビトワにお前が自由に出入りできるように手配する。憎い娘など、ただでさえ堅物で潔癖なお前のことだ、抱くのは無理だろう。子が生まれなければ家は滅ぶ。ベルキアだけじゃない、お前の家もろともだ。だからおれが彼女を抱――」

次の瞬間、イリヤの声は止まった。ジルベールがすさまじい勢いで胸ぐらを摑んだからだ。彼はそのまま互いの鼻先がつきそうなほど近くにイリヤの顔を引き寄せた。

「黙れ」

「は。……何をする」

苦しげなイリヤの言葉の途中で、ジルベールの鼻にしわが寄る。

「結婚は覆らない。絶対だ」

至近距離でふたりは見合う。ジルベールの目は狼のように鋭く、イリヤの目はただ大きく開かれた。

「お前。憎んでいながら……まさか」

「黙れと言っている」

ジルベールはぎりぎりと胸ぐらを持ち上げたあと、イリヤの身体を突き放した。

「これ以上ぼくにかまうな」


ジルベールがブレシェの国もとにいる執事に手紙をしたためていると、居室に壮年の男が訪ねてきた。華美ではないが、仕立ての良い黒でまとめた装いの男はエゴールと名乗り、恭しく礼をした。

「ベルキア侯爵家の家令を務めております」

エゴールは召し使いでありながら、何もできない主に代わり、いま、ベルキアをつつがなく動かしている。あの憎い男の右腕と称されたほど優秀だと聞いている。現在のベルキアにほころびがないところをみると、あの男の生前も彼の力が働いていたのだろう。

ジルベールは飲み物を勧めたが、家令は職務中を理由に、丁重に断った。

「バルドー伯爵さま」

羽根ペンを放棄《ほうき》したジルベールは、書き物机でひじをつき、頬を支えながら言った。

「たしかにバルドー伯爵だが。知っているだろう、お前の主の夫だ。ジルベールでいい」

すると家令は「では、ジルベールさま」と言い直して話を続ける。

「書状をいただきました。しかしながらお聞かせ願いたいことがございます。ひと月後に我らがこの宮廷からベルキア領に戻るのは理解しております。ですが、いまのまま話が進みますと、カティアさまがおひとりになられてしまいます。この私か乳母かを、お嬢さまのお側に置いていただきたいのです」

「必要ない。ぼくの国から人を呼んでいる。カティアの世話はその者たちで十分だ」

通常、家令は目上の者に対して差し出がましいことは控えるものだが、エゴールは引き下がろうとはしなかった。

「ジルベールさま。はじめての方ですとカティアさまのご負担が大きくなります。カティアさまは父君と兄君を失われてからまだ日が浅いのです。母君も早くに亡くされ心の傷が癒えていらっしゃいません。気丈に振る舞っておられますが、もともと多くを望まず、そして語らず、慎ましやかに過ごされる方、我を通そうとなさらないのです。ですから、我らの主の傷が癒えるまで、お側で守らせてくださいませんか」

ジルベールは家令の言葉に不機嫌に眉をつり上げた。過保護にもほどがあるからだ。

「断る。貴族とはそのようにされていいものではない。身をもって処世術を学ばなければならないのだ。お前たちが守れば守るほど彼女は成長しない。もとはといえば彼女は妃殿下になる身であり、もし破談にならなければお前たちは婚姻直後に遠ざけられていただろう。エゴール、お前は同じ言葉を王太子殿下には進言しなかったはずだ。そうだろう？」

家令らしく表情を見せないエゴールだったが、心なしか落胆がちらついた。

「返す言葉もありません。……ジルベールさま、ご無礼を承知で申し上げますが、ひとつお願いがございます。カティアさまと我々の文のやりとりだけはお許し願いたいのです」

一瞬拒絶の言葉がよぎったが、ジルベールは気まぐれにうなずいた。

「いいだろう。ああそうだ、エゴール。ベルキアの書類に目を通したい。運んでくれ」

「ベルキアの、でございますか」

ジルベールはエゴールの眉が若干ひそめられたのを見逃さなかった。断るのは許さないとばかりに、「そうだ」と強く言い含める。

「多岐にわたっておりますが、すべてに目を通されると考えてもよろしいでしょうか」

「かまわない」

策略に富んだ瞳でエゴールを見据えれば、感情の見えない視線を返された。

「バルドー伯爵家の財政状況も提示しよう。そうでもしないと、お前も不安だろう」

「では、直ちにこちらにお持ちいたします」

「いや、あとでいい。これから来客だ」

家令が去ったあと、ジルベールは自身の執事への手紙を書き終え、これから先のことを考えた。

ベルキアの娘を妻にするにあたり、リベラの国王から出された条件は三つある。

一つ、カティア・ナターリア・ベルキアは生涯ふたつの貴族の地位を有する。バルドー伯爵夫人ではあるがベルキアの名は消えない。通常妻の資産は例外なく夫が管理するものだが、この結婚には当てはまらない。夫が妻の資産に手を出した時点で婚姻は無効になり、カティアは国に返される。

二つ、カティアは一年の半分は〝ベルキアの娘〟としてリベラ国に留まる。

三つ、ふたりの間に最初に生まれた男児はベルキアの当主とする。

最初にこの条件を聞いた時には、いやにカティアにこだわり、執着していると思った。どう転んでも、この国はベルキアの娘を手放す気はないのだ。前代未聞の扱いだ。

ブレシェ王によると、カティアの母はこの国の王が王太子の頃に愛した人らしい。そのうえ王はカティアの名付け親だった。彼女は特別目をかけられているのだろう。だが、それを踏まえても破格の扱いだ。異様なさまに、まだ裏に何かあると思った。

憮然と頬杖をついていると、ちょうど扉が叩かれた。彼は投げやりに声を出す。

「入れ！」

召し使いの案内のもと、入室してきたのは、供を連れた〝ジルベール〟の従姉妹、ゴルトフ公爵令嬢アリョーナだ。書き物机の前に置かれている長椅子を勧めると、アリョーナは自身の供に扇で部屋から出ろと指示をする。命じられたとおりに供が出て行くと扉が閉められた。

ジルベールは呆れたようにため息をついた。

「きみ、王太子殿下と結婚が確定しているというのに供を下げるなどどうかしている。男と密室でふたりきりになるなど浅はかだ」

アリョーナは豪華なドレスをさばいて椅子に座ると、艶めかしくジルベールを見つめた。

「あら、この国で最高の女になったわたくしにかける言葉は他にあるはずよ」

視線が濃密に絡み合うなか、彼は軽薄そうに唇の端を上げた。

「さすがは美しいきみだ。見事だね、従兄弟として鼻が高い。……で、用は何」

「いやだわ、わかっているでしょう？　それはそうとあなた」

と、アリョーナは扇の先をジルベールに向ける。

「まさかあの娘と結婚するとは思わなかったわ」

「なぜきみは不満げなのだろう。最高の殿方を手に入れておいて」

さわやかに笑むジルベールに、赤い唇をひん曲げたアリョーナは頬を膨らませた。

「とぼけないで。わかっているはずよ、わたくしはあなたが好きなの。なのにひどいわ、誰かのものになるなんて。しかも、よりにもよってあの娘のものになるなんてね！」

「ぼくは誰のものでもない」

「では、わたくしのものになって」

アリョーナは椅子から立ち上がり、猫が歩むようにしゃなりしゃなりと彼に近づいた。

「ねえ、あの日交わした約束を果たしてちょうだい」

頬を細い指先でするりとなぞられ、ジルベールは横目でアリョーナを見やった。

「何のことかな」

「焦らすの？」と、アリョーナの官能的な唇が彼に寄せられる。

「最高の女になった暁には愛人になると約束したわ。わたくしたちこれから逢瀬《おうせ》を重ねてゆくの。大丈夫よ、王太子殿下は毎日酒びたりでいらっしゃるからうまくいくわ」

ふ、と息を漏らしたあと、ジルベールは大きな声を出した。

「ゴルトフ公爵令嬢アリョーナ殿がお帰りだ！　送って差し上げろ！」

アリョーナは目をむいた。

「何のつもりなの、ジルベール！」

憤る彼女を内心ばかにしつつ、彼は楽しそうに青い瞳を細めた。

「悪いね、ぼくは手垢がついた女には一切興味がないらしい。まったくもってそそられない。この先、従兄弟以上の関係を求めないでほしいね。男にも機能というものがある」

続けて「つまりは勃《た》たない」と声をひそめて口にすると、彼はわななくアリョーナの「騙したのね」の言葉を無視し、扉を開けた自身の召し使いと彼女の供に目配せをした。

ジルベールは視線を彼らに向けたまま、アリョーナにささやく。

「騙したなどと人聞きが悪い。きみは王太子殿下を選んだ。それ以上の答えはないな」

アリョーナは、流れるように向けられた青い瞳をぎっと睨んだ。

「許さない……わたくし、絶対にあなたを手に入れるわ」

「王太子殿下はどうするんだ」

呆れ混じりに問えば、艶やかな赤い唇が弧を描く。

「どちらも手に入れるわ。あなたも、王太子殿下も」

「それは欲張りだ。過ぎた欲は身を滅ぼす」

「わたくし、妃殿下になるのよ。叶わないと思っていた夢を叶えたわ。権力を手に入れたの。何を恐れることがあって？　できないことはないと知っているのに」

彼は顔に愉悦を浮かべていたが、ふいにすべての感情を消した。瞳に仄暗い影が宿る。

過去、嘆願にゴルトフ公爵家を訪ねたことを思い出す。ひれ伏して父の助命を乞うた際、公爵の後ろでアリョーナはこちらを嘲った。

『やだ、なんなのみすぼらしい。お父さま、そんな汚い子、早く追い払って。視界に入れたくないわ。なんだか臭いし、わたしの身体まで腐りそう。むしずが走るわ』

アリョーナは、むかしそう言い放った口で自分に愛人になれと言ったのだ。

——ふざけるな。

彼は蔑みをこめた目でアリョーナを射貫いた。

「ばかげている。ただでさえ略奪は心証が悪いんだ。リベラ国はぼくの国よりもはるかに残忍だからね。たとえ妃におさまろうとも、王太子殿下がうんざりし、邪魔だと思えばきみは追放、もしくは断頭台行きだ。安寧などない。せいぜい最高の女で居続けることだ」

「あなたこそ忘れるべきではないわ。ジルベール、あなたはもうわたくしのものよ」

「ぼくは誰のものにもならない。アリョーナ、ここまでだ。出て行け」

唇を噛みしめたアリョーナは、しずしずと歩くのを忘れて騒々しく大股で立ち去った。

＊　＊　＊

最初、それを聞いた時、カティアの思考は止まった。まだジルベールと結婚した事実をうまくのみこめていないのに、目の前の家令は明日、皆を引き連れてベルキアへ去るのだと言う。カティアひとりを残して。変化が急すぎて、くらくらとめまいがする。

いま、椅子に座っていてよかったと思った。もしも立っていたならくずおれていただろう。現にカティアの膝は、がくがくと震えだして止まらない。

たっぷりと蜂蜜水が入った杯も震えた。手が揺れてしまうからうまく持っていられない。気づいた家令のエゴールは、カティアから銀の杯を受けてくれた。ばあやが作ってくれた大好きな蜂蜜水だ。やさしいばあやもエゴールも、カティアのもとを去ってゆく。もう、これが最後の蜂蜜水なのだと思うと、こみ上げてくるものがある。

目の奥がじわりと熱くなり、痛みとともに視界がにじむ。

「お嬢さま、何も心配することはありません。何かございましたら手紙をしたためてください。すぐにお返事いたします。私も、あなたのばあやも手紙を待っていますから」

カティアがうつむくと、膝にぽたぽたと染みができた。父や兄を亡くしてからというもの、この家令がずっと支えていてくれた。情けないことに、離れると思うと抑えがきかなくなってしまう。不安が音もなく押し寄せる。

エゴールには以前、カティアが恐ろしいことを願ってしまったのだと伝えてある。だが彼は後悔に苛まれ続けているカティアに、『お嬢さまの責任ではございません。その程度で命が消えていましたら、宮廷どころか世界はいまごろもぬけの殻《から》です』ときっぱり断言してくれたため、暗闇から救われた。この父の側近が近くにいれば、許されているような気になった。失われそうないまならわかる。カティアは自分に嫌気がさすほど、弱くて周りに頼りきりだった。あまりに脆弱で情けない。

本当は離れたくないしずっと側で支えてほしい。しかしカティアは知っている。「いや」と言ってはいけないことを。言えば困らせるし、父と兄の抜けた穴を補っているのはエゴールだ。寝る間もなく彼は働き続けてくれている。

カティアは思いを隠して笑みを浮かべた。家令の表情をうかがうに、うまく笑えていないようだけれど。

「お嬢さま」

こんな声を出させてはいけない。カティアは努めて顎を上向ける。

「エゴール。わたし……もしかしたら、毎日手紙を書いてしまうかもしれないわ。でも、許してくれる？　平気でいられるように努力するから、だからそれまで」

「努力など必要ありませんよ、お嬢さま。毎日でも、いつでも心よりお待ちしています」

再びエゴールから杯を受け取って、カティアはそれをゆっくり傾ける。

口のなかいっぱいに、やさしい甘さが広がった。きっとこれは、まわりにいてくれた人たちの心の味だ。

「おいしい……」

カティアは頬が濡れていくのがわかったけれど、かまうことなく微笑んだ。

「おいしいわ、ありがとう」

——強くなるわ。

カティアは、ベルキアの皆を宮廷から送り出すのは自分の役目だと思っていた。ずっと背すじを伸ばしていようと決めていた。けれどそれは叶わなかった。朝、早々に予告もなくジルベールが現れたからだった。

彼は、驚き呆然とするカティアの腕を摑み、家令やばあやが止めてもかまわず居室を出た。ろくに皆と挨拶も交わせぬまま、攫われたと言っていい。拒絶したいのに言葉は口から出なかった。何度もベルキアの居室を振り返ったけれど「きょろきょろするな」と一喝されればおしまいだ。しかしながら、どこかでうれしいとも感じていた。その思いは否定できない。この手を強く引くのは、はじめて恋した人だから。

でも、怖かった。無理やりカティアを抱いた人だ。――違う、怖くない。自分は彼と一緒にいられて幸せだ。

カティアは相反する思いに戸惑い、混乱していた。自分の本心はどこにあるのか、何が正解なのかわからずに、胸はどくどく息苦しいほど脈動する。

自身の手を引く彼の背中を見やれば、すんなりとした背の高い肢体に、こんな時でも憧れた。目を逸らせなくなり見入ってしまう。彼は独自の色気を持つ人だ。

朝日に透ける銀の髪、広い肩、ビロードの深い緑色の素敵な上衣、かすかに香るふくよかな香り。嗅ぎ覚えのある香水に、たちまち想いはあの葡萄畑に行き着いた。

あの彼だ。彼とふたりで歩いている。嫌いになれるはずがない。好きなのだ。ひどい人だとも思うけれど、一度抱いた想いは簡単に消えたり色褪せたりしない。

それに、彼はカティアとのはじめての夜、綺麗な耳飾りを贈ってくれた。それは宝物だ。

「レディ・カティア」

中庭に面した回廊に着くなり、彼は振り向きざまに言う。面差しからは感情は読めない。

「きみはすでにバルドー伯爵夫人だ。両国の同盟の話は知っているだろう」

めまぐるしい状況に緊張していたカティアだが、「はい」とゆっくりうなずいた。

「……エゴールから聞いています」

「フロル王太子殿下とは待遇は違うが、諦めてくれ」

葡萄畑の頃に比べて、硬質で他人行儀な声だった。再会してから、ずっとそれは続いている。一度は好意を向けてくれたのに断片すら残っていない。さみしさに、カティアは知らず靴の先に目をやった。

「うつむくな、貴族だろう。きみはどのような態度をとるべきなのかわかるはずだ」

カティアは首を動かし同意した。自分の失敗はそのまま彼の失敗につながる。エゴールが言うには、ジルベールはブレシェにおいて綺羅星の筆頭に上げられるほど将来有望な人らしい。カティアが愚かな行動をしたら、たちまち彼の名声に傷がつくうえ、宮廷で噂の的になる。ただでさえ王太子との婚約が破れ、カティアは噂の中心にいるというのに。

「ベルキアの娘、いまからきみが妻としてどのように振る舞うのか見させてもらう」

カティアが彼をうかがえば、すかさず綺麗な瞳と目が合った。親しみやすさなどかけらもない凍てつく目。絶対に、失敗できないと思った。

彼が差し出してきた腕に手を添えた。仕立ての良いビロードの肌触りが伝わった。意識せずとも背すじは伸びた。カティアはまっすぐ前を見て進む。それは生まれてはじめて国王と謁見した時よりも、はるかに緊張するものだった。

そんななか、いつかの葡萄畑が浮かぶ。穏やかだった彼の姿が。あの時は彼が歩調を合わせてくれたが、いまはカティアが彼に合わせせる。視線、指先、足の先、膝、呼吸、ひとつひとつに気を張った。彼にふさわしくあるために。

彼と結婚したのだ。実感はまったくないけれど、それはたしかなことだった。もしも葡萄畑で出会ったままのふたりなら、いま、どうしていただろう。

想像しかけて、カティアは心のなかで首を振る。つらくなるだけだ。

歩みつつ、思いをめぐらせ考える。ふと、カティアは彼のことをろくに知らないのだと気がついた。恋をしたとはいえ自分が見ていたのは彼の表面だけなのだろう。この先時間をかけながら、少しずつでも彼を知り、理解できたらうれしいと思った。

回廊を抜け、角をふたつ曲がれば、重厚な扉に行き着いた。そこはバルドー伯爵に与えられた居室だった。調度品は意匠が凝らされ、品よく深い緑で統一されている。ベルキアの居室より小ぶりなものの、異国の貴族に対して破格の扱いだ。

「今日からここがきみの居室だ」

彼に手を取られ、カティアはそのまま部屋のなかに引きずりこまれる。

瞬間、扉は閉じられた。


それは、部屋に入るなりはじまった。

居室を横切り、まず連れて行かれたのは寝室だ。大きな寝台が中央に置かれ、見てすぐに彼とふたりで眠るのだと思った。

夫婦は一緒に横になるものだと知っているけれど、寝台がやけに生々しくて、平静ではいられない。早鐘を打ちはじめた心臓がどうにかなりそうで、痛みを覚えるほど胸が圧迫される。否応なしに、あの嵐の夜が蘇るのだからなおさらだ。

カティアは浅い息を繰り返す。その間、視線を感じて彼を仰げば、やはりその美貌に感情はのせてはおらず、思いは少しも推し量れない。機嫌がいいのか悪いのかさえわからずに、カティアは緊張のあまり手足が震えた。

明かり取りの窓からは、昼前の若い陽射しが降っていて、彼の輪郭を光らせた。幻想的な姿は美しいけれど、ことさら彼を遠く感じて悲しくなった。

逃げたい。けれど逃げられない。

カティアは不安な思いや及び腰な自分を隠したくて、彼に向けて笑顔を作った。

だが、彼には不快なものととられたようで、冷めた瞳に射貫かれる。

「無理に笑うな」

その指摘に、カティアが目を見開いている間に、彼が言葉を先に進めた。

「ぼくが嫌いか」

思いもよらぬ問いに声は出なかった。呆気にとられたカティアは首を振って否定する。そんな気持ちは少しも抱いたことがない。言葉でも態度でも表したことはないのに。だからもう一度首を振る。すると、彼が呆れたのか乾いた笑みをこぼした。

「ばかな人だ」

カティアが息をつめるなか、青い瞳を薄めた彼は、口の端を持ち上げた。

「あれほど嫌がっていたうえにいまも震えておいて、お人好しだね。きみを無理やり汚した男を嫌わないなどどうかしている」

　彼は自身の首もとにつくブローチを取り去ると、レースを引き抜いた。そのまま傍机に放る。ぞんざいな動作でも、彼にかかれば、それは優美な所作になる。

「だが、遠慮はいらないというわけだ。問題ないのだろう？　また、ぼくに抱かれても」

　カティアは肯定も否定もできずにこわばった。ゆるゆるとうつむき、まつげを伏せる。あれは恥ずかしくて、格好も屈辱的だったから、進んで抱かれたいわけではない。けれど、あのとき彼といられてうれしかった思いは事実だ。

　そして、浅ましくも彼と王太子を比べている。王太子ではなくジルベールが相手なら、何でもできるし、いいと思えるのだ。

「……わたしは」

「はじめに言っておく。きみには何も期待していないし、家のために特別してほしいことはない。采配《さいはい》もとらせない。結婚したからといって、気負わなくても結構だ。ただ子どもだけは産んでもらう。そのためにきみを抱く。これは互いに逃れられない義務だ」

　すげない声だ。胸に痛みを覚える。わななくカティアがジルベールを見上げると、彼はざっくりと髪をかき上げた。

「ベルキアの娘、早速きみの義務を果たしてもらう。ドレスを脱いで」

　ひく、と勝手にのどが鳴る。カティアは獲物を狩る獣のような瞳に囚われた。

「裸になれと言っているのだが」

彼が怖いと思った。けれど、カティアは自分自身に怖くないと言い聞かせた。やさしい彼を知っている。あの葡萄畑の彼も自分の思いも本物だ。そう信じていたかった。それに、あの嵐の夜、彼にすべてを見られているのだからいまさらだ。そう思うことでしか、戸惑う自分を振りきれない。

首もとのりぼんを解いていく。幸い、今日去ってしまうばあやに着つけてもらったドレスは複雑なものではなく、ひとりで着脱しやすいものだった。そしてこれは同じく今日ベルキアに向かう家令のエゴールが選んでくれたものだ。

〝お嬢さま、この瞳の色と髪の色を意識して引き立つ色のドレスをお選びください。あなたの髪と瞳はどのような宝石にも勝るのですから、過剰な装飾や色は必要ないのです〟

カティアに価値はないというのに、それでもふたりは、いつも自信のないカティアを励ましてくれた。言葉や声色は常に慮ってくれるものだった。彼らに会いたい。感謝を伝えきれていない。けれども緊張を強いられるカティアは、ジルベールに言い出す勇気もない。

視界がにじみ、慌てて洟をすんとすすってごまかした。泣きそうになるなど弱虫だ。

――強くならないと。

震える指でボタンを外す。彼は、その間も目を離さずカティアを捉える。

自分で服を脱ぐ行為は、抱いてくださいと訴えているようなものだとカティアは思う。

彼から見てどう映るのか、滑稽な姿なのではないだろうか。それが気になった。

衣擦れの音とともにドレスがじゅうたんの上に広がった。白い下着姿の肌が光に晒される。カティアはいま、自分がいかに神秘的に照っているかを知らない。

目を細めた彼が言う。

「きみに触れるよ」

「……はい」

彼はカティアの後ろに回り、コルセットに手をかけた。解かれる度に解放感が増すけれど、同時に肌の露出も増えていく。たまらずうつむいたカティアは、自身のつんと張る桜色が現れたのをみとめた。しかし、それはすぐに彼の手に隠され、指先で、くに、とこすられて遊ばれる。両方だ。

彼の指に沿って動く突起はひどく淫らで、自分の胸ではないようだった。

「ん……っ」

最初は指の表面で撫でつけられていた胸の先は、徐々に力がこめられ、爪弾かれたり、ふにふにに潰され、もしくはひねられたりして感度が増した。

カティアは出したくはないのに、悩ましげな吐息をもらしてしまっている。が、彼はいたって静かだ。

「あ」

ひたすら恥ずかしい。でも、とんでもなく気持ちがいい。

胸に触れられているはずなのに、下腹の奥がうごめき、刺激が蓄積されていく。ずくずくとした快感で、またたく間に腰くだけになり、カティアの膝が折れかければ、すかさず彼のたくましい腕が回り、支えられた。

後ろから顔を覗かせた彼は、自ら熟れさせたカティアの頂をべろりと舐めた。舌先でそれを弾いて舐り、続いて幾度もそこにキスをする。

彼がさも大切な宝物のように胸を愛でる。その艶めかしい仕草と伝わる官能に、せつなさが募り、カティアは自身の脚の間から、とろとろと流れるものを感じた。

もう、立ってはいられずに、身体をすべて彼に預けている状態だ。

「あ……、……っ、伯爵さま……」

感じすぎてどうにかなりそうで、カティアが否定を口にしかければ、彼は胸の先を唇で食みながらこちらに目を向けた。

「きみはぼくの妻だ。伯爵ではおかしいだろう」

彼は見せびらかすように、じゅ、と頂を吸い、その合間に指でもう一方の粒をつまんだ。先ほどまで可憐だったそれは、熟してぷっくりと卑猥に赤く色づいていた。

「……んっ」

「ジルベールだ」

名前を告げた途端、彼はカティアの小さな粒を歯でやわやわとしごいて翻弄する。しかしながら、あの日の夜と違い、触れ方は段違いにやさしくて、まるで葡萄畑の彼を彷彿とさせるものだった。

束の間のことだとしても愛されているようでうれしくて、カティアは必要以上に彼の愛撫に感じて身を打ち振るわせた。腰にぞわぞわと這い上がるものがあり、奥底では炎が燃えさかる。カティアは固く目を閉じた。

「ん。……あ」

胸のみの刺激で秘部がひくひくと蠢動し、何かを求める淫靡な渇きに耐えられず、カティアが脚をもぞもぞと動かせば、気づいた彼がカティアの脚の間に手をやった。彼はそのまま秘部に確かめるように触れ、あふれ出した艶めく液を指にねっとりとまとわせた。

その指で、上部にある秘めた小さな芽が弄ばれる。くち、くち、と音が立つ。

「あ！　あ……っ」

快感に顎を上げたカティアが、これ以上はしたない声を出さないように、ぐっ、と唇を噛みしめれば、身体を回転させられて、彼が熱をのせてきた。触れるだけのくちづけだ。

カティアがゆっくり目を開けると、銀色の髪から覗く彼の瞳に自分が見えた。

――ジルベールさま。

「唇を噛むな。声を出すことも義務だ。すべてをさらけ出し、きみはただ善《よ》がればいい」

「…………そんな」

「ぼくは妻に遠慮はしないし、容赦もしない。我慢などするだけ無駄だ」

「でも……」

「恥ずかしいのなら、声が出ないようにしてやる」

彼は自身の唇でカティアの口に蓋をして、舌をなかに入れてきた。

熱かった。上顎、下顎、歯をひとつひとつなぞられ、舌同士がぬるぬると擦り合わされた。ねっとりと絡められると、胸がきゅうと痛くなる。その痛みは苦しいたぐいのものではなく、動悸がひどくても心地のいいものだった。

口内に肉厚の舌が這わされるなか、耳にかけられていた彼の髪がさらりとカティアの顔に落ちた。カティアは、そのこそばゆさに幸せを感じた。

深いくちづけのさなかに彼がカティアの纏う下着を解いていく。ついに身につけるものがなくなると、彼は唇を解放し、カティアを寝台に倒した。うつぶせの、腰を高く上げた状態だ。

とんでもない格好に身じろぎすれば、大きな手に腰を包まれた。励ますように撫でられて、カティアは自分に平気だと言い聞かせた。しかし、全然平気などではなく、泣いてしまいそうだった。すべてが彼に見られている。強烈な視線を感じる。しかも、秘部に。

「きみはぼくが怖いか」

「ん……」

「怖いのかと聞いている」

「怖くは…………ありません」

嘘だ、怖い。けれど、直後に彼は「そうか」とつぶやいた。

カティアはごくりと唾をのむ。その声は、かつてのやさしい彼の声だった。かつての彼のかけらだ。長いまつげを伏せれば、涙が伝ってこぼれた。

――怖くない。

カティアは手に力をこめて身を起こそうとした。けれど、すぐにぐにゃりと力を失い沈みこむ。彼に腰を摑まれて秘部に風を感じた刹那、秘裂にぬるぬると熱いものが這いずり、すでにいじられ敏感になった花芽にむしゃぶりつかれたからだった。

「ああっ！」

緑色の目をかっと見開き、しかし次の瞬間、舌と唇による官能にたまらなくなり、カティアは目を閉じる。身体が強い刺激にがくがく揺れる。下腹から頭の先までせつなさに似た感覚が突き抜け、ぐねりぐねりと秘部がうごめく。

とんでもなく気持ちがいい。はしたない。いけないことだ。やめてほしい。否、やめてなどほしくない。

すぐに、カティアは何も考えられなくなって荒い息を繰り返すことしかできなくなった。口から出るのは考えられないくらいに甘い嬌声だ。こんなの、自分ではないと思う。声を出したくないのに出さずにいられない。

「……あ、っ……あ！」

ぷるぷると背中に震えが走り、秘部が激しく痙攣する。何かがほとばしったあと、彼はそれを口で受け止めて、ずるずると飲み干した。そしておしりのふくらみにくちづけられて、きゅうとせつなく胸が鳴く。

――ジルベールさま……。

しっとりと濡れたカティアの身体は、太陽の日差しを浴びて輝いた。そのきらきらと反射した汗を舐めとるように、彼は舌を這わせてきた。徐々に上へ移動して、ぞわぞわとした淫靡な刺激に、カティアは甘くうめいて背を反らす。

服を身につけたままの彼が、カティアの背中に身体を押しつけ、そしてお腹をさすりだす。その這いまわる手つきは淫らで、性を感じさせるものだった。ただでさえ火照ったカティアの身体は、さらに熱を増していく。

おへそに指先を入れられて、中をいじられれば、また、高く声が出る。彼が触れてくる箇所は、どこもかしこもじりじりとした快楽を生み、カティアをひどく悩ませる。知らずに腰が揺れてしまう。

その腰を、彼は動かぬように固定する。そしてわずかな衣擦れのあと、秘部に硬いものが当てられた。

あの夜の激痛を思い出し、ぴくんとカティアは鼻を上げたが、彼が入ってきてもさほど痛くないことに気がついた。痛いには痛いけれど我慢ができないほどではない。みちみちとゆっくり彼が奥に進むたびに、お腹は圧迫されているのに、カティアの花びらは彼の猛りに寄り添って、身体は収縮しながら彼を抱きしめる。

じわじわと侵入してくる彼の先端が、ちょうど感じるところをこすってきて、快感におそわれる。カティアの秘部はまた脈打った。うつぶせのまま、彼女はシーツを握る自身の手に額をつけた。もう、だめ、と思った。

その時、背中の気配で、彼が息をつめたのがわかった。

「は。……ずいぶん狭い、が……痛みは？」

「……っ、ん。ありません」

言葉の途中で、彼はお腹に腕を回し、ぎゅう、と強く抱いてきた。そのまま後ろに引かれ、彼の膝上に子どものように座る形にさせられる。いきなりだったものだから、カティアの重みで、彼がぐちゅ、と奥の奥まで突き刺さる。

強い刺激にカティアは目をまるくする。

「あっ」

つんと尖る胸が上を向き、そこに彼の片手がのせられた。親指で右の胸先を、中指で左の胸先を、爪で小刻みにこすられる。空いた方の手はカティアの下腹に伸ばされて、下生えをやわやわとかきまぜ、そして秘めた芽に到達する。

彼の指に包皮を剝かれ、敏感なところを指の腹で撫でられる。ぎゅうと潰され、押しこまれる。

「んっ！　やめ……、は……うっ、だめ」

突如はじまる狂おしい悦楽にたまらなくなり、腰をくねらせれば、秘部の奥にいる彼があたり、ますますカティアを高みに押し上げる。彼はカティアを苛む指を止めず、彼女に深々と楔《くさび》を穿ったまま座り、自身はまったく動こうとはしなかった。

ぶわりと汗が噴き出した。

もっともっとと渇きを覚えて、カティアは知らずに快感を拾い集めようと、激しく腰を振りたくる。そして自ら彼で感じて、びくびくと達してしまう。彼を咥えこみ、ぎゅうぎゅうと締めつけ、吸い尽くそうとしてしまう。

自分の動きも感覚も何もかもがいやらしく、はしたない。獣のようだ。けれど、渇きは満たされることなく止められなかった。

決定的な何かが足りない。苦しい。でも気持ちいい。浅ましい……。

身体は勝手に、何度も何度も快感を味わい、彼を離さず、ひたっている。自分のなかの欲を抑えきれなくなっていた。壊れてしまってもいいほどに。

しかし、心と身体は別物だ。これまで清らかに育てられてきたカティアにとって、快楽を貪ろうとする己の卑猥な状況は考えられないものだった。

「は。……い……や。あ！　いやっ。わたし……こんなのっ」

彼の上で腰を揺らし、混乱しつつ涙ながらに告げれば、後ろの彼に、息が止まるほど強く抱きすくめられた。

「……カティア」

名前を呼ばれて、カティアは我に返った。耳に残る彼の声にうれしくなって、いま、この手で抱きしめ返せたらいいのにと思った。ただでさえくしゃくしゃになっている顔が、さらに歪んだ。上気していて、顔も身体も火が出るほど熱かった。

「っ、ふ……。う」

いま、彼の顔が見たかった。あの日のように見つめたい。

――ジルベールさま。

「もっと乱れてぼくを求めればいい」

首すじに彼の唇が押し当てられる。その後、舌がべろりと這わされた。

「あ」

「……締まった。これが気に入ったのか」

彼の指が、ふたりの接合部をくちゅくちゅなぞる。

「んっ……。あ」

はあ、はあ、と胸を上下させるカティアの耳に、彼はささやく。

「まだはじまったばかりだ。終わりがあると思うな」


はじまったばかりというのは本当だった。彼はカティアのなかに自身を埋めたまま、出て行こうとはしなかった。かといって、腰を動かすことはなく固定したまま、カティアの感じる部分をたくみに刺激して、絶頂を味わわせては、カティア自身に快楽を拾わせようとする。彼が動いたとしても、浅く何度か抽送したり、腰をくるりと回すくらいで、その刺激は到底物足りないものだった。だからこそカティアは蓄積された熱に抗えず、淫らに操られ、もっとほしくて彼に踊らされてしまうのだ。

時が経てば、次の段階とばかりに彼の手に支えられ、腰の動かし方を教えられた。時折彼に要求されて、言われるがまま腰を振る。すると、わずかなうめきとともに、彼の埋めたそれがぴくぴくと脈動した直後、カティアのなかに熱いものが広がった。

ずっと背後に彼がいて、ぬくもりや息づかいは伝わるけれど、顔を見たり抱き合ったりはできずに、ふたりでいても孤独を感じる。けれど、すぐに彼に果てさせられるから、さみしい気持ちは消えて、何も考えられなくなった。

行為に疲れて、とうとう意識を飛ばしかけた時だ。

「……きみの感情はどうでもいい。必要ない」

朦朧《もうろう》としているなかで、彼が言った。胸の奥がじくじくと痛くてつぶれそうだ。

「だが、愛人を作れるなどと思うな」

そんなの、作るつもりはないし、望んでもいない。いますぐ伝えたいのに、声にならなかった。

「四人、男児を産んでもらう。当然狙って男が生まれるものではない。女児も生まれる。きみの腹は休む暇はないだろうね」

お腹に彼の唇を感じる。一度では終わらず、何度もくちづけられている。声は冷えているけれど、その唇はあたたかく、それに伴いカティアの心もあたたまる。

――ジルベールさま。

きっと、命じられた結婚とはいえ彼には目的があるのだろう。そうでないと、一度切り捨てた、何の価値もないカティアと結婚などしない。しかし、カティアはそれでもいいと思った。なぜなら彼が目的を達成するまでは、こうして側に居られるからだ。

カティアは、その時が来るまで、夢が覚めなければいいと思った。

翌朝、目を開ければ彼の気配は消えていて、カティアは唇を引き結ぶ。できれば彼に、おはようの挨拶をしたかった。

カティアは不思議と昨日の行為を前回ほどは戸惑わずに受け止められていた。二度めの交接だからかもしれないが、はじめての時よりも身体がつらくなかったのが大きい。また、彼は言葉や態度は冷淡だったが、触れてくる手にはやさしさを感じた。

そろそろと身を起こすと毛布がするりと落ちていく。自分が何も纏っていないことを思い出し、慌てて毛布を引き上げた。周りをうかがえば化粧着が目に留まり、カティアはそれに手を伸ばす。

白でも少し青みがかった生地は、この国ではあまり見ない仕立てのもので、繊細なレースが美しい。思えば、ジルベールが身につけている服もレースが凝っていた。きっと隣国ブレシェの名産なのだろう。着れば、自分が自分ではないようで、遠い異国に住まう別の誰かになれた気がして心がはずむ。

カティアは父と兄を失ってから、自分のことが嫌いになっていた。そのため、ただでさえ慎ましやかな性格に拍車がかかり、自己主張することはなくなった。空腹やのどの渇き、身体に不調を覚えても秘めている。それを補っていたのが家令のエゴールとばあやだったが、ふたりはもうそばにいない。そんな、おとなしいカティアでも、ジルベールが用意してくれた化粧着には浮き立った。あまりのうれしさに、姿見に自身を映して、くるりと回ってしまったほどだ。こんなに心がふわふわするのはひさしぶりのことだった。

だが、ベルキアの皆が去ったことを思い出すとついうなだれてしまう。先に広がる未来は不安しかないけれど、そのなかで生きなければならないし、ベルキアの皆に恥じないようにしなければならない。

カティアは、自分はまだまだ未熟だけれど、精一杯がんばってゆきたいと思った。

それからというもの、毎夜ジルベールに背後から抱きしめられつつ交合し、朝、ひとりで目を覚ますという生活が続いた。ジルベールはその銀色の髪の華やかな容姿から、享楽的な生活を送る人に思われがちだが、実際はカティアの想像をはるかに超えて忙しく、真面目で自分を厳しく律する人だった。彼が居室に戻ってくるのは夜だったので、カティアは毎日食事をひとりでとり、一日中居室のなかに籠って本を読んだり刺繍をした。

といってもカティアはベルキアの娘であるまえにバルドー伯爵夫人である。もちろんこのままではいけないと自覚している。しかし、妻として何かできることはないかと彼に尋ねても、「必要ない」とすげなく返され、晩餐会などの行事への参加を拒否された。

いくら宮廷での生活を好まないカティアでも、この状況はつらかった。自分という存在が不要であると宣言されているかのようだ。同時に居場所がほしいと願ってしまう。

なんら彼の役に立てないまま、無為に時は過ぎていく。力のない自分を噛みしめる。

そんな日々をさみしいなんて思うのは、忙しくしている彼に失礼だし贅沢だろう。カティアは少しでも彼にふさわしい妻でありたいと思い、できるところから努力した。

それは小さなことだった。例えばクラヴァット。りぼんの結び方やレースの優雅な見せ方などをたくさん覚えて、彼の服で乱れたところがあるのなら、素敵に直したいと考えた。

彼のために努力することは、思った以上に幸せを感じられることだった。兄アルセニーは、貴族に愛は必要ないと言っていたけれど、誰かのために自分を変えたいと思う気持ちは、愛があるから湧くような気がして、カティアは必要なのだと考えた。それに、駆り立てられる思いのまま行動すれば、してみたいことが増えていき、うつむかずに前を見ていられた。

カティアは日増しに夜の行為が好きになっていた。夜だけは彼と同じ空間にいられて孤独を感じることはない。彼とぴたりとはばかることなくくっついていられるし、強く抱きしめてもらえる。それは一日の間で最も幸せな時間だ。

彼の唇や舌や手は存外にやさしくて、彼の一部が自分のなかにいると思うと、ふたりの距離が縮まったような気がしてうれしくなる。淫猥な水音や息づかい、寝台の軋みも、心地のいい音になる。カティアは思わず、頭のなかで彼に伝える。

たとえ自分が無価値でも、嫌われていたとしても、憎まれていたとしても。

――ジルベールさま、大好きです。

次第にカティアは、せめてふたりでいられる夜だけは、彼のために何かをしたいと思うようになっていた。彼は常に、着ている服やガウンを乱すことなく涼しげで、裸で汗まみれになって喘ぐカティアと対照的だった。彼女は彼にも乱れてほしいと考える。できれば隔てるものなく肌を合わせてみたいのだ。けれど、お願いすることなどできない。勇気が出ないし、何より、彼の愛撫で意識を混濁させられ、知らず朝を迎えてしまうからだ。

そんな日々を送るうち、バルドー伯爵家の召し使いたちがブレシェより到着した。執事だと名乗ったアントンに、カティア付きの召し使いとなる者を紹介される。

ライサという名の召し使いは、一礼した後、カティアの目をまっすぐ見据えた。本来ならば、召し使いは許可もなく主の目を不躾に見たりしないものだが、彼女は違った。

「よろしくお願い申し上げます。カティアさま」

上から押さえつけるような声だった。その茶色の瞳は凍てついていて、まるで氷のようだった。

七章

貴族は愛により結婚するわけではない。婚姻は、家同士を結びつけるためのもの。男も女も己の家の利になる相手を選び、そこに感情は挟まない。

家名のために正気を失った者や、祖父ほど歳の離れた者に嫁ぐ者もいる。男は子孫を残すことのみ考えて、女はよりよい地位を得たいと考える。男も女も利害が絡み、愛は不要のものだった。結婚後、高位の者の愛人になることで権力を持つ者もいる。夫婦とは、ただの他人も同然だ。

恋は遊びとして捉えられる。退屈な日常に色を添えるひまつぶしの戯れだ。己を保てなければ奈落の底に落ちてゆく。貴族は騙し騙され裏をかく、欺瞞に満ちた生き物だ。

わかっている。当然だ。

書き物机に座るジルベールは、手にした羽根ペンを握りしめる。いともたやすく折れたそれを、床にぽいと投げ捨てた。そのあと力のかぎりにこぶしを机に打ちつける。

このところ感情が制御できない。向かうべきほうとは逆のほうへ流れてゆく。

ふがいなさに、知らず眉間にしわがよる。

「……くそ」

ついいましがた、ジルベールは王太子の使いの者を追い返した。彼らは毎日訪ねて来るが、多忙を理由に取り合うことはなく、のらりくらりと避けている。王太子の用件はすなわちこうだ。〝お前の妻、カティアを渡せ〟。

彼は大きく舌打ちをする。

カティアが愛人を作り、自分以外の男に抱かれると思うと腸《はらわた》が煮えくりかえる。

誰が渡すものか、盗るなら王太子を殺してやるとさえ考えている。国ごと滅ぼしてやるとも。

彼女との結婚は復讐のためだというのに――。

結婚は、失われたアビトワを取り戻し、ベルキアを世から消すためのもの。だったら問題ないはずだ。ベルキアの娘など王太子にくれてやればいい。カティアの夫であるいま、ベルキアもアビトワも思いのままだ。

「坊っちゃま」

扉が叩かれ、開けることなく執事のアントンが言った。

「休憩なさいませんか」

顔を上げたジルベールは、扉越しに見えない執事を睨みつける。

「必要ない。用があればこちらから呼ぶ。下がれ」

「……カティアさまが、飲み物をお持ちしたいとおっしゃっています」

聞くやいなや、かっと頭に血がのぼる。

「断れ！　あれに余計なまねをするなと伝えろ」

「ですが坊っちゃま、カティアさまは奥さまです。いまだ食事を一度たりとも一緒になさっておりませんし、あの方は日中ずっとおひとりでいらっしゃいます。どうか――」

「黙れ、お前の話を聞く気はない。早く行け！」

執事が言いつけどおりに遠ざかっていくのを感じつつ、彼は片手で両目を覆って隠す。

ジルベールが宮廷内に与えられたこの居室にいるのは、カティアを抱く夜以外、滅多に無いことだった。大抵はブレシェ王の貴賓室で国の職務にあたっている。

ただでさえ機会のないなか、彼は時間があると、妻のもとではなく書斎にひとり閉じこもる。とある作業をするためだ。けれどそのつどカティアは何かと関わろうとしてくる。

前回は「お役に立てることはありませんか」という伝言だった。それが歯がゆく許せない。

――ぼくを慮るなど、ばかな娘だ。

貴族でありながら、純粋でしかいられないなど愚の骨頂。

自分の夫が書斎にいる間、何をしているのか知らないで、のんきなものだ。

ジルベールは机に広げてある書類にゆっくり目を落とす。それはベルキアの家令エゴールに用意させた膨大な紙の束だ。ここに、ベルキアのすべてがある。

心臓部を敵に握られておきながら、愚か者だ。

なぜ純朴でいられる。なぜ非道なベルキアらしく卑劣で高慢でいないのだ。

こぶしを額に押し当ててしばらく目を閉じた彼は、開けた直後に再び資料と向き合った。

――何も思うな。考えるな。計画どおりに。…………父上。

しかし、読み進めれば進めるほどに、頭の片隅に、どうしても思うことがある。

ジルベールは幼少期よりすべての時間を学問や職務に費やしてきた。だからこそ、見ればひと目でわかるのだ。

たとえ憎い仇だとしても、ベルキア侯爵の軌跡はただただ尊敬に値する。嘆息するほど見事にベルキアを治めて発展させていた。そこには一切無駄はなく、かつ鮮やかで、まるで芸術と呼べるほどだ。これほどまでのものを築き上げるには、休みや遊びに興じていては無理だろう。侯爵は、何十年も己のすべてをベルキアのために捧げている。おそらくそれは嫡男アルセニーも、家令のエゴールも同じだ。

嘲るほどに腐りきった、典型的な放埓貴族だと思っていた。

ジルベールは息をつく。

あの男が長年積み上げてきたものを、存在を、無にするのはたやすい。

――ぼくはこれを壊すのか。

ベルキア家の破滅の道を導き出すたび、脳裏をよぎるものがある。カティアの顔だ。太陽のもと、あの葡萄畑で見た屈託のない彼女の笑顔。

『ジルベールさま』

やわらかな言葉やまなざし。つないだ手はあたたかかった。これまで経験したことがないほどに。

ふと、滅ぼしてしまっていいものではないと思いかけ、銀色の髪をかきむしる。

気を抜けば、心の底から湧き上がる思いがある。

それを認めてしまうわけにはいかない。認めてしまえば終わりだからだ。

十年の年月を憎しみで染めてきた。父の無念を晴らすため、ヴァレリーからジルベールへと、他人に成りすましてまで息をひそめて生きてきた。

けれど、すぐに思考は葡萄畑に帰ってしまう。過去ではなく未来を夢見ていられた日々。

柑橘系の匂いをふくんだ風に流され、金色の豊かな髪がきらきらたゆたうさまに見惚れた。

『ジルベールさま、見てください。蝶《ちょう》がほら……きれい』

ふたり肩を並べて座っていると、青い蝶がひらひら彼女のスカートに舞い降りた。

『少し、似ていますね。あなたの瞳の色に』

『そうかな』

こんなに綺麗でもなく澄んでもいない。この目は濁りきっているだろう。人を殺すことばかり考えているのだから。

『……きみは蝶が好きなの？』

『はい、好きです』

蝶を見つめている彼女の横顔はみずみずしい。思わず微笑めば、ついと鼻先を上げた彼女の瞳と目が合った。

吸いこまれそうな緑色。ひたすら無垢だ。

そこに映った自分もまた、彼女と同じく清らかでいられるような気がした。

『ターシャ』

呼びかければ、笑顔の彼女が口にした。

『はい、ジルベールさま』

可憐な唇で、自分の名前を紡がれるのが好きだった。たとえ偽物の名だとしても、もっと呼んでほしいと思った。

『知ってる？　それはきみの苦手なあおむしが成長した姿だ』

たちまち彼女の目がまるくなる。

『蝶の子どもだとわかったら、あおむしも好きになれそうかな？』

苦々しくはにかむ彼女は、『それは無理かもしれません……』と首を振る。

『じゃあ、ぼくにまかせて。またきみのスカートについたら取ってあげる』

手を差し出せば、その上に白い手がのった。あたたかく、小さな手。

そのまま甲にくちづければ、彼女の頬が薔薇色に色づいた。

わずか三日の逢瀬だ。けれど、かけがえのないものだった。

彼はまなうらにこびりつく面影を振り払う。

葡萄畑の思い出も彼女の存在も、いまや自分を惑わすものでしかなく邪魔なだけだ。

何を迷うことがある。思い出せ。銅鑼が鳴り響いた広い空、父の死を見て誓った思いを。

うつむき加減の顔を上げた彼の瞳は、鈍い影を孕んでいた。

己の下腹に跨がっている、白く華奢な身体がある。

彼はすべらかでしっとりとした肌に手を這わせ、その背をねっとり舐めあげた。

彼女は全裸で、彼は服を着こんだままだった。いつもの夜だ。

ぎっ、ぎっ、と寝台が軋みを上げている。「動け」と彼女に言ってから、音は鳴り止むことなく続いている。

腰をゆらす彼女はひどく扇動的で、猛った自身が脈打つのを感じた。

「あ、……あっ」

か細く甘い嬌声に、彼は眉をゆがめて自嘲する。

いっそ、己の仕打ちを責められたなら楽なものを、彼女は怒るでもなく、悲しむでもなく静かに受け入れる。命じたとおりにするだけだ。

毎夜、彼女はジルベールの言いなりで、命令には決して背くことはない。

それは諦めのようにも感じられ、ジルベールの内にやるせなさが降り積もる。

――ぼくはきみを汚し、犯した男だぞ。拒め、ののしれ……憎んでしまえ。

冷たく接している自覚はあった。

だからだろう、再会してから彼女の声で、自分の名前を聞いていない。

〝ジルベールさま〟

名を呼ばれたいのか、呼ばれたくないのか、それすら彼はわからない。

彼女の荒い息づかいを聞きながら、彼はそっとまつげを伏せた。

書斎での作業を終えて、寝室に移動し、カティアを見た瞬間、身体のうずきとともに渇きを覚えた。いつもそうだ。彼女を前にした途端、抑えがきかなくなり、どうしようもなく猛ってしまう。

化粧台の前に座っていた彼女は、手にしていたものを引き出しにしまいこみ、こちらを向いた。ずっと何かを眺めていたようだった。

『何をこそこそしている』

『いいえ、何も。……すみません』

なぜ謝るのかと腹が立ったが、口にする前に彼女はゆっくり立ち上がり、こちらにしずしず寄ってきた。

『あの……伯爵さま。首のりぼんが、傾いています。結び直してもよろしいですか？』

『断る』

緑の瞳が下を向いたが、彼女の小さな顎を持ち上げる。

『言っただろう、余計なことはするな。……服を脱げ』

申しつけたとおりに胸のりぼんを解いた彼女は、化粧着を脱ぎ、おとなしく彼の手に押し倒された。

非道な言葉を投げているのに、告げれば彼女は必ず笑う。

うれしそうとも、悲しそうともとれる、儚い笑みだった。

——なぜ笑う？

『義務を果たせ』

『無理に笑うな』

ろうそくの明かりで、彼女が淡く照っている。そのすべらかな肌に触れる度、思いが心の底からこみ上げる。こんなはずではなかったと、違う未来を想像しては、否定する。

彼女の顔を極力見ずにいても、気づけば彼女を強く抱きしめている自分がいる。手を緩めようと思っても、抑えがきかず、固いまま。抱きしめずにはいられない。

——滅ぼしたくない。消したくない。失いたくない。

ぐっと奥歯を噛んだ彼は、蓄積させた欲望を、彼女の中に解放させる。

身体をめぐる快感と、心からの充足感。

そして正気に戻り、勝手に身体がわななないた。

——滅ぼしたくない、だと？　ばかな……。

自分が自分ではなくなるようで、恐ろしい。深みに嵌まっていると自覚する。

積年の恨みを晴らすにはカティアは邪魔だ。

剣呑に、目の前にある白い首を見つめる。男とは違う弱々しい細い首だ。

彼は、両手をカティアの首にかけ、息をつく。

心の中で力を入れろと命じるけれど、手はゆるやかに彼女に触れているだけだ。まるで労るかのように、ただ、首にそっと触れているだけなのだ。

——くそ。

目を閉ざしたジルベールは、くしゃりと顔をゆがめる。

ベルキアが憎い。侯爵が憎い。抱いた憎しみ、恨みは、いまだ全身の血が煮えたぎるような灼熱のまま身の内にある。

死んでいても殺したい。到底殺し足りるものではない。

カティアも憎い。なぜベルキアの娘なのだ。

しかし、それ以上に心の奥底に相反する思いがある。

ぼくは——。

背を向けているカティアの肩を胸に引き寄せれば、驚いた彼女はびくりとはねた。

彼は、身を乗り出した刹那、彼女の口にむしゃぶりついた。

ブレシェ王の貴賓室には、ブレシェの兵士ほか召し使いが数多く控えているが、ジルベールとイリヤ以外の貴族も出入りしている。ふたり以外、ほとんどが女と言っていい。

それはほかでもない、フロル王太子がせっせと送りこんでいるからだ。ブレシェ王ジュスタンが女好きというのもあるが、目的は他にある。

王太子はジルベールを女で籠絡し、カティアを手に入れようと画策しているのだ。そのため、ありとあらゆる種類の女がジルベールに近づいた。もしひとたび女を抱こうものなら、虎視眈々と機会を狙う王太子が夫の不貞を理由にカティアを取り上げるだろう。

罠のつもりだろうが、実にくだらない。

ジルベールは女を抱かない自信があった。抱けるはずがないのだ。以前、カティアの記憶を消そうと試してみたが、すべて徒労に終わった。もともと性に興味を持たない淡白なたちである。そのため、カティアに抱く劣情には、いまだ戸惑っているほどだ。

ブレシェ王がいるはずの部屋からは、女の嬌声と複数の笑い声が聞こえてくる。王は異国にいながら悪いくせが出ているようで、ジルベールはうんざりしながら息をつく。

王は理解しがたい特殊な性癖の持ち主であり、女同士で前戯をさせて、そのあと自身も参加する。国に帰れば専用の館と女たちがいるほどだ。

挨拶をせず、書斎に向かって歩いていると、ちょうど貴族の女に出くわした。

「ジルベールさま、こちらにいらっしゃいませんこと？　変わった蒸留酒がありますの」

ジルベールは儀礼的に笑みを浮かべた。麝香《じゃこう》の匂いが鼻につき、思わず顔をしかめそうになってしまったからだ。

こんな時、彼は知らず比べてしまうのだ。人工的なものよりも、自然なほうが好ましい。そう、彼女のような――。

「結構です。職務中ですので」

「まあ、つれないお方。けれどそこが魅力的ですわ」

しなを作った女の赤い唇がうごめいた。

「麗しのジルベールさま。わたくしたち、あなたの噂を毎日していますの。誰がそのすばらしい銀色の髪に触れるのかしらって。わたくし、乱してみたいわ」

「ブラトフ侯爵夫人、ぜひお仲間にお伝えください。ぼくは完璧主義者です。人前で髪を乱すなどありえません。断頭台に立つほうがまだいい。もしもぼくの髪を乱せるとしたら、となりで眠る妻だけでしょう。さすがに眠っていては、髪の状態はわかりませんからね」

「ご夫人がうらやましいですわ。けれど貴族は移り気ですもの。お待ちしていますわね」

くすくすと笑いながら去る女を一瞥し、彼は不機嫌に鼻を鳴らした。

書斎に入れば、先に来ていたイリヤが気だるげにしていた。あまり寝ていないのだろう、目の下にくまがある。彼もまた、王と同じくこの国で羽目を外しているらしい。

「イリヤ、いたのか。意外だな。てっきりあれに参加していると思ったが」

あれとは、王の戯れだ。

「は。ばか、参加するものか。複数などとんでもない。おれはおこぼれにあずからなくてももてるんだ。冗談じゃないぜ。……だが、これは少々きついな」

中空を眺めるイリヤが何を言いたいのか理解した。書斎にまで妖しい行為の声が届いているのだ。この先、ますます盛んになるだろう。

ジルベールは書き物机から本を三冊手に取った。

「報告は明日に回す。ぼくは居室に戻るがお前は？」

「おれだって帰るさ。この声の中で仕事？　冗談じゃない。ところで妻を得てどうだ？」

好奇に満ちた目を、彼はぎろりと睨みつける。

「妻の話はしない」

「やれやれ。秘密主義だな」

ジルベールがきびすを返せば、イリヤは言葉を加えた。

「あの子によろしく。なあ、少しは居室の外に出してやれよ。そうだ、おれに会わせろ」

「断る」

彼は背中に「ケチめ」と浴びせられながら、退室する際、会わせるのは論外だとしても、イリヤの言葉も一理あると思った。

こうして陽の高いうちに居室に帰るのはめずらしい。時間ができたのも久々だった。妻になったカティアとは食事をしたことがない。たまには共にとってもいいし、中庭を散歩するのもいいだろう。

カティアは結婚以来居室から出たことがなかった。王太子を避けて、晩餐会に参加させていないからだ。

ジルベールは回廊で立ち止まり、空を見上げた。雲がうっすらかかっているが、煌々と光が差している。

意識せずとも、太陽が似合うあの日の彼女が脳裏に浮かんだ。

いつもよりもずいぶん早く現れた主に、居室の召し使いたちは慌てた様子を見せていた。医師にも頭を下げられ、ジルベールは不審に思う。

落ち着いているのは執事だけだった。ジルベールは彼を一瞥すると、鼻先を上げた。

「なぜ医師がいる」

「坊っちゃま、カティアさまを診ていただいたのです」

執事のアントンによれば、カティアが体調を崩したらしい。半ば倒れているところを彼自身が発見したとのことだった。

「お前が？　カティア付きのライサはどうした」

「ちょうど外していた時でして……。カティアさまは、いまはお休みになっておられます。しかし、ライサによれば昨日から食事をとっていらっしゃらないと」

「何か作らせろ。いますぐにだ」

「かしこまりました」

急ぎ寝室に向かえば、薄布の向こう側、横になっている彼女の影が見えた。

ここ数日、職務が立てこんでいて、ブレシェ王の貴賓室や書斎の長椅子で仮眠をとっていた。

迷いなく寝台に近づいたものの、一瞬、まくるのをためらった。

それでも布を摑んで側に寄る。彼はカティアを見下ろした。

金色の豊かな髪は広がって、反り返った長いまつげが頬に影を落としている。

透きとおった白い肌。臥《ふ》せった彼女は、いつにもまして華奢に見えた。

心臓が、どくりと脈打ち汗が出る。それはいやに冷たく、背中を伝った。

なぜかこの時、彼は幼少期に見た父の処刑を思い出した。

思わず震える手を伸ばし、彼女の鼻にかざしてみる。あたたかい息がかかって安堵する。

そのままふっくらとした頬を包み、額に手をすべらせる。

「……熱いな」

力なく椅子に座った彼は、何をするでもなく、呆然と彼女を見つめた。

細くて顔色も悪く、弱々しい。彼女がいったい自分に何をしたというのだろう。

——いままでぼくは何をしていた？

どうしようもなく自分が汚れているように思えてきて、耐えがたくなる。

「くそ……」

苦しげにうつむいたが、ふと彼は、こうしている場合ではないと気がついた。

彼女の額に、水に浸して絞った布を押し当てる。にじんだ汗を拭き、手ずから布を何度も替えた。召し使いに任せようとは思えなかった。

執事が食事を運んできても、彼は起きない彼女をじっと見ていた。

ようやくカティアが目を開けたのは、陽が傾いて空が赤く色づいてからだ。

金色のまつげが震えた時、ジルベールは身を乗り出した。

「カティア」

ゆるゆると、うつろな緑の視線がこちらへ向けられる。

「……あ、わたし……」と、起き上がろうとした彼女を押し留め、彼は毛布を引き上げた。

「すみません」

「謝るな。食事を――」

言いながら、彼は机にのったトレイを見たが、すっかり時間が経っていることに気づく。

「また作らせる。待っていろ」

けれど、カティアは「いいえ」と首を振り、「お腹はすいていません」と申し訳なさそうに言った。

「すいていないわけはないだろう、昨日も……。ああ、きみは体調が悪いのか」

彼女の額にぎこちなく手を当てれば、まだ平常とは言えないほど熱かった。

「もう一度寝るといい」

「すみません、わたし……ご迷惑を」

「謝るなと言っている。いいから眠るんだ」

カティアは何度かまたたいたあと、目を閉じた。まなじりから、つうと涙がひとすじこぼれる。彼はそっと指で拭った。

その面ざしからは、彼女の感情ははかれない。口角があがっているのはいつものことだ。

この時彼は、カティアは自分の前でいつも笑おうとしていることに気がついた。胸がきりきりと痛みを覚える。

「ぼくの前で無理をするな」と言いかけて、そのまま言葉をのみこんだ。無理をさせているのは他ならない、自分だからだ。

金色の髪に触れ、撫でていると、ほどなく彼女から寝息が聞こえてきた。あどけなさの残る顔だった。

「……そうか、きみは」

彼は、いまさらながらに考える。

ベルキアの娘である前に彼女はまだ十六歳の少女だ。すると、勝手に口からため息がこぼれた。

そんな彼女に自分は――。

ずっと寝顔を眺めていたが、気づけば辺りは暗くなっていて、明かりは暖炉の炎のみとなっていた。

八章

「あの子はどうした。お前と結婚してからというもの姿を見せない。参加は義務だぞ」

　フロル王太子主催の晩餐会に出席したジルベールは、となりの席で肉を食べるイリヤを一瞥した。長い机にはクロースがかけられ、その上に贅を尽くした料理がところせましと並べられている。ジルベールはそれらの銀皿には目もくれず、胡桃《くるみ》をつまみ、蒸留酒をひと口飲んでから言った。

「彼女は体調を崩している。それに王太子殿下の晩餐会だぞ。連れてきても針のむしろだ」

「へえ。お前、彼女を憎んでいるはずなのに、やさしいところもあるんだな。普通なら体裁を考えて引っ張り出すだろうに。ただの堅物じゃなくてよかったよ」

「黙れ」

　この、ブレシェの伯爵ふたりの会話は小声でされていて、周囲の者は気に留めていなかった。廷臣は次期国王のフロル王太子のご機嫌うかがいに必死だったし、婦人たちも、妃の座におさまったばかりのアリョーナに取り入ろうと、そちらに気がいっている。それに独身のブレシェ王ジュスタンもいるのだ。その配下の青年たちのことなど二の次だった。

「それにしてもこうも無視されるとはな」

言葉とは裏腹に、無視されてもかまわないといった顔のイリヤが言った。

「おれたちのどちらかがこの国の娘を選ぶという時には大勢に囲まれたものだが、お前がベルキアの娘と結婚した途端にこれだ。……それより、ベルキアの娘の人気はすさまじかったたな。異国のお前に盗られて落胆している者がいまだに多いぜ？　あの子世間知らずだし、意のままに操れそうだしな。それに、おそらく数年以内に化ける。まだ乳くささが残るが美しいし、面長になって顔が崩れるなど残念な成長を遂げる可能性も低い。彼女の母親は国で一番の美貌を誇っていたと聞くし、絵姿を見たが見事なものだ。家柄も良く――まあ、お前にとっては最悪だろうが、煩わしい親や兄弟もおらず、彼女ひとりが莫大な資産を継いでいる。おとなしい性格で従順、ヒステリーも発症しそうにない。実にいい」

ジルベールは手に持つ杯を置き、ぎろりとイリヤを睨んだ。

「なぜそれほどまでにカティアを褒める」

イリヤは飄々と肩をすくめた。

「褒めて当然だろう。おれは以前の舞踏会で彼女をひと目で気に入ったんだ。あの子と結婚してもいいと言ったのは本心だ。おれはな、猫をかぶってか弱いふりをして、貧血を装いつつ倒れるばかげた貴族の女はもううんざりなんだ。あいつらは定めた獲物に選ばれた途端に豹変する。か弱い？　とんでもない！　めぼしい男を物色する猛々しい狩人でありヒステリーの塊だ。それにな、少し誘いをかければ簡単に股を開くぜ。そのうえ、この女、いったい何本の一物を咥えたんだ？　というありさまだ。黒く禍々《まがまが》しく……」

ジルベールは咳払いをする。

「下品にもほどがある。食事中にふざけた話はよしてくれ」

イリヤは片目を瞑って、「酒の席だ。無礼講さ」とおどけた。

「とどのつまり、妻には貞操を求めるんだおれは。病気になるなどごめんだからな。ところで彼女、もちろん純潔だっただろう？」

その言葉に、ジルベールは「妻の話はしない」とにべもなく答えて席を立つ。

ジルベールのなかで、あの嵐の夜に彼女を無理やり奪ったことはずっと後悔の対象でしかなかった。カティアと王太子の舌を絡めたキスを見て、深い関係だとしか思えなくなり、衝動を抑えられなくなってしまったわけだが、いまではわかる。彼女は自ら進んでキスができないし求めない。求め方も知らないほどに初心なのだ。

破瓜を迎えた時の彼女の声が耳について離れない。暖炉の炎で浮かび上がった苦しげな泣き顔。慌てて彼女から己を引き抜いて、自身のずぶぬれの服で血を拭った時のことが。

やさしくしたいのに、父の顔が、処刑の光景が、あくどいベルキア侯爵がちらつき、いまだにそうできないでいる。彼女に向けてのどから出るのは思ってもいない厳しい言葉ばかりだ。今日こそやさしくしようと決めても、結局同じことを懲りもせずに繰り返す。自分が愚かであることはとうに知っている。どうすれば、この身に宿る憎しみを払拭できるのか知らないのだから。もう、彼女を憎みたくないというのに。

窓辺に立った彼は、肩を落として息を吐く。

これほどまでに考えあぐねていても、憎しみは色濃くこびりついている。堂々めぐりだ。断頭台で、彼女の首が落とされるさまを脳裏に描く。首を絞める想像までしてしまう。命乞いをするだろうか。……否、彼女はきっと、そんな時でも笑うのだろう。

あの、作りものの悲しい笑顔で。

ジルベールは帽子を外し、髪をくしゃくしゃとかきまぜた。

諸悪の根源はもうこの世にいない。憎むべきは愚かな自分だ。

「なあジルベール」

どうやらイリヤは離れた彼を追ってきたらしい。ジルベールは露骨にしかめ面をする。

「はっ！　なんだその顔は。そう嫌がるなよ」

イリヤは頭から帽子を取り去った。口の横に添えたことから、誰にも聞かせないし口の動きも読ませないつもりのようだ。

「お前、あの子を愛しているだろう。体調を崩した彼女がそんなに心配か」

「何を言っている」

「隠すな、こう見えてもおれは鋭い。お前、ここ数日うわの空だし、食事もろくにしていないだろう。せいぜいが胡桃をかじるくらいだ。……そんなに悪いのか？」

ジルベールはふう、と息をつき、諦めたようにまつげを伏せた。

「……ひどい熱で寝こんでいる。もう四日めだ。医師はじきに下がると言うが」

「まあ、いまは風邪が流行っているからな。ところでおれが、お前が彼女を愛していると思い至ったのはな……」

「黙れ。何が愛だ。お前とばかげた話をする気はない」

イリヤは口の端を持ち上げた。

「まあ聞けよ。お前、この国ではじめて彼女に会ったわけではないだろう。しらばくれるなよ？　それくらいわかる。いつからあの子を知っているんだ」

その言葉に彼は答えようとはしなかった。が、だったらと、イリヤは質問を変えた。

「お前、あの子と結婚するためにこの国に来たんだろう。だいたいジュスタン陛下が同盟のためにおれたちとこの国の娘を結ばせようと発想することからしておかしい。お前がそのかしたとしか思えない。あの方ははっきり言って頭が悪い。だいたい国王ともあろう者が長く国をあけるなどもってのほかだ。戦争が勃発《ぼっぱつ》したらどうするっていうんだ。まあ、所詮陛下は見てくれだけは聡明なお飾り王だからな。昨夜も三人の娘とちちくり合っていたぜ。呆れるよ。我が国は宰相殿が動かしているから問題はないが」

「おい、ぺらぺらと話しすぎだ。不敬だぞ。断頭台に行きたいのか」

「断頭台？　冗談じゃない。だから読唇術《どくしんじゅつ》をさせないためにこうしているのさ」

帽子をひらひらとさせて、イリヤはにんまり笑った。

「まあ、その陛下のおかげでおれやお前は重用されて、こうしてのびのびとしていられるんだがな。おれは陛下をばかにしているが、忠誠も誓っているんだぜ。お前と違ってな。

お前はうちの国など滅んでも平然としていられる男だ。そうだろう？」

ジルベールは銀色の髪をかき上げて窓を見つめた。いつのまにか霧雨《きりさめ》が降っていて、木や地面をしっとり濡らしている。けぶる景色に、彼女を辱めた嵐の一夜を思い出した。

外が暗く、鏡と化したガラスに映るのは、愚かで救いようのない男だ。

「……たしかに同盟による結婚を持ち出したのはぼくだ」

イリヤは軽快に、ぱちんと指を打つ。

「ほらな、そうだと思った。同盟を結べるほどの力がある貴族はそうはいない。共にいまは伯爵位だが、お前は公爵家の嫡男、おれは公爵家の三男坊だが王族だ。揃って若いし将来有望。その相手としてうちの老いぼれどもを黙らせられる地位と資産を持つ娘ときたら、この国にいるのは、フロル王太子の妹姫かベルキアの娘。それからお前の従姉妹のアリョーナくらいだ。お前のことだ、どうせアリョーナをけしかけて王太子を嵌めたんだろう？　ベルキアの娘の代わりがつとまるのはゴルトフ家の娘くらいだ」

「想像に任せる」

「それにしても考えたな。フロル王太子がベルキアの娘を愛妾に据えようにも、お前の妻におさまっていれば、おいそれと手出しできない。同盟が絡んでいる以上、外交問題に発展するからな。……言っておくが、王太子はベルキアの娘に本気だぜ。放蕩者《ほうとうもの》だったが、婚約してからというもの、ぴたりと誰の誘いにものらなくなったらしい」

「知るか」とつぶやいたジルベールは、背後の柱に背をもたせかけた。

「アリョーナを抱いた以上、王太子の本気は安くて軽いと言わざるをえない」

「男は気持ちがなくても女を抱けるぜ？　おれがいい例だ。欲望に忠実、それが男だ」

「何を断言している。ぼくは無理だ」

「お前はな。潔癖の堅物め。世界中お前だらけだったら、人口はいまの半分だろうな」

　ジルベールは乾いた笑みをこぼし、「黙れ」とイリヤに向けて手を払った。

「ぼくは同盟による結婚を計画していたわけではない。提案したのはこの国についたあとだ。ここにくるまであの男を殺すことしか考えてなかった。どのようにむごたらしい死を迎えさせてやろうかと……。ぼくは、この国に来るまであの男の死を知らずにいたんだ」

「へえ。てっきりおれは、お前がひそかに手を回して侯爵を殺させた、なんて思っていたが。いまにも殺しかねない勢いだったからな。で、やろうと思えばできただろう？」

　たしかに簡単に殺すことができた。だが、しかし。

「あの男の死を知った時、この手で陥れられなかったことに腹が立った。……だが、同時に安心もした」

「安心？　なぜ」

「……さあ、なぜだろうな。所詮ぼくはいくじなしの愚か者ということだ」

　イリヤは皮肉げに鼻をひくつかせた。

「ふん。ばか言え、敵意を向けてくる者を冷酷に返り討ちにしてきたお前がいくじなし？　ありえない。お前がいくじなしなら、誰もが猫に逃げまどう鼠だろう。このおれもな」

肩をすくめたジルベールは、「この話はしまいだ」と結ぼうとした。

「……なあ、言ってやろうか。おれの勘は冴えている」

「聞く気はない」

だが、イリヤは黙ろうとせず、こちらを指差してくる。

「ジルベール、お前はあの子を妻にした。そうする必要がなかったのに、だ。それが答えだろう。侯爵を殺してしまえば彼女を妻にはできない。安心したのはそのせいさ」

ジルベールは眉をひそめ、イリヤをぎろりと睨んだ。

「復讐が理由だとしてもだ、フロル王太子殿下を避けているのはなぜだ？　二国で重用される貴族などいないぜ？　うまい話であり名誉じゃないか。お前のやっていることは到底廷臣の行いとは言えない。普通は喜んで妻を差し出すものだからな」

ジルベールは、差された指を振り払う。だが、イリヤの言葉は終わらない。

「たとえ話をしよう。お前はカティアを妻にしたが、王太子に差し出さない。もしおれがカティアを妻にしたのなら、即座に差し出すだろう。王族に逆らい、立場を危うくしてまで手もとに妻を残す者と残さぬ者。さて、お前とおれのこの違いはなんだ？」

うんざりとばかりにジルベールは嘆息する。

「うるさい男だ。黙れと言っているだろう。もうつきまとうな」

イリヤは首を傾げて笑った。からかっているわけではない、穏やかな面ざしだ。

「それはむりだ、諦めてくれ。おれはお前が気に入っているし離れるつもりはない。一生つきまとってやるさ。お前は信用できるただひとりの友だからな。……まあ、もっとも、最初はお前を女だと思いこんで口説こうとしたのがはじまりだったが」

「思い出させるな。あの時のお前は最低だった。ぼくの上着をくつろげやがって」

「初々しい胸を見たかっただけだ。かわいい好奇心のひとつさ。それはそうとあの時のこぶしは軍神のようだった。アビトワは将軍を輩出したことがあるらしいな。血か？」

　このイリヤという青年は、ジルベールの懐《ふところ》に踏みこもうとははじめから狙っていたのか、八年ほど前に知り合ってからというもの毎日屋敷を訪ねてきた。四年前に一度、「最高の酒だ！」と酔わされた拍子に、過去のうらみつらみを引き出されてしまい、ブレシェの貴族のなかで彼だけがジルベールの本当の姿を知っている。ジルベールが過ごしてきた地獄の道のりも、彼の無くした、ヴァレリー・ベルナルト・ウルマノフ・アビトワという名前も。

「厄介なやつだな」

　ジルベールは言い捨て、窓を見た。青い瞳は景色を映さず、汗を浮かべてうなされていた彼女ばかりを思い出す。

「……早く終わればいいものを」

「晩餐会のことか。まだまだ続くぜ？　はじまったばかりだ。ベルキアの娘が心配か」

　問われても、彼は語ろうとはしなかった。代わりに言葉にしたのは別のことだ。

「憎しみを消すにはどうしたらいい？　お前ならどうする」

「へえ、態度を改めて彼女と向き合うことにしたのか」

「この先の付き合いは長くなる。いつまでもこだわり続けていては疲れるだろう」

「素直じゃないな」と、イリヤは手に持つ帽子をくるりと回転させると頭にのせた。

「お前は親を陥れられて殺されているんだ。事実は消えない以上、憎いものは憎いさ。それは当然の感情だ。しかし、あの娘はどうだ。関係がない。子は親を選べないからな」

「そんなことはとっくにわかっている。自分を納得させるにはどうしたらいい」

「お前の気の持ちようだ。彼女はお前の親のことや事実を知らないのだろう？」

「ああ、生涯知らせるつもりはない」

「賢明な判断だ。見たところ彼女はおよそ貴族らしい腹黒さは持ち合わせていない。自分の父親の真実に耐えられないぜ。……ああ、噂で聞いたが、あの子の母親は馬車の事故で死ぬまで一年ほど王に囲われていたらしい。つまり愛人だな。侯爵が王の要請に従って妻を差し出したと聞いたが、自分の娘を成長しきるまで田舎に隠していたところをみると真相はどうなんだろうな。いや、あの男の肩を持つわけではないが、しかし、やつも親だ。つまりだ。大切に育てていた娘に自分の暗部を見せると思うか？　おれは思わない」

ちょうど給仕が通りかかり、イリヤは指を鳴らして呼び止めた。彼から杯をふたつ受け取り、匂いを嗅いで「発泡酒だな」とひとりごつ。

ジルベールにひとつ渡すと、イリヤは杯を掲げてから言った。

「こいつは薄くて苦手だが、まあいい。とりあえず、お前の結婚を祝おう」

「は。何をいまさら」

「いいから杯をあげろよ」

嫌々といった様子でジルベールも杯を掲げると、ふたりは一気に飲み干した。

「やはり薄い。……で、だ。つまりおれが言いたいのは、侯爵の良い面を見て育った彼女が人を陥れて殺すような娘かということだ。侯爵と彼女は別の個性を持つ人間だ。なあ、人をずたずたに引き裂き、残虐に殺した熊に兄弟がいたとしよう。そいつの弟熊も、爪や牙で人を殺すと思うか？　そんなの決めつけだ。兄熊は獰猛な血に飢えた輩でも、弟熊は最高にやさしく鮭《さけ》もろくに殺せないおっとりとしたいいやつかもしれないじゃないか。極悪非道の兄熊のせいで、善良な弟熊の可能性をぶっつぶす権利など誰にもないぜ」

話し終えたイリヤに「お前にもな」と指をさされ、ジルベールの眉が歪んだ。

「なぜ熊が出てくるのか理解に苦しむ」

「堅物なお前にわかりやすく言ってやったまでだ。感謝するんだな」

イリヤは別の給仕を呼び止めると、空の杯を渡しながら、「蒸留酒を持ってきてくれ。ふたつだ」と命じた。それを尻目に、ジルベールは再び窓を見やる。

熊の例えはばかばかしいものだったが、胸のつかえがわずかに消えた気がした。

目を閉じれば、まなうらにかつての笑顔の彼女が見えた。


晩餐会で無為に時を過ごすことにうんざりし、いい加減切り上げようと思った彼は、主催のフロル王太子のもとまで歩み、臣下の礼をとった。

王太子のことは今日まで避けてきたが、一年の半分はこの国にカティアが拘束される以上、夫であるジルベールも王太子に下らなければならない。そんな彼の青い瞳は伏せられていて、そこには蔑みがにじんでいた。

ジルベールは王太子に良い感情を抱いていない。カティアの元婚約者であり、キスをした現場を見れば、不愉快なのは当然だが、遠いあの日、父の処刑の場で王のとなりに座っていた彼は、『めんどうくさい、馬にのりたいのに。早く終わらせてよ』と唇を尖らせ、結果、処刑が早まった。その事実が黒い影を落としている。

ジルベールは極力心を整えてから言った。

「フロル王太子殿下、そろそろ失礼させていただきます。すばらしい会にお呼びいただけたこと、身にあまる光栄です」

王太子に挨拶している傍らで、派手に着飾った従姉妹のアリョーナが秋波《しゅうは》を送ってくるのをみとめたが、彼は気づかないふりをした。その彼に、王太子は軽くうなずいた。

「いいだろう。だがバルドー伯爵、少し話があるのだ。あちらへ」

王太子に誘導されたのはテラスだった。王太子は「優秀な貴公の噂はジュスタン殿から聞いている」などと社交辞令を言いつつ、ほどなく切り出した。

「ようやく貴公と話ができるな。……彼女はどうしている。しばらく姿を見ないが」

ジルベールはぐっとこぶしを握りしめた。

「妻ですか、相変わらずですよ。いまは風邪を引いていますが」

「それは大変だ。彼女は身体がさほど丈夫ではない。薬を持って行こう」

「殿下が、ですか？　いいえ、恐れ多いことです。お気持ちだけいただきます。我が国の医師が処方したものがありますし、明日には回復しているかと」

　王太子は目をさまよわせ、豊かな黒髪を耳にかけた。いまから彼が何を言おうとしているか、ジルベールは悟った。

「バルドー伯爵。貴公も私とカティアが婚約していたことは知っているだろう」

「もちろん存じています。承知で娶りましたから」

「貴公らの婚姻は国同士の政略的なものだが、私と彼女は以前より恋人だったのだ。つまり私の想いは少しも色褪せていない。彼女との関係を継続したいと思っている。貴公には決して悪いようにはしないと約束しよう」

　ジルベールは酷薄な笑みを浮かべた。

「殿下はぼくに妻を差し出せとおっしゃっている。そう解釈してもいいでしょうか」

「かまわない。貴公には新たな娘を紹介しよう。来年宮廷に上がる予定のよい娘がいる。きっと気に入るはずだ。そもそもカティアの結婚は、私の関知しないところで進められたのだ。異国に嫁ぐなどもってのほかだ。父に先に伝えておくべきだった。私の不注意だ」

「失礼ながら王太子殿下、すでに手遅れと言わざるをえません」

　灰色の瞳が大きく開かれるのを見据えて、ジルベールは付け足した。

「ぼくは古風な男ですから、妻に貞操を求めます。カティアは王太子殿下と婚約していた身。迎えるにあたり、愛人として差し出すことはできないと王にお伝えしました。事前にこちらが提示した条件はすべて許可をいただいており、そのうえ我々の婚姻は国家間の同盟に関わっています」

王太子もいまの話を知っているだろうに、それでも直接話を持ちかけるのは、よほどカティアに執着しているからだ。現に、王太子は苛立ちと悲嘆をないまぜにした顔つきをしている。

「バルドー伯爵、私は彼女を愛しているのだ」

「殿下、ぼくはお断りするしかありません。我々は夫婦ですから当然営みがあります。つまり、彼女の体内にぼくの子が宿っているかもしれないのです。カティアの身体が丈夫ではないのならなおさら、無理をさせるわけにはいきません」

「……貴公はカティアを抱いているのか」

愕然としている王太子に、彼は微笑した。

「子をなすことは貴族の義務ですから。彼女は日々健気に努力をし、妻としてよく振る舞ってくれています。そろそろよろしいでしょうか。妻に薬を飲ませないと。苦いようで、ぼくがいないと飲んでくれないのです。十六歳とはいえまだ幼いところがあります」

ジルベールは「失礼します」と丁重に告げ、嫉妬のこもった視線を背に感じながらその場を去った。

居室にたどり着けば、彼は出迎えた執事のアントンに上着と帽子を手渡した。アントンは十年前に断絶したアビトワ侯爵家の元執事であり、ジルベールはバルドー伯爵になったあと、アビトワの元召し使いたちを隣国ブレシェに呼び寄せた。彼らはジルベールの味方といえる信頼の厚い者たちだ。カティアと結婚するにあたり、こうして彼らにこの国に来るよう命じたのだ。アントンが滞在してから、かれこれひと月が経とうとしている。

「変わりは」と振り向きもせず尋ねると、執事は上着のしわを伸ばしながら「特にございません」と恭しく言った。

「カティアはどうしている」

「いまはおやすみでございます」

「薬は」

「まだお飲みになっておられません。前は拒否したりなさらなかったのですが最近は……薬があまりお得意ではないようで……あの、坊っちゃま」

アントンはジルベールを幼少の頃より知るため、彼を坊っちゃまと呼んでいる。ジルベールが受け入れているのは、幼い自分に釣りや乗馬を教えてくれたのが彼だからだ。

通常、貴族は召し使いを同じ人間扱いしないものだが、ジルベールにとってアビトワの召し使い、特にこのアントンは特別だった。静かに見返せば、執事は恐縮しながら続ける。

「カティアさまに……奥さまに、もう少しやわらかな言葉をお心がけくださいませんか」

聞いた瞬間、ジルベールの眉間にしわが寄る。

「あの方は感情をあらわにする方ではありません。いつも笑っておられます。このたびの体調不良の発見が遅れたのも、それが原因のひとつかと思います。ですから気を張り詰めずに済むよう、奥さまにはお心を開いていただかないと手遅れになりかねません」

ジルベールは自嘲した。アントンに進言させてしまうほど自分は彼女にひどい態度を取っているのだ。愚かにもほどがある。

「あとで手紙をしたためる。ベルキアの家令に届くよう手配してくれ」

「では、坊っちゃま」

明るさを帯びたアントンの顔を横目で捉えたジルベールは、顎をかすかに上向けた。この執事は平和主義者なのか、常々「恨みは何も生み出しません」などと綺麗事を説いてくる。どのつまりベルキア侯爵を許せというのだ。世迷い言だ。親を殺され、怒りを知る以上、恨まないなど無理だというのに。

「そのような期待した顔をするな。ぼくは断じてベルキアを許すつもりはない。ただ、カティアにはベルキアの手が必要だと判断しただけだ」

一礼した執事から目を外し、ジルベールが寝室に向かえば、手前でカティア付きの召し使い、ライサに出くわした。彼女は彼の乳母の娘であり、旧知の仲だ。ライサはジルベールを見た途端頬を染め、頭を垂れた。

彼が寝室の扉を開けると、蝶番《ちょうつがい》の音とともにひやりとした風が流れこんできた。ジルベールはすかさず去ろうとしていたライサを呼び止める。

「なんだこの部屋は。冷えすぎだろう、どういうことだ！」

「いましがた空気の入れ替えをいたしました」

「ばかな、カティアは寝こんでいるんだぞ。それを冷やすとは無能の極みだ。下がれ！」

ライサを睨みつけ、扉を閉めれば、彼は顔から怒りをかき消した。すぐに寝台まで歩み、眠るカティアを見つめる。目の下にはくまがあり、いつにもまして血の気がなく、肌は青白い。彼はおそるおそる手を伸ばし、息をしているか確かめた。そして彼女の頬を撫で、屈んでまるい額に自身の額を押し当てる。まだ、熱があるようだった。

「ターシャ……薬を飲まなきゃだめだ」

それは、アビトワの葡萄畑でふたりが出会った頃を彷彿とさせる声だった。カティアが眠りについている時のみ、ジルベールはかつての自分に戻れる。それゆえ、目覚めている彼女にうまく振る舞えない自分が歯がゆくてたまらずに、毎日愚かさを噛みしめていた。自由がきかない自分がひどく呪わしい。

彼はカティアの背中に手を差し入れ、自身に背を預けさせると、傍机に置かれている杯を水で満たした。続いて薬の包みを開いて口に入れれば、顔をしかめずにはいられないほどの苦さが広がる。彼はひとくち水を含み、カティアの口に唇を合わせた。

薬を流しこめば、すぐにカティアの眉は苦しげにひそめられ、金のまつげが揺れ動く。そして、緑の瞳が現れた。その瞳に映る自身の顔に、彼はしばし見入って考える。

今日も、彼女を憎いと思ってしまうのか。また傷つけてしまうのだろうか。これほどまでに彼女に執着している自分がいるのに。

「……伯爵さま」

彼の口の端が鋭く持ち上がる。さぞ、皮肉げな笑みに見えていることだろう。

「伯爵などと、ぼくはきみの夫だ。ジルベールという名がある。言い直せ」

そう呼ばせてしまう状況を作り出したのは自分だというのに。しかし、それでも。どうしてもいま、彼女にかつてのように名前を呼んでほしいと思った。だから、もう一度。

「ぼくはジルベールだ」

「わたしがお名前を……お呼びしても、いいのですか？」

「あたりまえだ。きみはぼくの妻だろう」

彼女はもごもごと口ごもる。緊張しているようだった。彼とて緊張しているが。

「…………ジルベールさま」

葡萄畑以来だった。胸を打つ声だ。ぐっとうれしさがこみ上げて、けれど、表に出ないように必死に気を張った。本当は、他に伝えるべき言葉やとるべき態度があるのに。

「カティア、きみは懲りない人だな。また薬を飲まずにいたようだ。それとも、少しも学習しないのはぼくにこうして飲ませてほしいから？　世話がやける」

棘《とげ》のある声が出てしまい、彼はごまかすように、また、自身の唇をカティアに合わせた。そのまま舌をカティアの口内にすべらせて、這わせながら苦い薬の残滓《ざんし》を舐めていく。ぴちゃ、ぴちゃ、と音が立ち、情事を思わせるそれに、下腹が熱を持つのがわかった。彼女

を相手にすると、抑えがきかないから困る。

「ふ」

カティアのせつなげな吐息が唇にかかり、彼もまた、息をつく。

「苦いから嫌などと、わがままを言うものではない。治るものも治らないだろう」

極力穏やかでいることを心がけたが、成功したかわからずに、彼女の顔をうかがった。

傷つけていないといい。

「……すみません、わたし……でも」

言いかけて、カティアは唇を引き結んでしまう。彼はそんな彼女のお腹に手を回し、抱えたまま寝台に寝そべり、毛布を引き上げた。

「寒いか？」

「いいえ、寒くないです。……あたたかい」

彼女のぬくもりに、えも言われぬ思いがこみ上げる。小さくて、華奢で、儚い人だ。

「妻が夫に遠慮するな。言いたいことは言えばいい。隠さず、なんでもぶつければいい」

なぜやさしい言葉が出ないのだろうか。なぜ葡萄畑で出会った頃の自分に戻れないのだろうか。彼女の頭に顎をのせ、ジルベールは己に失望して目を伏せた。

「カティア」

もぞもぞと身じろぎをした彼女は、彼の腕のなかで縮こまる。心なしか耳が赤くなっているような気がして、熱が上がったのかと不安になる。

背後から手を回して彼女の額に当ててみれば、先ほどよりも熱かった。

「熱がある」

「……これは、違うのです」

「何が違う。早く寝ろ」

「わたし……言いたいことを言ってしまえば、あなたに軽蔑されてしまいます。だから」

小刻みに震える彼女に、自分は普段からこんなにも萎縮《いしゅく》させているのだと知った。

「軽蔑などしない」

彼女がいま、つらい顔をしていなければいいと、その腕をさすった。

目で見て確認すれば早いが、彼はカティアに顔を突き合わせる勇気がない。そのため彼女を抱きしめるのも行為に及ぶのも、いつも背後からだった。憎しみを抱きたくないのもあるけれど、それにもまして、嵐の夜の出来事が後ろめたいのもあった。彼女の緑の瞳が無垢だから余計に。その汚れない美しい瞳に醜い己が映るさまが怖いのだ。

「カティア、言ってくれ」

「……伯爵さ……あ。いえ、ジルベールさま。わたしは……薬が」

言いにくそうに喘ぐ彼女の細い髪を指に絡める。

「苦い薬が苦手なのは知っている。きみはぼくが飲ませないと飲まないからね」

「すみません……苦手だけれど本当は、飲もうと思えば飲めるのです。でも、わたしが飲まずにいれば、ジルベールさまは手ずから飲ませてくださいます。その、あなたが飲ませてくださる薬はあまり苦く感じません。だからわたしは、飲まずに甘えてしまうのです」

ジルベールは青い目を大きく開けた。

「ジルベールさまは、きっと、ご自分も苦く感じていらっしゃるのに、それでも口移しで薬をくださり、そのうえわたしの口のなかまで舐めてくださいます。それがうれしくて、幸せで、苦く感じないのです。……わたしは、あなたと交わすくちづけが好きです」

ジルベールはぎゅうと抱きしめる腕に力をこめた。彼女の小さな身体に自身の身体を添わせ、けれど、このままではまずいと感じて距離をあけた。己を偽ることに慣れた彼でも、カティアの側では欲望に抗えず、自分がただの取るに足らない男なのだと思い知る。

しかし、その距離が彼女をしょんぼりさせたのかもしれない。肩を落としたカティアは小さく言った。

「……わたしを軽蔑なさいましたか？」

「しないと言ったはずだ」

ジルベールはカティアのお腹をさすり、彼女の頭上に唇を寄せた。

「きみが治るまで毎日薬を飲ませてやる。だから、いまは眠るといい」

「……はい、ありがとうございます」

彼はしばらく動かずに、彼女の呼吸を聞いていた。やがて深くなっていく呼吸に、彼女が眠ったのだと思った。

彼は彼女を起こさぬように身体をぴたりとくっつけた。そしてその後頭部に自身の額をこつりと添える。

あれほどひどいことをしたというのに、この見下げ果てた男に対して、彼女は幸せと、うれしいと、そして、その男とのキスが好きだと言ったのだ。

この少女は葡萄畑で会った時から少しも変わっていない。あの時のまま、そばにいる。目を閉じた彼の頭のなかには彼女の笑顔が見えていた。光が降りしきるなか、風が吹き抜け、髪がもつれただけなのに、乱れた様子がおかしいらしく、笑っていた彼女の姿。

彼はゆっくりまぶたを開けた。

「……ターシャ、早くよくなれ」


ジルベールがベルキアの家令にしたためた手紙は、一週間後、カティアの召し使いを受け入れるという内容だった。ベルキアの家令は領地に戻ってからも、主を心配し、度々手紙を寄越していた。それに答える形になったのだが、いまの彼にはありがたかった。

カティアと生活するうちに気づいたことだが、彼女は寝こむ日が多々あった。おそらくもともと丈夫ではなく、ベルキア側が慮っていたからこれまで元気でいられたのだろう。いま、彼はベルキアに頼りたいと思っていた。少しでもカティアに笑顔でいてほしいのだ。

カティアは決して笑わないわけではなかったけれど、葡萄畑の彼女を知るからこそわかることがある。再会してからの彼女が浮かべるのはすべて貼りつけた笑みだった。

心からの笑みではなく、貴族らしい作った笑みを見せる彼女は物悲しい。

そして、彼は痛いほど知っている。そうさせたのは自分だ。

翌日、カティアは回復の兆しをみせ、結婚してからはじめてふたりで食事をとった。窓から差す陽はあたたかく、彼女の髪をやさしく照らす。それは穏やかな朝だった。

カティアはパンをひと口食べて、ごく小さな器のスープを半分ほど進め、そして「お腹がいっぱいになりました」とはにかんだ。肉や果物には手をつけず、ゆっくりレモネードを飲んでいる。

ジルベールはその食の細さに驚いた。葡萄畑での彼女はもっと食べていたはずだ。

「きみはいつもこれだけしか食べないのか」

すると、彼女は笑みのなかに戸惑いをみせたが、横に立つ執事のアントンが口添えした。

「旦那さま」

アントンは、カティアの前では〝坊っちゃま〟は控えて〝旦那さま〟と呼びかける。ジルベールが口をすっぱくして『坊っちゃまだけはよせ』と言い含めたからだった。

「カティアさまは病み上がりでいらっしゃいますから仕方がありません」

「だが――」

ジルベールは向かいに座る彼女がうなずくのを見て言葉を止めた。

「きみはぼくの妻だ。自覚してくれ。長生きしてくれなければ困る。体調が悪い時は仕方がないが、そうでなければ倍以上食べてくれ。好き嫌いがあればこのアントンに言え」

続いて彼はアントンに目を向ける。

「お前は彼女の給仕をしていないのか」

「はい。ライサに任せております」

申し訳なさそうに話す執事に、アントンも忙しいのだから無理は言えないと思った。

「では、ライサをきつく指導しろ。昨夜の彼女は愚かで無能だった。たるんでいるとしか思えない。カティアの部屋は外のように冷えていた。二度と繰り返させるな」

「まことですか。すぐさま指導いたします」

執事はカティアに無礼を詫びると、ジルベールの許可のもと、部屋から出て行った。カティアが申し訳なさそうに縮こまると、ジルベールは言った。

「時間が空いていれば共に食事をとれるが、毎日とはいかない。不自由があれば、ぼくかアントンに逐一言うんだ。いいね」

そんな彼に、カティアは笑顔を見せた。けれど、それはやはり作りものの笑顔だった。


ふたりの夜が再開したのは、一週間後のことだった。ジルベールはまだ行為をするつもりはなかったが、就寝する際、カティアが自らドレスを脱いだのだ。

「何をしている。まだ本調子ではないだろう」

止めようとしたが、カティアは目に涙を浮かべながら、「義務を、果たさせてください」

と小さく言った。

　そう、貴族にとって、子作りは義務なのだ。この、同盟が絡む結婚では特に――。

　カティアとしては、バルドー伯爵夫人としてこの義務を果たせないことの方が辛いのだろう。ジルベールは観念し、抑えつけていた欲望を我慢するのをやめにした。

　いつもよりも丁寧に、彼女の白い肌に触れていく。胸に、そしてお腹を通って脚の間に顔を埋め、彼女を貪りたくなるのをこらえて、そっと高みに押し上げる。

　震える彼女からあふれるものを飲み干して、汗ばむ身体を抱きしめた。

「やはりだめだ。今日はよそう」

「ジルベールさま……いやです。ひとつに……、なりたいです」

　その言葉に耐えられるほど彼はできた男ではない。すでに痛いほど猛っているのだ。

「わかった。つらくなったらすぐに言え」

　彼は逸る気持ちを押し殺して、じりじりと行為を進める。しかし彼女の最奥に己を入れた瞬間、カティアは艶めかしく息を吐き、いつものとおりに腰をゆらそうとした。

「待て。つらいだろう、ぼくが動く」

　背後から彼女の細い腰に手を添えて、負担にならないように、ゆっくりと律動する。

　これまでは、行為のさなか、欲望に身を焦がしながらも、ベルキア侯爵を思い出した途端、黒い憎悪が渦巻いていた。

　カティアを娶った条件に、ベルキアの資産には手を出さないというものがある。だが、

彼女に子を産ませて後継者を得、かつカティアが儚くなれば、ベルキアは——アビトワは実質ジルベールのものになる。破滅させるも生かすも自由。

いつもはその思いに至った瞬間に、身を切る痛みに苛まれ、黒い思いを払っていた。彼女がいない未来を想像した途端、身体じゅうが叫びをあげるのだ。

けれど、いまの彼に負の思いは存在していなかった。ベルキアを壊滅させるための計画は、途中で放棄したままだ。あれほど囚われていたアビトワも葡萄畑も、いまは不思議と彼女のものならそれでいいとさえ思う。カティアが以前のように笑ってくれるなら、アビトワも葡萄畑も無価値に等しい。

彼はカティアの長い髪をかき分けて、うなじを見ながら首にねっとり舌を這わせた。なぜ、このか細い首を絞めようなどと思えたのか。

「んっ……」

穿つ楔がカティアの官能を伝える。彼女が感じているのだ。そして、彼女が快くなれば、ジルベールもまた反応して昂ぶる。彼は彼女の奥に自身を沈め、ひとつの場所に留まり、腰をゆすった。

「きみは、これがいいようだ」

「あ。……ん、はい、……ジルベールさま。——あ」

指で彼女の胸をまるみに沿ってなぞりあげ、硬くしこった粒にのせ、くるくると遊ばせる。すると、きゅうとカティアに猛りを締めつけられた。

「あっ」

「達きそう？　いいよ」

彼は身を乗り出して彼女に横を向かせ、ぷっくりとした薄薔薇色の唇を吸う。舌で割り開いて口内を舐めあげれば、カティアの秘部がぴくぴくと収縮しているのが伝わった。搾《しぼ》り取られる感覚に、彼は魅惑的な絶頂感にぐらついた。それを、彼女と長くつながるために、目を閉じてやりすごす。

「もう……ぼくを入れていても痛くない？」

彼は指で、カティアの胸の頂から、お腹やおへそ、そして下生えをなぞり、先ほどまで舌で熟れさせていた花芽をつつき、それを、ふに、と押しこんだ。

「――ああっ！」

背を反らせたカティアは、快感に耐えきれないといった様子でくねくねと腰を振り、それがいっそう彼を煽る。彼が両手を用いてカティアの官能の芽を愛でれば、やがて再び達した彼女と同時に、はちきれそうな猛りが脈動してほとばしる。

ジルベールはカティアの身体を抱きしめた。カティアの汗で手がすべるが、腕の位置を調整してから、再び抱えこむ。

彼はシャツを着たままで下衣をくつろげた状態だったが、カティアは何も纏わず、荒い息とともに胸を上下させていた。左胸を包んだ彼は、カティアの頬にくちづけた。

「鼓動が速いな。疲れた？」

「……いいえ」

「そう……きみに無理をさせたくないから今日はやめておくけれど、……明日からは、後ろから抱くのはやめる。前から……いまよりもっと、激しくなると思うが……」

カティアはもぞりと動き、ジルベールのほうに顔を向けてきた。頬は紅潮している。

「はい、ジルベールさま。……どうかお好きなように、してください」

「ぼくが怖いか？」

「怖くありません。わたしは、こうしていることがうれしいのです。この時間が……」

どちらからともなく唇が近づき、ふたりは互いを見つめて、目を閉じ、そして重ねる。

ちゅ、と淫靡な音が耳をくすぐり、くちづけを深めるうちに、昂ぶってしまうのは仕方のないことだった。

「……まいったな。すまない」

熱いため息がこぼれた。すると、唇にかかる彼女の息も熱かった。

「ジルベールさま……動いてもかまいませんか？　わたし、はしたないのですが……」

彼女の上ずった悩ましげな声に、彼の腰の奥はどろりとうごめいた。

「かまわない。共に動いてみようか」

「はい……」

カティアが、「んっ、んっ」と声をこぼしながら腰をくねらせると、彼女からもたらされる甘美な刺激に猛りがぴくりと反応する。彼は細い腰を両手で支えると、ぐり、と先端を奥にこすりつけた。

「あぁっ！」

彼は彼女の可憐な唇を舌で撫で、受けたカティアが軽く口を開けた瞬間貪った。


行為はなかなか終わらなかった。彼がやめようとするたび、気づいた彼女が離れるのを嫌がったからだ。そのため、つい夢中になってしまい、終わりを迎えたのは、空の闇が薄れていく頃だった。

彼女からそっと自身を抜いた彼は、その寝顔を覗きこむ。ずっとつながっていたにもかかわらず、カティアの表情は安らかだ。

このまま彼女と眠りたかったが、まだやらねばならない仕事がある。

彼は衣服を整え、室内を歩き回り、燭台のろうそくを消していく。

化粧台に近づいた時に、ふと思う。カティアはよくこの前に座り、度々何かを眺めていた。彼に気づけばすぐに片づけ、なんでもないかのように微笑んでいたが……。

彼は引き出しに手をかけた。

中には櫛《くし》があり、となりには便箋があった。上には綺麗な羽根ペンがのっている。使用した形跡はなく、一度もベルキアに手紙を出していないのだとわかる。無造作にころりと置かれているのは、王から賜ったベルキアの娘の証でもある金の印章指輪だ。

「ずいぶん無防備だな。盗まれたらどうする」

彼は自嘲ぎみに口の端を持ち上げた。もし、いまこの指輪を悪用する者がいるとしたら、ベルキアを恨んでいる自分だろう。

——少し前のぼくならば、どう動いたか。

ジルベールは、引き出しの奥まったところにある精緻な銀線細工の小箱を手に持った。緑の宝石が埋めこまれ、さながら宝箱のようだった。印章指輪の器だと見当づけて、片づけるべく蓋を開け、たちまち彼は固まった。動揺すると同時に、ひどい動悸に襲われる。次第に視界がにじんでいく。熱いものが頬に垂れていくのがわかった。

「……きみは、ばかだな」

箱のなかにあったのは、エメラルドの耳飾りだった。

はじめて彼女を無理やり散らした嵐の日、気を失った彼女の耳にきまぐれにつけたものだ。葡萄畑で『二度と会わない』と彼女のもとを去ってからも、忘れたくても忘れられずに、王都で見かけたそれを、彼女に似合いそうだと思って買った。ばかげていると思ったが、買わずにはいられなかった。

ベルキアへの復讐に燃えていても、ポケットに耳飾りをしのばせるのをやめられず、そんな愚かな自分自身を嘲った。

「なぜだ。大切に、いままで……。こんなもの、捨ててしまえばいいじゃないか」

その耳飾りが宝物といわんばかりに箱におさめられている事実。そして彼女がしきりに眺めていたものに思い当たった瞬間、彼はよろよろと後退り、そのまま膝からくずおれた。

＊　＊　＊

『はじめに言っておく。きみには何も期待していないし、家のために特別してほしいことはない。采配もとらせない。結婚したからといって、気負わなくても結構だ。ただ子だけは産んでもらう。そのためにきみを抱く。これは互いに逃れられない義務だ』

　その宣言どおりに、彼はカティアに何も要求することはなく、期待もしないし望まなかった。そのため、まだ日が浅いのもあるけれど、カティアはバルドー伯爵夫人としての自覚が持てずにいた。もっとも、彼は自覚など必要ないと思っているかもしれないけれど、カティアは必要だと思うし、何もさせてもらえない自分のふがいなさに落ちこんだ。

　以前、まだベルキアにいた頃のカティアは、変化を恐れ、退屈な日を幸せだと考えていた。でも、退屈ないまを幸せだとは思えなかった。彼女は少しでもジルベールの役に立ちたかった。彼は自分に厳しく、忙しい人だから余計に。しかし、できない以上、せめて誰にも迷惑をかけてはだめと自分に言い聞かせて気を張っていた。

　多忙なジルベールは朝から夜まで居室をあけるため、カティアはひとりきりだった。話し相手がいないので、孤独を感じることが多い。ふとした瞬間ベルキアの召し使いたちを懐かしんでしまい、そのつど、だめ、と首を振る。カティアは誰かに頼り慣れてしまっている。こんな状況では、彼に期待されなくて当然だ。

——ひとり立ちしなくてはならないわ。

居室には伯爵家の召し使いたちがいるけれど、誰も話しかけてはこなかった。話しかけてくるのは、執事のアントン、そしてカティア付きの召し使いと紹介されたライサのみだ。カティアはこのライサに苦手意識を持っていた。自分が愚鈍なせいなのか、ライサは常に苛立ちを募らせている様子で、それが申し訳なくて、怖かった。

カティアが日々悩んでいたのは、自分が彼の役に立てていないこともあるが、いまだにバルドー伯爵家——隣国ブレシェの文化に馴染めずにいたこともある。特に食べものが合わなくて苦労した。ついには食事が嫌いになったほどだ。

「カティアさま、浴槽《よくそう》の支度が調いました」

と無表情のライサが言う。カティアは嫁いでからというものお風呂が得意ではなくなっていたけれど、不平を言うつもりはなかった。彼に抱かれる以上、身綺麗でいたかった。

しかし、苦手意識から、肌がぞわりと総毛立つ。

「ありがとう……いまいくわ」

白磁《はくじ》に金細工が施してある豪奢な浴槽には水がなみなみとはってある。だが、部屋の暖炉は消えていて、浴槽の水は凍えるほどに冷たい。言うなれば極寒の湖だ。小刻みに震えながらドレスを脱いで、水に足をひたせば、勝手にかちかち歯が鳴った。

カティアの生まれ育った国では、湯浴みは身体をあたためるものだが、ブレシェでは違うのだ。おそらく感情を表に出さない貴族は顔をしかめずに入浴するのだろう。

慣れないけれど慣れなくてはならない文化だ。まるで禊《みそぎ》のようだと思う。そしてカティアは考える。自分は愛する家族を死に至らしめているのだ。罪や穢れを洗い流し、悔い改めるためにもいまの状況はよい機会なのかもしれないと。

「肩までお浸かりください」

側につき従うライサは、カティアに指導してくる。もしも彼女がベルキアの召し使いならば、おそらくカティアは甘えて「冷たいわ」と入浴を拒否していただろう。よく知らない召し使いで、逃げずにすんでよかったと思う。

ぎゅうと目を閉じたカティアが身を沈めるなか、背後に回ったライサはゆっくりと時間をかけてカティアの金の髪を梳く。内心で、髪は梳かないでと願ってしまうほど、ライサの作業の終わりを待つのはいつもつらかった。

ぞくぞくとした寒気が背すじを這い上がり、手先の感覚がなくなった。永遠に続くのではないかと、気の遠くなる思いでいると、ようやくライサは離れていった。

入浴後に用意されたドレスは毎回薄いものだった。カティアはそれを纏うが、冷え切った室内では濡れた髪も相まって寒すぎて、それ以降は本も読めず刺繍もできなくなり、彼女は寝台の毛布に包まりながら震えていた。そして、ドレスがしわになると、ライサから軽蔑のまなざしを向けられて、カティアはますますみじめな気分になってゆく。

「お食事でございます」

時間になればライサは毎度食事を運んでくれるが、この食事の時間がカティアにとって地獄だった。運ばれる料理は、少しあたたかいものもあるけれど基本は冷めていて、味がしないものや妙にすっぱいもの、異臭を放つものが多かった。普通の食事の時もあるけれど、ひと口食べれば気分が悪くなり、意識が遠のいた。パンもやけに硬くて、変わった色をしていた。カティアの身体はブレシェの食事を拒んでしまい、共に出されるレモネードと少しの木の実で過ごす毎日だ。どうしてもブレシェの食事だけは好きになれない。

バルドー伯爵夫人として、ブレシェの貴族として生きるのは、カティアには過酷すぎるものだった。つらい毎日だが、よりどころは彼だった。カティアはずっとジルベールの帰りを待ちわびながら過ごしていた。彼の言葉は厳しいけれど、やさしいことを知っている。こちらを見つめる瞳は、いつからか葡萄畑の彼に戻っていた。もともと貴族として結婚相手は選べないと知ってはいたけれど、いま、カティアはこうして好きな人とともにいられる。彼の腕に抱かれるたびに幸せを噛みしめる。

近頃ではめっきり身体が弱くなり、体調を崩して寝こむことが多いけれど、彼が薬を飲ませてくれるから、悪くないと思っている。カティアはだるい身体を引きずりながら、今日も彼を待っていた。

九章

うつらうつらと眠っていると、後頭部を持ち上げられて、背にぬくもりを感じた。

カティアは、ふう、と息をつく。あたたかくて幸せだ。続いて唇が熱を持ち、苦い液体が流しこまれて目を開ける。唇同士がこぼれないようぴたりとくっつけられていて、カティアはこくりと飲みこんだ。

淡く輝く銀の髪の隙間から、澄んだ青い瞳が見えている。ろうそくの灯りが反射して、まつげの上で光が踊る。いつだったか、彼には太陽ではなく月が似合うと思ったけれど、やはり夜の彼は幻想的で、息をのむほど美しい。その彼の顔がすぐ目の前にあって、愛しい思いがこみ上げる。今日も彼が、苦い薬を甘くしてくれた。

「目覚めたね」

再び唇が合わさった。今度は肉厚の舌を差し入れて、口内の苦みを綺麗に絡めとってくれる。彼はじっくりと歯も上顎も下顎もねっとり舐めとると、顔を離してまたくちづける。今度は短いキスだった。そして髪を撫でられる。寒い思いをしたとしても、入浴していてよかったと思った。いまはベルキアの薔薇の香油をつけてあるのだ。

「カティア、丈夫になれ。そんな身体ではぼくの子を産めないだろう?」

お腹にのせられた彼の手がやさしくさすってくれている。子を産むのが貴族の娘の義務だとしても、彼のために義務を果たせることが、この上なくうれしい。たとえ役立たずだとしても、自分には彼に対する義務がある。いまはそれだけがよすがだ。

「きみは長生きする義務がある。ずっとぼくの側にいる義務がある。義務を果たせ」

いつもは背後から抱きしめられるだけなのに、彼に身体を返されて向かい合う。真正面から見つめられるのも見つめ返すのも久しぶりで、慣れていないから気恥ずかしかった。

ふいに彼の眉間にしわが寄る。苦しげな表情だった。

「……なぜだ。なぜきみはこんなに顔色が悪いんだ。どうしてこんなに痩せている? どんどんやつれていくじゃないか。前のきみはこうではなかった。そうだろう? 颯爽《さっそう》と野を駆けていたじゃないか。屈託なく笑っていた。あの時のきみはどこへ行った」

不思議だった。彼のラピスラズリの瞳がにじんで見える。泣いているのだろうかと思いかけて気がついた。泣いているのは自分だ。けれど、上から熱いしずくが落ちてくるのはなぜだろう。心が痛む。同時に言い尽くせない思いがまざり、充足感で満たされた。

「……ジルベールさま、あの……抱いてください」

昨日、彼はカティアを正面から抱いてくれると言ったのだ。彼をこの手で抱きしめられるから、だからカティアは隅々まで薔薇の香油を身体に塗りこめた。亡き母が使っていた香油を、かつて小さなカティアがうらやましがった時、母は『これは特別な香油なのよ。

とっておきの時に塗るの。愛する人がまだいないあなたには早いのよ』と言っていたから、その香油を塗るのはいまなのだとカティアは考えた。彼を愛しているからだ。

「きみは何を言っている。抱くわけがないだろう」

その言葉はカティアの胸を深く抉った。しくしくと身体が冷えて、指先まで震えが走る。

「ジルベールさまは……昨日、抱くと」

「ばかだな……。きみは、ばかだ」

ぎゅうと強く抱かれて、カティアの胸は高鳴った。背後から抱きしめられるよりも、やはりこうして向かい合って抱きしめられるのが好きだと思った。

ゆるゆると彼の背に手をまわすと、彼が深くため息をこぼした。

「きみは二日も寝こんでいたんだ。ぼくが何度薬を飲ませても目を覚まさなかった。アントンが……執事が倒れているきみに気づいていなければどうなっていたか」

「二日……？　本当ですか、そんなご迷惑を……わたし」

「迷惑なんかじゃない」

その言葉に安堵する。彼の重荷になりたくはないから。

「カティア、頼む。こんな時に無理に微笑まないでくれ。きみはぼくをなじっていい。こんなになるまで気づかないなんて。……ぼくは最低な男だ。きみの夫失格だ」

カティアは広い背中に回していた手を、彼のすべらかな頬に移動させた。ゆっくりとした動作だが、彼はじっと待っていた。もっと性急な動きを求める人だと思っていたのに、その対応がカティアの心をあたためる。

「わたしの夫は、あなただけです。あなたが、わたしを妻と思ってくださるかぎりは」

彼がカティアをひたすら見つめる。カティアも彼を見つめ返した。じっと、瞳を逸らさずそうしていると、世界にふたりしかいないような気分になった。

「ぼくは、愚かだ」

彼がカティアの金の髪を梳いていく。まるで壊れ物を扱うようにやさしい手。そしてせつなさを宿す瞳に、カティアの胸もせつなくなった。

「カティア、きみがぼくを許してくれるなら……」

言葉を止めた彼は、ぐっと顔をしかめて、再びこちらを見つめた。

「これからも妻でいてほしい」

「はい……ジルベールさま。あなたも、愚かなわたしを許してくださいますか」

「何を言っている、なぜきみが許しを乞うんだ。乞わなければならないのはぼくだ」

彼が力のかぎりにぎゅうっと強く抱きしめてきた。

「すまない、カティア。いくらでも償う。だからこれ以上弱らないでくれないか。きみが死ぬのだけは嫌なんだ。生きて、健康でいてくれ。義務でいいんだ。きみの心がぼくになくても、軽蔑していても、ずっとぼくの側にいてぼくに抱かれて子を産んで、一生、年老いるまで、できれば以前のように……あの葡萄畑でのきみのように笑ってくれないか」

耳もとでぐす、と洟をすする音がして息をのむ。

やがて目の奥がふつふつと熱くなり、ぶわりと涙があふれ、すじになって流れていく。

「はい……ジルベールさま」

そのとめどなくこぼれるしずくを、彼は唇で受けてくれた。

「……きみを、また、あの時のように〝ターシャ〟と呼んでも？」

「呼んでいただけるのですか」

「呼びたいんだ。ぼくは」

言葉と同時に落ちたくちづけは、やわらかでいて、胸を打ち震わせるものだった。

カティアは彼とたくさん話をしたいと思った。伝えたいことがたくさんあるのだ。いつか一緒にお茶をのみたい。クラヴァットを結び直させてほしい。刺繍したハンカチを渡したい。完成度は高くないかもしれないが、可能なかぎりがんばった。

けれど、こんな時なのに、急に眠気に襲われて、言葉を紡げなくなった。

＊　＊　＊

ジルベールは、金の乱れた髪を梳く。絹糸のように細い髪は、元気な時には光を含んで艶やかなのに、いまはろうそくの灯りを浴びても鈍い色だ。太陽から生まれたような女の子だったのに。

――貶めたのはぼくだ。

このまま付き添いたいが、彼は執事のアントンから「話がございます」と言われていた。そのため、カティアの額にくちづけを残し、寝台から下りた。

アントンのもとに向かえば、蒸留酒が用意されていた。曰く「この二日、お休みになっていらっしゃらないでしょう」と気を回したようだった。ジルベールはわずかに鼻先を持ち上げる。

「先ほどカティアが起きた。酒は断りたいところだが……せっかくだ、もらおう」

長椅子に座り足を組めば、アントンが杯をジルベールの側に置いた。彼はひとくち飲んで息をつく。

「ぼくが彼女をターシャと呼んでいる話はしたね。いまから彼女はターシャだ。だが、お前たちはこれまでどおりカティアでかまわない」

「心得ております」

執事はジルベールの手による指示に従い、向かいの椅子に腰かけた。

「アントン、彼女の病気の原因は何だ」

「ただいま調べさせております。ライサにも問いただしましたが心当たりはないとのこと。ただ、気がかりな点がございます。明日にでも調理人に問おうと思っております」

彼は口につけようとしていた杯をテーブルに置いた。

「気がかりなこと？　調理人？　何だ」

「食材が使われた形跡がないと申しますか、想定よりも予算がかかっていないのです。べルキア家よりうかがいましたカティアさまのお好きな食事を用意するには、あまりにも」

「ぼくはターシャを痩せ衰えさせるほど甲斐性なしではない。誰が節約しろと言った。彼女の望みはすべて叶えるように言ったはずだ。にもかかわらず、食事どころか宝石もドレスも彼女は何も仕立てていないじゃないか。ぼくの妻になってから何ひとつ」

「坊っちゃま、カティアさまは〝ベルキアの娘〟ですので、宝石やドレスは婚前より有り余るほどお持ちです。現に、部屋が丸々一室衣装部屋となっております。それに、ベルキア家の資産は一国のそれに該当いたします。ベルキアのお屋敷にも潤沢《じゅんたく》に……」

「ぼくはそんなことを言いたいわけではない」

「失礼いたしました。存じております。食事の件、よくよく経緯を追及いたします」

「……くそ。すべてが後手だな。ぼくという人間は愚鈍にもほどがある」

　ジルベールは半ば投げやりに髪をかき上げた。

「アントン、ターシャの病の原因をつかめたから、ぼくを呼んだのだと思っていた。だが違うようだな。お前とこれ以上話すことはない。彼女のもとへ戻る」

　彼が席を立とうとすると、アントンは「お待ちください」と言った。

「ぼくを呼び止めるそれ相応の理由があるのか」

「ございます。この二日、見たところ坊っちゃまは憎しみを払拭していらっしゃいます」

　ジルベールの形の良い眉が歪む。

「払拭？　できるわけがないだろう。ベルキア侯爵のことはぼくが殺してやりたかったといまだに思っている。ぼくは父上の処刑をこの目で見た。一生消えるものではない」

「ですが、現ベルキア当主カティアさまには憎しみを抱いていらっしゃらない。そうお見受けいたしております」

ジルベールはテーブルの上の杯を乱暴に引っ摑むと、ぐっと飲み干した。

「ターシャはぼくの妻だ。ベルキアは関係ない。彼女は……彼女だ」

執事は大きく息を吸い、姿勢を正してから言った。

「ですから坊っちゃま。あなたさまは、お父上とベルキア侯爵の真実を知る時が来たのです。明日にはベルキアよりカティアさまの乳母オリガが到着しますので、その前に」

「真実？　ふん、いまさらどうでもいい。ぼくはターシャさえいれば」

「いいえ、聞いていただきます。そしてまず、申し上げたいことがひとつございます。私とベルキアの家令エゴールは兄弟なのです。それを知る者はもうオリガしかいませんが」

ジルベールの青い瞳は見開かれた。長年側に仕えていた執事が、仇敵の家令とつながりがあるなどもってのほかだ。

「……なんだと？」

怒りをこめて執事を見据える。

「説明しろ！　ぼくはお前を信用していたんだぞ！」

「非難されるのはごもっともです。ですが、これは坊っちゃまのお父上、アビトワ侯爵イサークさまと前ベルキア侯爵マルセルさまもご存じのことです」

額に手を当てた彼は、苛立ちのまま、靴を小刻みに鳴らした。

「少し話が長くなってしまいますが、お話ししてもよろしいでしょうか」

「聞かずにいられるわけがないだろう！」

アントンは、ジルベールの杯を穏やかな手つきで満たしてから話しはじめた。

「アビトワ家のイサークさまとベルキア家のマルセルさまは、幼少の頃に知り合い、領地が接していることもあり、親交を重ねて唯一無二ともいえる親友になられました。そして、ちょうどマルセルさまが二十一歳になった頃のことです。あの方は婚約者をイサークさまに紹介なさいました。そのお相手の方は、アナスタシアさま。カティアさまの母君です」

アナスタシア――国王のかつての想い人であり、没前、一年間彼の愛人だった女性だ。おそらく……いや、まちがいなくカティアはこの事実を知らないだろうが。

「その時、起きてはならないことが起きてしまったのです。イサークさまは、ひと目でアナスタシアさまを愛してしまわれた。また、アナスタシアさまも、イサークさまと接するうちに夢中になられていったのです」

ジルベールは、ひと目で愛してしまうなどくだらないと思いかけ、すぐに自分を嘲った。血は争えない。自分もひと目でカティアを好ましく思った。結婚したいと思うほどに。

「ベルキア侯爵が二十一なら、父上も二十一。たしか父上は十九で結婚したはずだが」

「さようです。イサークさまはすでに奥さまと結婚しておいでででした。それからほどなく、マルセルさまとアナスタシアさまが当初の予定どおりにご結婚され、その後も両家は関係を続けました。ですが、少々問題が」

「父上とアナスタシアか」

「はい。お二方は秘密裏に逢瀬を重ねておいででした。そして一年後、坊っちゃまの母君カチェリーナさまとアナスタシアさまがそれぞれ身ごもられたのです」

「ぼくとベルキア家の嫡男……ターシャの兄アルセニーだな」

ジルベールは指を絡めつつ聞いていたが、ふとぴたりと止まった。

「お前の言い方では、よからぬ結果しか思い浮かばない」

「坊っちゃまのご想像どおりです。アルセニーさまはベルキアの嫡男でありながら、坊っちゃまの異母弟——すなわち、アビトワ家イサークさまとアナスタシアさまのお子でいらっしゃいます」

それは予想していた答えだったが、しかし、いざ聞いてみると愕然とする。

「ベルキアの血を引いていないなど前代未聞だ。……ターシャは？　彼女の父親は誰だ」

「マルセルさまです。坊っちゃまとカティアさまに血のつながりはございません」

ジルベールは椅子の背もたれに身を預け、息をふうと吐き出した。もしも妹だとしても、手放すには遅すぎる。生涯口をつぐんで関係を続けていただろう。失うなど考えられない。

「ベルキア侯爵は自身の跡取りとしてアルセニーを扱っていたはずだが、この事実を知らなかったのか」

「……アナスタシアさまは、マルセルさまのお子と偽っておられました」

彼の端正な顔が歪む。「偽るなど最低な女だな」と吐き棄てるように言った。

「女の身勝手な行動で……代々続いた血が絶えるところだったというわけだ。罪深い」

「ベルキア家だけでなく、この問題に直面している家は多いかと思います。すべては婦人の胸の内で決まりますゆえ、身に宿す子の真相は殿方が知れるものではございません」

「そうだな。貴族の放埒ぶりを見ていれば想像に難くない」

「話を戻します。そしてマルセルさまは後年、アナスタシアさまの手記を発見なさいました。マルセルさまは激怒なさいました。なぜなら手記は自身の婚姻前から続く、イサークさまとアナスタシアさまの愛の記録でしたから」

考えこんだジルベールは、杯を口に運んだ。荒ぶる心を落ち着けるためだった。しかし、落ち着くどころか、余計に気は高ぶった。

「愛の記録だと？　ろくでもないな！　常識知らずな者の行動は理解に苦しむ。記して何になる。嘘をつくならつき通したほうがましだ」

「手記にはイサークさまとアナスタシアさまの間に生まれてくる子への想いが記されておりました。男児ならば〝アルセニー〟、女児ならば〝ナターリア〟にしようと」

ジルベールはカティアの名前を頭に描く。カティア・ナターリア・ベルキア。アナスタシアは、ベルキア侯爵との子にまで、父イサークとふたりで決めた名前をつけたのだ。

「父上は親友の妻を抱き、子をつくったのか。……これ以上ない手酷い裏切りだ」

「イサークさまは苦しんでおられました。アナスタシアさまも」

ジルベールは力のかぎりに杯を机に叩きつけた。

「苦しんだ？　何が苦しんでいるものか！　生まれる子の名前までふたりで考えているんだぞ！　親友を騙し、何食わぬ顔で己の息子を後継者にさせるなどおぞましい。それが本当なら、ぼくはもう父上を尊敬などできない。しかも恐ろしいことに、ベルキア侯爵はターシャが生まれた二年後に、落馬の事故で子を作れない身体になっていたはずだ」

ジルベールは忌み嫌ってきたベルキア侯爵に自分自身を重ねていた。カティアが他の誰かと愛し合い、他の誰かの子を身ごもり、何も知らされずにその子を育てる自分の姿を想像すると、身体が怒りで煮えたぎる。自分なら、いかに相手が親友であろうとも、いや、親友だからこそ破滅させるだろう。ベルキア侯爵が父にしたように。

「坊っちゃまは覚えておいでのはずです。後年のイサークさまは何ひとつ抵抗なさらず、マルセルさまの画策や攻撃をすべて受け止め、断頭台に消えました。あの頃の坊っちゃまは、なぜ釈明しないのかと憤っておられましたね。あれはイサークさまの、愛を優先したがゆえの罪の償いだったのです」

「償いなものか。自業自得だ。……ぼくは真実も知らずに恨み続けていたのだな」

ぽつりとつぶやいたジルベールはうなだれた。

「恨み続けて十年だ。なぜ、教えてくれなかった？　そうすればぼくは。……くそ」

「坊っちゃま」

ゆるゆると顔を上げれば、執事の静かな瞳と目が合った。

「坊っちゃまは緻密な復讐の計画を立てましたが、何ひとつ実行なさっておりません」

「もうとっくに取り返しのつかないことをしている。……この手で彼女を傷つけた」

「それはこれから坊っちゃまが一生をかけて償いをするしかありません」

「当然だ。わかっている。……くそ、自分に呆れる。しかし、知っていたならぼくは別の行動がとれた。あの日、求婚した日に彼女を幸せなままで迎えられた」

「それは無理でございます」

執事はジルベールの剣呑な視線を受け止め、またたきのあと口にする。

「これは醜聞でございます。ベルキア侯爵そして嫡男アルセニーさまが亡くなられたからこそお話しできる真実です。そして先日、坊っちゃまは遺されたカティアさまを娶られました。アビトワとベルキアがひとつになったいまだからこそ明かすことができるのです。いまの坊っちゃまは、家名よりもカティアさまを優先しておられる。ですからお話しすべきと判断いたしました。……ですが、これは坊っちゃまの胸の内に秘めておいていただかなければなりません」

ジルベールは、たしかにカティアには知られてはならない話だと思った。彼女は家族を愛している。その家族の裏の顔を突きつけるなど酷だ。できれば穏やかでいてほしい。

「ベルキア侯爵マルセルさまとアナスタシアさまは幼なじみでいらっしゃいました。兄エゴールによりますと、マルセルさまは、アナスタシアさまを幼少の頃より慈しみ、愛しておられたそうです。アナスタシアさまも、マルセルさまを慕っていらした。しかし、あの方はイサークさまに出会ってしまわれたのです。そしてアルセニーさまを身ごもり、出産したのち、アナスタシアさまはベルキアの別邸に籠り、長く夫を拒否し続けました。アナスタシアさまのお心のすべてはイサークさまにあったのです」

思わず口から出たのは舌打ちだった。

「胸くそ悪い。父上はぼくをもうけておきながら、愛人にアルセニーを産ませ、そして長年ベルキア侯爵に親友面をしていたというわけだ。面の皮が厚いにもほどがある」

ベルキア侯爵が、アビトワの屋敷を訪れていたのを思い出す。

『きみがヴァレリーか。私にもきみと同じ歳の息子がいてね、アルセニーという。妻に似て少々身体が弱いが、近いうちに連れてくるから仲良くしてやってほしい』

そう語っていた侯爵は笑みをたたえ、たしかに幸せそうだった。その侯爵と、父は冗談を言い、笑い合っていたのだ。

記憶を辿れば辿るほど、仲の良いふたりが浮かんで身体が震える。

「母上の放蕩を責めておきながら……反吐《へど》が出る」

ジルベールは執事の話を遮っていたため、気だるげに続きをうながした。

「マルセルさまは、アナスタシアさまの度重なる夜の拒絶に激怒いたしました。そして妻を閉じこめ、しばらくのちにカティアさまがお生まれになりました」

彼はうつむき加減の顔を上げた。

「では、ターシャはベルキア侯爵が無理やり抱いた末の……。だったら」

「はい。カティアさまは乳母のオリガに大変よく懐いておられます。それは、アナスタシアさまがカティアさまを拒まれたからでございます。あの方は息子、アルセニーさまにしか愛を与えなかった。カティアさまは、母君は身体が弱かったと記憶しているはずです。いつもさみしい思いをされていたと、兄エゴールは申しておりました」

小さなカティアを思うと、ジルベールは言葉を失った。下唇を嚙みしめる。

「カティアさまの兄君、アルセニーさまですが、度々アナスタシアさまに連れられてアビトワを訪れておりました。……アルセニーさまは勘の鋭いお方だったようで、ご自分が父君の子ではないと気づいておられました。ですから、あの方は私的な時間をすべてベルキア侯爵のためにお使いになりました。マルセルさまが、アルセニーさまが実子ではないと気づいても廃さなかった理由はそこにあります。アルセニーさまは、言うなればマルセルさまの人形でした。暗部はすべて引き受けておられた」

それは、ただ父に認められたいがための行動だろう。

アルセニーを思えば大きなため息をつかずにはいられず、ジルベールは肩を落とした。ベルキア侯爵の本当の子ではないと知ったその日から、気が休まることはなかっただろう。自分の歩んできた道のりは過酷だったが、アルセニーもまた過酷だ。

「やがてマルセルさまは復讐を実行なさいました。まずは妻であるアナスタシアさまを国王の愛人にしました。アナスタシアさまは泣いて嫌がられたそうですが、マルセルさまは宮廷で揺るぎない力を得るため、そして愛人として振る舞う姿をイサークさまに見せつけるために断行したのです。その期間はおよそ一年」

「アナスタシアは馬車の事故で亡くなったと聞いている」

「はい。ですが事故ではございません。実際手にかけたのはマルセルさまです。そしてマルセルさまが次に狙いを定めたのは親友のイサークさまでした。あとは坊っちゃまも知る事態に発展していくのです」

衝撃のあまり、頭の動きが鈍くなっているのがわかった。

「……ベルキア侯爵は妻を殺したというのか」

「かわいさ余って憎さ百倍と申しましょうか。あの頃のマルセルさまは激情に駆られ、殺伐としておられた。……坊っちゃま、以上がアビトワ家とベルキア家の間に起きた真実でございます」

「ベルキア侯爵がアビトワの葡萄畑を潰したのは……」

「葡萄畑がイサークさまとアナスタシアさまの逢瀬の地でございました。ベルキアの葡萄畑の改良にことさら熱心だったアナスタシアさまが怪しまれることなくイサークさまに近づくことが可能な地が、アビトワの葡萄畑だったのでございます」

「父上が葡萄畑に足繁く通っていたのはそのためか」

ジルベールは悔しげにこぶしを握った。

「とてもじゃないがターシャに言えない。……彼女はなぜ母親に疎まれながらあのように笑顔でいられたんだ。なぜ母親のために葡萄酒を復活させようなどと思えたんだ。出会った頃の彼女は、翳《かげ》りなどみじんもなかった。いまも以前もどうしてあんなに清らかでいられる」

　その眩しさが好ましくて、再会してからは憎かった。

「カティアさまは無欲な方で、わずか五歳にして自ら手にした資産を自分のためではなく教会や飢饉《ききん》に襲われた村など、人のためにお使いになっていたそうです。葡萄畑を復活させることも、あの方にとっては普通のことでした。カティアさまは母君の愛は得られませんでしたが、父君、兄君、召し使いや領民にこよなく愛され育ったのでございます。家令のエゴールは、カティアさまが〝ベルキアの娘〟と呼ばれる所以はそこだと申していました。ただマルセルさまに愛された故の愛称ではなく、ベルキアの民に愛されていることを指すのです」

　ジルベールは目を閉じ、出会った頃のカティアを想った。

　どれほど傷つけてしまっただろう。

　——どうすれば償える？

「坊っちゃまはカティアさまとの結婚の際に奇怪な条件をのまされましたね」

　執事の声に我に返り、彼は脚を組み替えた。

「あれは、この国がベルキアを懐柔するためにカティアさまを失うわけにはいかないという意味もこめられているそうです。ベルキアはもともと異国であり、民は血の気が多く、騎士を多く輩出する土地柄だったとか。蜂起が起きるとしたらまずベルキアと言われているほどでございます。しかしながら、上に立つのが〝ベルキアの娘〟でしたら、民はそのような気は起こしません。そして、おそらくはベルキア侯爵が万が一のことを思い、血筋を残すために国王と生前に交渉したのだと思われます。カティアさまのお子はベルキアの血を引いていますから、お子が生まれましたらベルキアは絶えることはありません」

　彼は軽くうなずいた。

「『カティアが子をなす際、最初に生まれた男児はベルキアの当主になる』……死後のことまで想定していたとは用意周到だな。だが、侯爵が生きていたのなら、アルセニーの息子とターシャの娘を結ばせようとしただろう」

「そのおつもりだったでしょうね。マルセルさまはアルセニーさまに早く息子をもうけろとせっついていらっしゃったそうですから」

「ターシャは内情を少しも知らないようだ」

「はい、ご存じありません。カティアさまは母君ゆずりの宮廷向きの容姿ながら、人を疑うことを知らず、自然を愛する素朴な方だとうかがっております」

「イリヤにしろお前にしろ、ターシャを知る男は皆、彼女を好意的に受け止めるな」

「嫌うほうがむずかしいかと。聞いていたとおりの方でしたから」

　執事は、「エゴールは滅多に人を褒めないのですが、カティアさまだけは別なのです」と付け足した。

「カティアさまは自己主張なさらず、ご自分が耐えてことをおさめようとなさいます。知らず我慢を重ねてしまわれるのです。ご無理をさせないようにとエゴールに頼まれました。我々は両家の婚姻にあたり、こうして意識を擦り合わせていたのでございます」

「つまり、ベルキアの家令は、ぼくがアビトワの嫡男だと知っているというわけだ」

「はい、申し訳ございません。ですが坊っちゃまはカティアさまを娶られるにあたり、一年の半分をこの国でお過ごしになられます。もしもアビトワの嫡男だと知られれば、自ずと断頭台に近づきます。ですから宮廷で暗躍してきたエゴールの力が必要だと判断いたしました。エゴールがカティアさまを命を賭してお守りしているように、私もまた、坊っちゃまを命を賭してお守りすると決めております。そして、すでに我々の主は坊っちゃまとカティアさま、おふたりなのです。どうか、ご理解を」

「責めようなどとは思っていない。お前を信用している。……明日、ターシャの乳母が到着するのだろう。続きは明日だ。今日は休む」

　彼が椅子から立ち上がる前にすくりと立ったアントンは、ジルベールが部屋を出やすいように扉を開けた。

「おやすみなさいませ、坊っちゃま」


　寝室にたどり着いた彼は燭台のろうそくの火を消していく。暗さの増した部屋の中央で薄布をまくれば、彼女はすうすうと寝息を立てていた。昨夜までは濁った音が混ざっていたから、胸は苦しくなさそうだった。

上着やレースのシャツを脱いだ彼は毛布にもぐりこみ、そっと彼女のとなりに身を横たえた。そしてゆっくり手を回し、小さな身体を抱えこむ。

透きとおる肌は、生を終えたかのように白く、影を刻む横顔は儚げだ。

彼女が寝こんでいる夜は、どうしようもなく不安になり、居ても立っても居られなくなる。このまま彼女が死神に連れ去られるような錯覚を覚えてしまうのだ。

「ターシャ、早くよくなれ」

彼はカティアの頬にくちづけて、髪をやさしく撫でつける。しばらく手を往復させて、自身に眠気がくるのを待っていた。

眠れそうになかった。今日知った過去に打ちのめされていた。父のことはあの瞬間まで愛していたし信頼していたのだ。だからと言って、急に嫌いになれるわけでもない。とはいえ、信じていたものが根底から覆されて心にぽっかり穴が空いたようだった。

カティアを見ていると、こみ上げてくるものがある。もう、両家で生きているのは彼女と自分だけなのだ。

どれほど自分が愚かでも、これからともに歩んでいきたいと、彼はカティアをぎゅっと抱きしめる。もう、アビトワもベルキアもどうでもよかった。彼女さえいれば。

少しだけ身を起こし、その唇に唇を重ねる。

ふに、とやわらかさが伝わって、角度を変えてもう一度キスをした。

じっとカティアの顔を眺めているど、視界がだんだんにじみだす。袖で目を拭った彼は、傍机で揺れるろうそくに息を吹きかけた。この顔を見られたくなかったのだ。

「……………ん」

かすかに聞こえた声に、知らず身体が固まった。

「ジルベールさま？」

身じろぎした彼は、カティアを胸で抱きとめた。彼女は頬をつけ、じっとしている。

「気分はどう？」

「よくなりました」

「お腹はすいた？」

それには声を出さず、カティアは首を横に振る。

「朝食は一緒に食べよう。きみの好物を用意させる。それから……ターシャ、きみに伝えたいことがあるんだ。本当はきみが回復してからの方がいいかもしれない。けれど、大事なことだからいま言っておきたい」

ジルベールは大きく息を吸いこんで、細く、長く吐き出した。

「きみの夫はふたつ名前を持っている。ジルベール。……ジルベール・アシル＝エティエンヌ・エメ・リシャール。それから、生まれた時に名づけられた名前は、ヴァレリー・ベルナルト・ウルマノフ・アビトワ」

カティアが自分を見上げているのがわかったけれど、彼はそちらを見ずに虚空を眺めた。

「アビトワ……？」

「うん、そうだ。ぼくは断絶したアビトワ家の者だ。だから、十年ぶりに――あの時は九年ぶりだね。この国に来て、葡萄酒が絶えていると知った時には悲しくなったが、あの葡萄畑をきみが復活させてくれたと知って、ぼくは、九年ぶりに幸せと喜びを感じたんだ。それまではやるせなくて、時が止まっていたようだったけれど、なんと言ったらいいのだろう。……そうだね、長い冬が終わり、氷が溶けて、春に出会えたような気がした」

腕のなかのカティアの震えに気がつき、彼はぎゅうと力をこめた。

「……ジルベールさま」

「どうした？」

「では、わたしのお父さまが……ジルベールさまの、アビトワの葡萄酒を……絶やして」

「それは、過ぎたことだ。ぼくがきみに伝えたいのは、きみとの出会いは、かけがえのない特別なものだったということ」

彼はカティアをそっと包み直した。

「聞いてほしい」

彼女のうなずきを感じつつ、ジルベールはカティアの金の髪に顔をうずめた。

「ぼくは……長い間生きるのが苦痛だった。目的のために生きなければならないと思っていたけれど疲れ果てていたんだ。夜、眠る前にこのまま目覚めなければいいと毎日願っていたし、朝を迎えれば、また苦痛がはじまると思った。この生が尽きてしまえばいいと何

度思ったか。何のために生きているのかも、自分がどこに向かって進んでいるのかもわからず、出口が見えなかった。人の美しくない姿を数多く見てきて、心底幻滅し、人に期待することも好ましく感じることもなかった。けれどぼくはあの日、葡萄畑で、人の美しさを見たんだ。……とても、綺麗だった」

ジルベールは腕のなかのカティアを見下ろした。緑の瞳がこちらをまっすぐ見つめる。あの日から何ひとつ変わらぬ、清らかなまなざしで。

熱いものがこみ上げるのを、彼はぐっと耐えた。

「ターシャ……きみだよ。ぼくはきみを見つけた。いま思えば、神が与えた希望かもしれない。きみと出会ってはじめて、この先も生きていたいと思えたから。だから、もう一度言う。ぼくの本当の名前は、ヴァレリー・ベルナルト・ウルマノフ・アビトワ。きみにこの命を握っていてほしい。ぼくの名前をリベラ国の誰かに伝えれば、きみはぼくを葬れる。ぼくはきみにひどいことをした」

カティアの瞳が、みるみるうちにうるんで揺れて、やがてしずくがあふれて伝う。

「……ジルベールさま、わたし」

「ぼくを生かすも殺すもきみの自由だ。けれど、もし生かしてくれるのなら、きみのそばに置いてくれないか。ぼくは、生涯きみから離れたくないと思っている」

肩を震わせたカティアは、ジルベールの背に手を回し、しがみついてきた。

「死んでも言いません。どれほど問い詰められても、拷問されても、あなたの名前を誰にも。わたしは、あなたから離れたくありません。ジルベールさま。側に置いてください。わたしは、あなたと……いつまでも、一緒にいたいのです」

「ターシャ」

力のかぎりに抱きしめたかったけれど、彼はあふれる想いを殺して、彼女の頭を撫でるに止《とど》めた。厄介なことに、想いと欲望が直結してしまう。これ以上感情を優先させるわけにはいかなかった。

けれど彼女はくっついていたいようで、ぎゅうぎゅうと身体を押しつけてくる。

「……ターシャ、すまないがこれ以上は」

不思議そうな顔でこちらを見る彼女の額に唇を押し当てた。

「まずいことになる。……早く元気になって。そして、きみを抱かせてくれないか。あの初夜は気に入らない。ぼくは最低な男だったから、やり直しをさせてほしいんだ」

カティアは黙って額にキスを受けていたけれど、ふいに顔をずらして、彼の口に唇を合わせてきた。

それは、彼女からのはじめてのくちづけだ。

ジルベールは、カティアがくれたものに遠慮はしなかった。ふたりで舌を絡めて、互いの熱を分け合った。息が荒くなるほど激しいものだった。

キスを終えたふたりは指を絡めて手をつなぎ、だらりと天井を見上げた。

「……ジルベールさま、わたし……」

「それはぼくの台詞だ。ターシャ、ぼくは幸せだ」

「幸せです」

「ん？　どうした」


翌朝、カティアの体調はずいぶん回復していたものの、まだふらふらしている状態だったので、彼は寝室に食事を運べと指示をした。

いま、給仕は主に執事のアントンが行っていたけれど、召し使いのライサが姿を見せるやいなやカティアが怯えた様子を見せるので、彼は怪訝に思い、午後にライサを問いただそうと考えた。

カティアは変わらず食が細く、その点についても心配だった。しかしながら彼女との食事はゆったりとしたやさしい時間で、これまでひとりで食事をとることが多かった彼は、家族の意味を噛みしめた。

同じ食事のはずなのに、ひとりよりもふたりのほうがおいしく感じられるのはなぜだろう。空気すらも澄んでいるように感じられるのだ。まるで彼女が魔法をかけたかのようだった。

「ふたりでとる食事はいいものだね」と気持ちを表せば、彼女はうなずいたあと、「また、一緒に食事ができてうれしいです」とはにかんだ。

朝日のなかで光に縁取られた彼女はまぶしくて、やはり太陽が似合っていた。

食器を下げさせ、ふたりきりになれば、どうしてもこみ上げてくるものがある。ふいをついて唇を奪えば、彼女は緑の瞳をまるくしたあと、照れくさそうにもじもじしてから笑った。その笑顔は作りものではないあの日を彷彿とさせるもので、胸が熱くなってくる。

ジルベールは、彼女と過ごす時間をふやしてゆきたいと思った。


ブレシェ王に呼ばれて居室を出たのはまだ昼前のことだった。そして四時間ほど経過したのち、カティアの様子を見に戻ってきた彼は、ぼそぼそと聞こえてくる声に足を止めた。それは召し使いたちに与えている控えの間からの声だった。

現在、バルドー伯爵家の居室で働くのは、ほぼ元アビトワ家の召し使いたちだ。話を聞くつもりはなかったが、前を通り過ぎる時に偶然言葉を拾った。

「あの娘、重い病気なのかしら。寝こんでばかり」

主の妻に不敬すぎる言い方だ。ジルベールの眉間にしわが寄せられる。

「あんな身体の弱い娘、ヴァレリーさまにふさわしくないわ。しかも、ベルキアの娘だなんて。その存在自体ヴァレリーさまの癇に障るというのに」

白昼堂々、自分のかつての名を上げられたことも問題だったが、勝手に見当違いな思いを代弁されて、怒りがぐつぐつせり上がる。耐えられずに扉を殴りつけようとすると、別の誰かが会話に参加した。

「ベルキアの娘の世話をするなんて思ってもみなかった。病気だなんていい気味ね。でもあの子、呼び鈴を一度も鳴らさないから楽でいいけれど」

「鳴らそうものなら叩いているわ」

「あらやだ、貴族に手を出しては縛首《しばりくび》よ。あの娘、生意気にも特権階級だもの」

「でもあの娘、病気になるのも仕方がないと思うわ。だって」

くすくすと含みを持たせる嘲りの声がした。

「あの娘の入浴はすべて水なの」

「水？　それ本当？」

「ええ。ここへ来てあの娘のためにお湯を沸かしたことがないんだもの。水でいいんですって。でもね、あの娘はおとなしく入るらしいわ」

「この寒い時に？　正気の沙汰じゃないわね。……ああ、それとも罪深いベルキアに生まれたことを恥じているのかしら。あのおやさしい侯爵さまを陥れた家ですものね」

ジルベールは奥歯を噛みしめる。血管がどうにかなりそうだった。

いままで勤勉だと信頼してきたアビトワの召し使いがこのざまだ。しかし、自分のこれまでの憎しみがこのような事態に陥らせているのだという思いが、彼女らを斬り伏せようとする己をぎりぎりのところで押し留めていた。

「でも、お湯を沸かさないでいいとなると、薪《まき》の節約になっていいわね。普段からも暖炉の節約に協力させているし。……あの娘、笑えるくらいに何も言わないのよ」

「早く病気が悪化してヴァレリーさまの視界から消えればいいのよ。目障りだわ」

「それよりね、ライサさまったらもっとおもしろいことをしているの」

かっと目の前が赤くなり、知らずジルベールは思いきりこぶしを叩きつけた。もう黙って聞いているなど不可能だった。

居室に響く打音《だおん》に、「きゃあ」「何？」などと、召し使いがおろおろとうごめく。

「ふざけるな！　全員出てこい！」

ジルベールの剣幕に、すっかり怯えた四人の召し使いたちが現れた。彼は燃えたぎる怒りを必死に押し殺し、影を色濃く孕んだ剣呑な笑みを浮かべた。

「揃いも揃って職務放棄とはいい身分だな。雇い主の顔をぜひ拝みたいものだ。そいつはどんな間抜けだ？　ここまで召し使いにこけにされるとは、よほど愚かでくずな男だな。そいつの名を教えてくれないか？　なあ、そのいまいましいうるさい口で教えてくれよ」

召し使いたちはがたがたと縮みあがる。彼女らはベルキアを憎んでいても、アビトワの主人は愛してやまないのだ。

「それはそうとおもしろい話をしていたな。ぼくも混ぜてもらおうか」

彼は腰からすらりと剣を抜く。息をのむ音が聞こえた。

「貴族というものは便利だな。召し使いをどれほど殺めようとも罪に問われることはない。殺し放題だ。不平等だと思うだろう？　ぼくもそう思う。だが、ぼくたちはそんな理不尽ななかで生かされている。だが、お前たちがしたことを考えろ。カティアはまだ十六歳の少女だ。お前たちよりも十以上年下の娘を徒党を組んでいたぶったことを省みろ。特権階級にあるカティアが、お前たちに力を見せつけ、行使したことがあるか？　彼女はお前たちのような力なき者を決して虐《しいた》げたりしない。逆に寄り添ってきた娘だ。ぼくの妻をよく知りもしないでこのような仕打ち……」

言葉にしてみてひしひし思う。この言葉はすべて自分に対して言えることだ。それに、彼女らは自分の憎しみを感じ取り動いていたにすぎない。

――くそ。すべてぼくのせいじゃないか。どの口が……。ぼくに、責める資格はない。しかし彼はぶるりと首を横に振る。カティアが殺されようとしていたのだ。許してはおけない。

ぞんざいに鼻先を上げた彼は、凍てつく瞳で、ひとりひとりを見て言った。

「ぼくは妻を死に至らしめようとする者に容赦はしない。……いいか、斬られたくなければ洗いざらい話せ。隠し事など無駄だ。この期に及んでごまかしが通用すると思うな」

彼がひたと剣を右端の召し使いの首に当てた時だ。背後より執事が現れた。

「坊っちゃま、すでにカティアさまの乳母オリガが到着していますが……いまの物音はいかがなさいました？」

しかし、問われてもジルベールは執事の方を見ようとはしなかった。召し使いを見すえたままで言う。

「アントン、いますぐライサを連れてこい。そのあと、至急ベルキアの家令に書状を送り、彼をここに迎え入れろ。ベルキアの召し使いを呼び寄せることも忘れるな。全員入れ替える。これまでのぼくの判断は、能無しで最悪なものだ」

執事が「かしこまりました」と扉を閉めると、彼は青い瞳をより険しくした。

「……さあ、お前たち、話してもらおうか」

＊　＊　＊

「まあ、お嬢さま、お痩せになって！」

ばあやに抱きしめられて、カティアはあふれてきそうな涙を止められず、彼女の肩に染みを作った。ぐす、と洟をすすれば、子どもの頃のように、髪をゆったり撫でられる。その手は変わらずあたたかく、労りに満ちていて、だからこそさらに甘えたい気持ちが出てしまい、幼少期より慣れ親しんだふくふくとした身体にしがみつく。

「ばあや、うれしい……。どうしてここにいるの？」

「バルドー伯爵さまが直々に呼ばれたのでございますよ」

「ジルベールさまが？」

「はい。その時、ばあやはこう言ったのです。どうかお嬢さまのお子を取り上げる夢を叶えてくださいませと。快く許可をいただきましたわ。ですからお嬢さま、いつお子をお産みになられてもこのばあやがそばについておりますからね。伯爵さまは、お子の誕生もそう遠くはないとおっしゃっていましたわ。仲良くなさっていますのね？」

カティアはりんごのように真っ赤になりながら、ばあやの肩に顔をうずめた。

「そうなの、ジルベールさまはとても仲良くしてくださるの」

「よかったですわ。ところでお嬢さま、何かいま、してほしいことはございますか」

鼻を上向けたカティアは、「そうね……」と小声で言った。

「ばあや、だったらわたしにドレスを作って。夢でばあやのドレスを着た夢を見たの」

「いけませんよ、お嬢さまは伯爵夫人なのですから、ばあやの手作りのドレスだなんてみすぼらしい」

「みすぼらしくないわ。わたしは好きよ。着心地がよくて、動きやすくて……」

「あら、まあ。でもそうですわねえ、居室のなかだけでしたら許していただけるかもしれませんわね。あとで伯爵さまにおうかがいしますわ」

カティアが身体を離すと、ばあやが冷えた手をさすってくれた。「あたたかいわ」とはにかめば、ばあやも同じように笑った。

「お嬢さま、季節はもう冬を迎えますのに、このような薄着。婦人は身体を冷やしてはいけませんのよ。あたたかなものを用意いたしましょう。風邪を引いてしまいますからね」

そう言って、ばあやはビロードのドレスを揃えると、てきぱきとカティアに纏わせ、綺麗に髪を梳いてくれた。ドレスと同じ色のりぼんで複雑に髪を結い上げて、肩をさすってくれる。

「先ほど、召し使いが食事を運んでおりましたわね。ばあやは遠目でもしっかり確認いたしましたよ。お嬢さま、まだ食べておられませんでしょう？　執事が、お嬢さまが食事をなさらないと心配していたほどですもの」

「ジルベールさまもそうおっしゃるわ」

「わけをお聞かせ願えますか？　ばあやだけに」

カティアは後ろめたそうに、「わたし……」とうつむいた。

「なんでございましょう」

「その……ブレシェの食事が合わないようなの。だんだん食べられなくなってしまったわ。たくさん食べようと思うのだけれど……。でも、どうしても。ねえばあや、苦手な食べものや味はどうやって克服すればいいの？　わからなくて……こんなわたし、だめね」

たどたどしいカティアを励ますように、ばあやはふっくらとした胸の前で手を合わせた。

「何がだめなものですか。人は食べずにいるとどんどん食事を受け付けられなくなるものです。お嬢さま、その食事をばあやにお渡しください。お嬢さまがお好きなように色づけいたしますわ。でも、へんですわねえ、お嬢さまはなんでも食べられますのに」

カティアが窓辺のテーブルにばあやを誘うと、ばあやはそこに置かれた籠にあるパンを見るなり飛びはねた。

「なんですのこれは！」

「変わった色のパンでしょう？　わたし、はじめてなの。それに……とても硬くて」

「まあっ、食べたのでございますか？　……こんなもの、お嬢さまがはじめてでいらっしゃるのは当然です！　お出ししたことがないのですもの」

ばあやは続いて、鼻をひくつかせながらスープや野菜、肉を細かく確認した。途端、わなわなと震えてしまった。

「お嬢さま、ばあやは少し出てまいります。戻ってくる時にはばあや特製のちゃんとした食事をご用意いたしますからね。お嬢さまは部屋に鍵をかけて、ばあやが来るまで誰も入れないようになさってくださいませ。伯爵も、執事どもも全員です。これはベルキアに対する侮辱行為ですわ！」

「……ばあや？」

ぷりぷりと怒ったばあやは、食事のトレイを引っ掴み、肩をいからせながら出て行った。カティアは何が起きたのかわからずに、けれど自分が問題を作ったような気がしてだんだん不安になっていく。

そして、ばあやが戻ってきたのは一時間ほどしたあとだった。カティアはばあやの先ほどの様子が気にはなったが、問いかけようとはしなかった。兄から『淑女は使用人のことについて不躾に首をつっこむものではない』と固く言われていたからだ。

ばあやが持つトレイにのるのはミルクのスープで、パンが浸されていた。かつて風邪を引いた時にばあやがよく作ってくれた食事だ。

半分ほども食べられなかったけれど、ひさしぶりに食べる味に、カティアはほっと息をつく。その間、ばあやがこちらを見ながら涙ぐんでいるので不思議に思う。

「どうしたの、ばあや」

ばあやはまばたきで涙を散らした。

「久しぶりにお嬢さまにお食事を作ることができ、ばあやはうれしいのでございますよ」

「わたしも久しぶりにばあやの料理を食べられてうれしいわ」

机に置かれた壺を持ったばあやは、カティアの前にそれをかざした。

「こちらをどうぞ。ベルキアから持ってまいりましたのよ。ばあやが作ってみたのです」

カティアの杯に少しだけ蜂蜜酒が注がれて、しかし、三口で酔ってしまう。まどろみのなか、ばあやの子守唄が聞こえた気がして、子どもに戻った気分になった。

日が暮れるとあたたかなお湯で満たされた浴槽が用意され、カティアはばあやに手伝われながら入浴した。浴槽のふちに頭をもたせかければ、ばあやが髪をくしけずってくれた。

夜の食事もばあやが作ってくれて、昼間の食事よりも、少しだけれど多めに食べられた。

「ごめんなさい、ばあや。わたし、負担をかけすぎているわね。疲れたでしょう?」

食事後、化粧着に着替えたカティアがねぎらえば、ばあやは首を横に振る。

「久しぶりでしたから、少々張り切りすぎましたわね。けれどお嬢さま、ばあやはお嬢さまのお世話をするのが好きなのでございますよ。言ってしまえば生きがいですわ」

そんな彼女に礼を言うと、ばあやは「今夜はこれで失礼します」とにんまり笑う。

「おやすみなさい」

「おやすみなさいませ。よい夢を、お嬢さま」

扉が閉まれば、カティアは寝台にのり、眠りにつこうとしたものの、目が冴えてしまってだめだった。そんな時、自然に脳裏に浮かぶのはジルベールのことだった。最近の甘やかな彼を想像すると、照れてしまってそわそわする。胸が高鳴ると同時に、顔がぽっと火照っていくのがわかった。カティアは、気づけば彼にキスしてほしいと贅沢なことを思ってしまうのだ。どんどん欲が深くなる。

——ジルベールさま、今日はお帰りが遅いのかしら。

頭に思い描くのはアビトワの葡萄畑だ。できればもう一度、あの葡萄畑で陽が降るなか、彼と散歩をして笑いたい。そんなことを考えた。

カティアはしばらくごろごろと大きな寝台に転がったあと、クッションに手を差し入れた。そのまま抱えこもうとしたけれど、ふとその下に硬いものがあるのに気づく。不思議に思って探れば、それは、赤い封蝋つきの封筒で、その押された印璽《いんじ》は見たことがないものだった。

——どこの家の印璽かしら。

いつからそれがクッションの下にあったのかはわからない。しかし、表にはカティア・ナターリア・ベルキアと、自分の名前が記されていた。

十章

「ターシャ、どうした？」

ジルベールが聞いても、カティアはゆっくり首を横に振る。

彼女はなんでもないふりを装うけれど、明らかに何かある。ひどく気落ちしている様子で、緑の瞳はうつろだ。食事は改善されているはずなのに、食も細いままだった。もう、かれこれ三日はこの状態だ。

彼女の乳母オリガに聞いても何もわからないようで、「探ってみますわ」と力なく言う。

「お嬢さまはうれしい時には素直に表現なさいますが、落ちこまれた時は心の内を明かさないのです。宮廷に上がる前も、半年以上もずっとふさぎこんでおられましたわ」

それはちょうど、葡萄畑の別れの時期だ。ジルベールは息をつく。

「……ぼくは、彼女を苦しめてばかりだな」

「時が経つのを待つしかありませんわ。お嬢さまは気持ちを整理しきれていないのです」

カティアの身に起きていたことは陰湿ないじめだ。それは慎重かつ狡猾《こうかつ》に、ジルベールと執事の目の届かないところで進められた。湯浴みに冷たい水を使用し、長く入浴させたり、暖炉の火を絶やしたり、寒い日にわざとカティアに薄着をさせたり、食事に腐ったものを出し続けたりなど、執拗に続けられた。これでは体調を崩すのは当然で、また、重篤《じゅうとく》な病気になりかねない。いま思い出しても腸が煮えくり返る。ライサをはじめとする召し使いたちの言い分は、〝侯爵さまの無念を晴らしたい〟というものだった。

幾度もため息がこぼれる。召し使いに怒りを覚えるのと同時に己の愚鈍さを思い知る。

「ターシャはどれほど傷ついただろうか」

「伯爵さま。あの者たちをどうなさったのですか」

オリガの問いに、ジルベールは冷淡に目をすがめた。

「二度と彼女に関わらせない」

ジルベールは、いじめに加担していた召し使いたちの処遇をベルキアの家令に託した。家令はすぐさま、皆をアビトワの領地に向かわせた。ある者は農村へ。ある者は炭鉱へ。荒れ果てたアビトワは人手がいつでも足りないのだ。その生ぬるい処遇に満足しているわけではなかったが、家令のエゴールは、「あの者たちが伯爵さまの素性を知り、お嬢さまを恨んでいる以上、近くで監視し、やりがいのある労働を与え、口を封じることこそ最良かと存じます」と言った。いま、エゴールは弟の執事アントンとともに奔走している。

「オリガ、気づいたことがあれば些細なことでも構わない、すぐに言ってくれ」

ジルベールは、毎夜カティアを抱えて眠るが、最近の彼女は大抵肩を震わせ泣いていた。その時は、黙って寄り添い、カティアの背中をさすり続けた。

時々、背を向けられてしまう時もあるけれど、彼は辛抱強く抱き寄せた。今日も彼は彼女の耳もとにささやいた。

「ターシャ、知っているかな。いま、この居室はベルキアの召し使いばかりだ。きみに害をなす者などいない。だから、もう縮こまらなくていい」

「ごめんなさい」と、弱々しくつぶやくカティアの髪に頬をすり寄せる。

「どうして謝るんだ？　きみは悪くない。謝るのはぼくのほうだ」

――早く元気になれ、ターシャ。

彼は、何度も謝ってくるカティアの頭上にキスを落とし、目を閉じた。

彼女がふさぎこんでいる原因をつかめないまま、無為に時間が過ぎてゆく。

そんななか、彼は火急の手紙を受け取った。父が――実際には叔父だが、落馬して重篤とのことだった。命が危ういため、一旦帰国しなくてはならなくなったのだ。

共にブレシェの王とイリヤも帰国の途につくらしく、ジルベールは最後まで悩んだものの、カティアをこの国にとどめておくことにした。叔父の妻が、ベルキアの政敵、ゴルトフ家出身のため、無条件でカティアを憎んでいるからだ。再三にわたりこの叔母から『結婚を考え直せ』という手紙を受けていた。そんな女にカティアを会わせようものなら、アビトワの元召し使いたちよりもひどい目に合わせるのは火を見るよりも明らかだった。

旅立ちの日、カティアはよろよろと戸口まで送ってくれた。

そんな彼女がいつになく儚く見えて、抱きしめる手をゆるめるのが大変だった。

本当は、こんな状態の彼女と離れたくはない――。

彼は悲痛な思いでカティアに言った。

「すぐ戻る。だからぼくを待っていて」

＊　＊　＊

ここのところ、カティアは毎日ひまさえあれば手紙を読んでいる。クッションの下に隠されていたその手紙は、五枚にわたってびっしりと文字がつづられていて、最初読んだ時には息が止まり、しばらくその場で固まった。

その内容はカティアには重すぎる真実が書かれてあり、読めば読むほど打ちのめされた。父、ベルキア侯爵が親友をいかに裏切り、むごたらしく陥れ、すべての財を奪い尽くし、果ては断頭台送りにしたかが事細かに書かれてあった。その断絶させられた家は、ベルキアに隣接するアビトワ侯爵家――つまり、ジルベールの家だった。両親の処刑を目の当たりにした彼がベルキアに何を思ったか……想像すると胸がきしんで悲鳴をあげる。アビトワが没落してから、どれほど彼が辛酸を舐めてきたことか。

カティアはいま、ベルキアの主であり責がある。

ジルベールとカティアの結婚は国同士で結ばれた政略結婚だ。彼の思いなどおかまいなしに強制されたのだろう。そのうえ彼は王太子の元婚約者をあてがわれ、相手はあろうことか仇の娘。

〝よくもまあ平気で妻におさまっていられますね〟

書きつづられた文字はカティアの胸を鋭く抉る。

〝憎まれているとも知らずにのんきな人〟

〝あなたを見る度、あの方がどのような思いを抱くのか、想像できないのですか〟

〝あなたの存在自体が罪であり、あの方を苦しめるのです。いい加減自覚しては？〟

文面の節々に呪いの言葉が散りばめられているけれど、そのとおりだとカティアは思う。

最初は手紙を信じたくなかった。けれど、カティアは彼から聞いたのだ。

『ぼくの本当の名前は、ヴァレリー・ベルナルト・ウルマノフ・アビトワ』

――アビトワ。

彼の名前が一致している以上、この手紙はきっと嘘などではなく真実だ。

自分という存在が、彼を不幸にしてしまう。彼の義父、リシャール公爵の事故すら自分のせいのように思える。

カティアはその場にくずおれた。

もしも自分の置かれた立場が逆で、彼の父がカティアの父を断頭台送りにし、この目で処刑を見たとしたら、何を思うだろうか。頭が真っ白で考えられない。

それでも彼は、カティアを迎えてからというもの、ずっと努力を重ねてくれた。

葡萄畑で村人といっしょに汗を流していた彼だ。やさしい人なのだ。

耳に残るのは、彼がくれた言葉の数々だ。ひとつひとつ、思い出しては噛みしめる。

床についた手にぼたぼたとしずくが落ちる。

このところ、彼は一緒に眠り、ずっと抱きしめていてくれた。労りの言葉をかけてくれた。けれど、応えたいのに応えていいのかわからなかった。好きな気持ちでいっぱいなのに、自分に応える資格があるのかを考えた途端に思考は止まり、声は身体の奥の奥まで引っこんだ。

カティアは一日中思いをめぐらせ、いつも同じ思いに行き着いた。

仇の娘だ。憎いベルキアの生き残り。そんな自分がいるかぎり、彼は苦しむだろう。

苦しませたくない。幸せでいてほしい。

だったら、わたしは――。

宮廷内のバルドー伯爵の居室は、ジルベールと執事が不在のため、現在、代わりにベルキアの家令エゴールが仕切っている。

カティアは、毎日エゴールとばあや、そしてベルキアの召し使いたちに守られた。

彼らは皆、一様にカティアを心配してくれた。

笑おう。笑って思いを隠さなければならない。

けれど、貼りつけた笑みは、余計に彼らを心配させてしまうだけだった。田舎でのびのびと育ったカティアは、うまく仮面をつけられない。

「エゴール」

カティアが家令に呼びかけると、彼はすぐさま近づいた。

「お嬢さま、ご用でございますか」

「さきほどの話なのだけれど、お受けしようと思うの」

滅多に表情を崩さないエゴールの眉がひそめられた。

カティアは、つい先刻、フロル王太子の妃アリョーナから、お茶会の招待を受けていた。

「なりません。私はおすすめいたしません、お嬢さま。アリョーナ妃殿下は、ゴルトフ公爵家の方、ベルキアとは政敵です。お嬢さまを陥れるための茶会に違いありません」

それはわかっていた。だからこそ受けるのだ。

「お嬢さま、なりません。どうか考え直してください」

カティアはぼんやりと家令を眺めていたが、視線をシャンデリアに向けた。

それは似ても似つかぬきらめきだけれど、遠いあの日の空を思うに十分だった。


罪の重みはカティアの心をじわじわ蝕んでいた。

それから何が起きたのか、カティアはよく覚えていない。

女性の金切り声を聞いた気がするけれど、まったく興味を持てずにいた。

ドレスを掴まれたような気もするけれど、仕方がないと考えた。

父を、兄を、そして母を愛していたけれど、それ以上に彼を愛したのだと思う。

カティアが消えれば、すべての資産と権利はジルベールに移るだろう。

妻の資産は夫のものだ。

ベルキアも、アビトワも、あなたにあげる。

カティアは彼への償いを考えた時、もうそれしか思い浮かばなかった。

それで、彼の両親は浮かばれるだろうか。この罪が、少しでも薄められるだろうか。

一面に煉瓦が敷き詰められている部屋には窓が見当たらない。小さな明かり取りがあるだけだ。隙間からは月が見え、息をのむほど美しい月明かりは彼のようだと思った。

カティアは、いまいるここがどこであるのかさえ把握できずにいた。否、考えようとはしなかった。

ただ、ここは寒かった。

彼がくれたぬくもりを想像した時、涙が頬を伝った。

＊　＊　＊

「父上の容態は？」

ジルベールがブレシェのリシャール公爵邸に到着すると、玄関ホールに入った途端、居合わせた叔母が結婚のことを問いただしてきたので、彼はもう一度不機嫌に言った。

「母上、ぼくは父上を心配して飛んできたのです。まずは容態を」

叔母は扇を口もとに当て、つんと尖った鼻を上向けた。

「知らないわよ、気になるのならその目で確かめてみればいいわ」

「言われなくてもそうします」

結局叔父は、肋骨や足の骨が折れているようだが、命に別条はなさそうだった。しかしながら医師によれば歩行に影響が出るという。おそらく杖がないとだめだろう。

全身が痛むだろうに、それでも叔父は、ジルベールが顔を出すなり「久しいな、来てくれたのか」と笑顔をみせた。

小さくなったなと思う。はじめて会った時には、その体格のよさに萎縮していたのに。

〈よく顔を見せろ、息子よ。……ジルベール、私はお前を本当の息子だと思っている〉

叔父が用いているのは古の言語だ。人に聞かれたくない話の時は、いつもそうだった。

〈聞け、私はお前に爵位を譲ることにした。手紙を読んだが、結婚したそうじゃないか。孫が誕生するのもそう遠くはないだろう。ついに私も旅立つ時が来たようだ〉

昔から世界を旅することが夢だった、と叔父は小さく付け足した。叔父は遺跡が好きなのだ。それもあり、公爵邸には古い時代の壺や胸像など遺物が数多くある。

〈父上、それは困りますね。迷惑です。ぼくは忙しいし、あなたはまだ元気なはずです。少なくとも、ぼくは息子が四人誕生するまでは公爵になどなる気はないですよ。いまより

もっと身動きがとれなくなりますからね〉

〈普通は公爵になれると喜ぶものだが無欲な〉

〈あなたの息子は分をわきまえる男だということです〉

ジルベールは〈ところで〉と、寝台に横たわる叔父を間近でのぞきこむ。

〈ぼくはベルキアの娘を妻にしましたが、父上は何もおっしゃらない。母上にはヒステリーを起こされてしまいましたが、あなたは認めてくれている。そう捉えても？〉

〈認めるも何も血は争えないと思ったがね。ベルキアの娘は母親のアナスタシアに似ているそうじゃないか。親子そろって金の髪好きとはな。まあ確かに、金の髪は最高だが〉

笑う叔父を見ながら、ジルベールは父の処刑の日を思った。なぜ叔父があのとき〝すべて忘れろ〟と言ったのか、その意味を考える。叔父は、父の罪を知っていたのだろう。

〈貴族に愛は不要と言うが……愛を持つ貴族があってもいいと私は思う。貴族もただの人間だ。心があるからな。人が人を愛して何が悪い〉

ジルベールは複雑な面持ちで叔父を見据えた。

〈ぼくが記憶しているあなたは、母上とずいぶん長いあいだ仮面夫婦ですが〉

〈私のことはいい。お前の父は――イサークは、私に相談を持ちかけていたのだ。愛してはならぬ人を愛したと。もちろん再三止めたが、結局抗えなかったらしい。許されざる愛に兄は滅んだが、息子のお前はどうだ。何の因果か、まさかその娘を堂々と妻に据えるとはな。選びがたい相手をあえて選ぶ。……それは愛か、復讐か〉

ジルベールは意味深長に目を細めると、口の端をつり上げた。

〈そういった名をつけるのはもうやめました。ぼくは愚かな男ですから〉

〈この国で最も役に立つと言われるお前が、己を愚者呼ばわりか。なあ、自慢の息子よ〉

〈役に立つかは疑問です。ただ先の戦争が、ぼくの戦術で大勝しただけで、たまたまですよ。――ああ、父上。話を戻しますが、ぼくはあなたに結婚を祝福してほしいと思っています。彼女をあなたに会わせ、この人がぼくの妻ですと言いたい〉

叔父は、ふっ、と愉快そうに笑った。

〈これはいい。堅物のお前がそんなことを言うとは驚きだ。結婚に祝福だと？　しかも相手はベルキアの娘なのだから興味深い。わけを聞かせろ〉

叔父がそう言うのも無理のない話だ。彼はジルベールがどんな人生を歩んできたかを間近で見てきた人なのだ。

〈まさかぼくがベルキアの娘と結婚するとは思わなかったでしょう？　けれど彼女以外考えられなかったのです。ばかなぼくは人から言われて自分の思いに気がつきました。彼女を妻にしたこと自体が答えなのだと。……少し長くなりますが、話をしても？〉

同意を得たのち、彼はカティアとの出会いを叔父に話した。これまで誰にも話したことはなかったが、叔父は終始黙って聞いていた。

過去を掘り起こして話すのは、自身の過ちをなぞるものでもあった。彼は口を動かしながら、当時の気持ちを思い出す。

殺すと決めていたベルキア侯爵の死を知った時、悔しさと行き場のない怒りで気の持ちように苦労したが、内心深く安堵した。その理由を、ジルベールはとっくに知っている。

ジルベールは、〈愚かなぼくは、認めるには時間がかかりましたが〉と前置きをした。

〈ぼくは、彼女と出会った時からずっと、知らぬ間に彼女と添い遂げたいと願っていたんです。彼女の父親を殺しては絶対にそれは叶わない。毎夜、彼女の夢を見ていました。いつも悪夢として片づけていましたが、夢を見ているあいだだけは幸せでいられた。彼女との子を得る夢まで見ましたよ。ぼくの子は、男が四人で女が二人、六人もいた。おかしなことに男は全員ぼくに性格も容姿も似ていてうんざりでしたが。ひねくれていて、まったくかわいげがなくて、どうせなら素直なターシャに似ればいいのにと。老いとともに孫ができ、ひ孫まで生まれて。夢の中で、ずっとぼくのとなりにいたのはベルキアの娘でした。こんな夢を見るなど気味が悪いでしょう？　あなたの息子はそんな不気味な男です〉

叔父は満足そうにうなずいた。

〈四人の息子とはそういうわけか。気味が悪いなどとは思わんよ。死にたがりだった私の息子に未来を夢見させてくれたのは、ベルキアの娘なのだな。そしてお前は夢を夢で終わらせず、現実のものにしようとしている〉

ジルベールは首を傾げて小さく笑う。

〈父上、ぼくが死にたがっていると？〉

〈息子のことぐらいは気づく。ベルキアの娘に出会うことなく、かつ復讐を諦めていればとっくにお前はこの世にいまい。……ああ、もうひとつ気づいているぞ。なぜ夢を現実に変えているのか。お前の想いをどう呼ぶのか。堅物のお前でも、もう知っているだろう〉

〈ええ、ぼくは……〉

〈いま言うな。その言葉は私が聞くべきものではない〉

叔父は手をかすかに上げた。

〈お前に未来をくれた娘を――ターシャといったか、ここへ連れてこい。祝福しよう〉

〈いつか共に来ますよ。あなたも気に入るはずです。それまで健勝でいてください〉

叔父と見合っていると、ふいに長年心の底にこびりつく思いを口にしたくなった。

〈父上、ひとつ聞きたいのですが。あなたは本当の息子を失い、兄の子を我が子に据えましたが抵抗はなかったのですか？　ぼくとあなたの息子は髪の色も目の色も違うし、少しも似ていなかったはずですが〉

言葉の途中で叔父は鼻をふん、と鳴らした。

〈あの病弱な息子は私の血を引いていなかったのだ。我が妻はうまく騙せたと思っているだろうが、私の目はごまかせない。不義の子というわけだ。まあ、責めるつもりはないが。当時、私も女のもとに入り浸っていたからね。お前に伝えていないが娘もふたりいる〉

〈公爵家存続のために、ぼくの血が必要だったというわけですね〉

〈否定はしない。だが、誤解するな。私は度々アビトワに酒を飲みに行っていただろう？　元々お前のことが気に入っていたのだ。それに、お前の父親は私の自慢の兄だった。お前

たちの血は絶えていいものではない〉

叔父に〈身体を起こせ〉と要求されて手伝うと、クッションに背をもたせかけた彼は、傍机に置かれた呼び鈴を鳴らした。

鈴に応えた召し使いが扉を二度叩くなか、叔父は小声で〈もう一度言う。私はお前を本当の息子だと思っている。いかなる時も〉と言った。

「旦那さま、お呼びでしょうか」

召し使いに対して普段のいかめしい顔を見せた叔父は、顎をぞんざいに突き出した。

「酒を用意しろ。とっておきのあれを持ってこい」

どうやらジルベールの結婚を祝ってくれるらしい。

ほどなく召し使いがトレイに杯と古めかしい酒瓶を運んでくると、その上に紙がひとつ置かれていた。

「なんだこれは」

「ジルベールさま宛てにティリエ伯爵さまから、ついいましがた伝書鳩が届きました」

ティリエ伯爵はイリヤのことだ。彼はいま、ブレシェの王宮にいるはずだ。

「父上、火急の知らせだと思います。失礼します」

ジルベールはまるまった紙を広げて目を走らせた。そこにはこう書かれていた。

――ジルベール、ベルキアの使いがお前を訪ねてブレシェに来ている。ひどく急いでいるようだったから、悪いが書状を読ませてもらった。すぐにリベラ国に行け。くわしいことはわからないが、カティアが牢獄に囚われているそうだ。

ジルベールは読むやいなや蒼白になり、「父上、また後日」と言い残して大股で部屋を立ち去った。公爵家の家令から帽子と外套を受け取る際には手が震えた。馬の鐙を踏みしめる時もそうだ。足が震えた。どうしてと、頭のなかで疑問がうずまく。

何が起きたのかさっぱりわからず、混乱していたけれど、目的の地へ突き進む。途中激しい雨が降り、服はずぶぬれになり、絹糸のような銀の髪は顔にべたりと張りついた。ブーツのなかでは、足の先に血がにじむ。しかし、泥まみれでも体裁などかまっていられない。ひとり、ふたりと従者が脱落するなか、彼は先陣を切って駆けた。

貴族が牢獄に囚われるなどよほどのことだ。明日にも断頭台へということになりかねない。

「――くそ、ターシャ！」


眠らず三日三晩かけて、ようやく宮廷にたどり着けば、一縷《いちる》の望みをかけていたのに、やはりカティアは居室にいない。その場にがくりと膝をついたぼろぼろのジルベールに、ベルキアの家令エゴールは杯を差し出した。

ろくに食事をしていない彼は一気に水を飲み干すと、その後、エゴールに向けて腹にうずまく怒りのまま、まくし立てた。

「どういうわけだ！　ターシャが牢獄？　なぜだ！　エゴール、お前は命を賭して主を守る男ではないのか。それがぼくの不在のあいだになんだというのだ！　ただでさえ彼女は弱っていた……。お前も、知っていたはずだ！　お前は何をしていた！」

「面目次第もございません」

ジルベールは、汚れて艶を失った銀髪を鷲掴みにし、ぐしゃぐしゃとかき乱す。

「……くそ！　早く説明しろ！　いいか、余計な前置きや憶測はいい。事実のみを言え」

家令はジルベールから空の杯を受け取り、水さしで再びそれを満たした。手渡すあいだに話しはじめる。

「まずは、ジルベールさまがブレシェに出立して五日めのことでございます。アリョーナ妃殿下の使いがこの居室にまいりました」

「アリョーナだと？　……あの女！」

つい怒りのあまり遮ってしまうが、すぐに思い直し、顎をしゃくって先をうながす。

「お嬢さまへの茶会の誘いでございました。はじめはお断り申し上げたのですが、しかし、後にお嬢さまは申し出をお受けになるとおっしゃいました」

「……なぜだ？　ベルキアとアリョーナのゴルトフ家は政敵だろう」

「そうお止めしたのですが、ちょうどその時、妃殿下の使いが訪ねてまいりまして、お嬢さまはその場で出席を伝えてしまわれました。……その茶会の席で、急にアリョーナさまが苦しみだしたとのことです」

最後まで聞かずとも、展開は予想できた。アリョーナは気に入らないことがあると、理由をつくり排除しようとする。血がそうさせるのか、ブレシェの叔母と同じだ。

「王太子妃という立場を利用し、ターシャに毒を盛られたとでも言ったのだろう」

「はい、さようでございます。しかしながら、お嬢さまは毒を否定なさいませんでした」

ジルベールは「嘘だろう？」と額に手を当てた。毒を盛るなど重罪だ。死につながる。

「ターシャが王太子妃相手に毒など盛るはずがない！　あの女の狂言だ！」

「私どももそう確信いたしております。ですが、お嬢さまが一向に否定なさらないため、牢獄に囚われたままなのでございます。金をいくら積もうとも、いまのところお嬢さまにお会いすることは叶いません」

牢獄は、ほぼ半数以上が断頭台を待つ者で占められ、青年貴族が泣きわめいて拒絶するようなおぞましい場所である。そこに彼女が閉じこめられていると想像するだけでめまいがする。

ジルベールは厳冬を思わせるほどに目を険しくした。

「アリョーナをきびしく問いたださなければならない……しかし、わからない。ターシャはなぜ否定しないんだ」

彼が乱れた髪をかきむしるあいだに、エゴールは手振りで召し使いに湯と食事の支度を申しつけた。そしてポケットより便箋を取り出す。

「伯爵さま。ここにご覧になっていただきたいものがございます」

怒りのまま鋭い瞳を向けるジルベールに、家令は続ける。

「お嬢さまの化粧台の引き出しが二重底になっておりまして、隠されておりました。何度も読み返しておられた跡がございます」

ジルベールは、家令からひったくるように手紙を奪うと、その赤い封蝋を見るなり瞠目した。アビトワ侯爵家の印璽が押されている。懐かしい家紋だが、この時ばかりは、背すじが凍えるほど不気味に見えた。

「なんだこれは……どういうわけだ」

「弟に急遽確認させたところ、ライサという者の筆跡と聞きましたが」

二度と聞きたくもない召し使いの名を聞き、彼は下唇を噛んだ。

「とんでもない置き土産だ」

低くうめいた彼は、文字を目で追っていく。衝撃を受けたのはすぐだった。出だしからカティアへの呪いの言葉があふれ、彼が秘めておきたかった過去が細部にわたり書かれている。それはカティアに罪の意識を抱かせる目的で書かれたものだとわかった。

「……いまいましい！」

ジルベールは、カティアが最近ずいぶん落ちこんでいたことを思い出す。夜、彼女は人知れず泣いていた。まちがいなくこの手紙のせいだと確信した。

アビトワとベルキアで起きたことを彼女は知ってしまったのだ。ならば、原因となった事実を一刻も早く伝えなければ、カティアは罪の重みで潰れてしまう。毒を否定しないのは、自分を消そうとしているからだろう。

――ターシャ。

絶望に襲われる。じっとしてなどいられない。刻々と彼女の命の期限が迫っているのだ。

ジルベールは杯をエゴールに渡し、立ち上がると、即座に扉に向かった。が、すかさずエゴールに止められる。

「ジルベールさま、もうじき湯が整います。まずはお清めくださいませ。それから食事をご用意いたします。仮眠もお取りください」

「そんな悠長なことをしていられるか！」

いまこの時も、彼女が劣悪な牢獄に囚われていると思うと居ても立っても居られない。

「いま一度鏡でご自身をご覧ください。冷静さを欠けば勝てるものも勝てません。ジルベールさまがお休みになられているあいだに、私が動きますのでお聞き入れください」

ジルベールは奥歯をぎりぎり嚙みしめた。

「お前はぼくが冷静さを欠いていると言うのだな」

「ご無礼を申し訳ございません」

深呼吸をしたのちに、たしかにそうだと彼も思う。宮廷でいかに身なりが重要か。必死にあがく姿を見せるとつけ入られると知っているというのに、カティアを思えば逸ってしまう。彼はぐっと心を押し殺し、「お前の言うとおりにしよう」と言った。

「用意が出来次第お声がけをいたします。それまでお休みになってくださいませ」

エゴールは、去り際にこちらを振り返り、頭を下げる。

「伯爵さま、御礼を申し上げます。ベルキアの我が主カティアさまのために…」

「エゴール！」

ジルベールは鋭くさえぎった。

「二度と礼など言うな。ぼくが動くのは当然だ。ターシャはぼくの妻だ」


ジルベールは、普段から銀色の髪と深い青色の瞳で人に冷たい印象を与えがちだが、いまは研ぎ澄まされているため、より凄絶で、周囲を圧倒するほどだった。

射す陽差しが彼を輝かせ、ひときわ神々しくも見せていた。

回廊を歩く彼に話しかけようとする廷臣もいたが、人を寄せつけない威圧を伴う雰囲気に押され、皆、近づくことができずにいた。

先立って彼のブレシェでの噂がようやくこの宮廷に届いたせいもあり、知らず彼は時の人となっていた。それは尾ひれがかなりついていたが、戦争でいかに彼が残虐かつ勇壮な戦術で敵を葬るに至ったかというものだ。軍人ではないというのに、いつのまにか縦横無尽に駆けて自ら敵を蹴散らしたことになっていた。その少し前まで、宮廷内はベルキアの娘の事件で持ちきりだったが、いまの旬な話題は、〝銀の騎士〟ブレシェのバルドー伯爵だ。宮廷は、ひどく移り気なのである。

彼は回廊の向こう側にある中庭も、等間隔に立つ技巧を凝らした柱も何も見ていなかった。もちろんこちらをうかがい、ひそひそと噂話に興じる貴族も見ていない。ただ、前を睨みつけているだけだ。こつ、こつ、こつ、と靴音が響く度に、彼のなかで憎しみが積もる。

回廊を奥の奥まで突き進めば、そこが目的の場所だった。

扉を殴りつければ召し使いが出てきて、物騒な訪問にもかかわらず快く招き入れられた。

「ジルベール。まあ、あなた……よく来たわね。突然で驚いたわ」

甘ったるい声だった。まるで恋人の来訪であるかのように、アリョーナはしなを作ってすり寄ってきた。扇で召し使いたちを払うのも忘れない。彼女は、ジルベールと会う時は、ふたりきりでないといやらしい。

アリョーナは、王太子の妃になってからというもの、以前よりも格段に派手なものを好むようになっていた。宝石がぎらつき、香水の匂いが鼻をつく。

「こうも簡単に男を入れるとはな」

表情なく問えば、うっとりとした笑みが返される。

「あなただから特別なの。わたくしのものになってくれるのでしょう？　それよりも、先の戦争でのあなたの活躍を聞いたのよ。ああ、わたくしのジルベール、あなたを誇りに思うわ！」

彼の肩が小刻みに震え、ついには大きく揺れて、彼は声に出して笑った。嘲笑だ。

「ジルベール？」

「――は。呆れた。きみは変わらず浅はかだね。こんな時に、よくもまあぼくに言えたものだ。ぼくの妻を嵌めたくせに。きみはバルドー伯爵夫人を陥れ、バルドー伯爵家を貶めておいて、その夫に対して何を言っているんだ？　ばかげている」

アリョーナは意に介さず、自身の顔に艶やかに扇を揺らした。

「嵌めた？　毒のことを言っているのね？　嵌めたわけではないわ。本当に盛られたのよ。あの子だって否定していないでしょう？　それが何よりの証拠。……ねえ、とっても苦しかったの。二日も熱が出てしまったのよ。もう、大変で……わたくしを慰めて？」

身体をくねらせ、アリョーナは上目遣いで彼を見やった。

「大丈夫よ、あれはあなたの妻ではなく〝ベルキアの娘〟が〝ゴルトフの娘〟に恨みを抱いてしたことなの。あなたの家名は何ひとつ傷ついたりなどしないわ。わたくしがさせない。あの子が断頭台に立つ時は、ベルキアの娘としてベルキアを背負って立つの。……それはそうとリシャール公爵が大怪我したって本当？　とうとうあなたが継ぐの？」

ジルベールはこぶしを握りしめた。

見るからに影を宿す青の瞳は、憎しみをこめてアリョーナを射貫く。

「黙れ。妻が断頭台に消えるならぼくも喜んで共に消える。ひとりでなど逝かせない」

「何を言っているの？　ねえ、ジルベール。あなたが消えるのはだめ。……そうね、いまからわたくしのものになってくれるのなら、ベルキアの娘の刑を軽くするように掛け合ってあげる。ちょうど新しい香油をためしてみたの」

アリョーナは、手からレースの手袋を引き抜き、彼の鼻近くに自身の甲を持っていく。

「……どう？　全身すみずみにまで塗っているの。たしかめてみて？」

「救いようがない」とため息を吐いた彼は、憎悪に染まる目をまぶたで隠した。

「なんともお粗末な思考を持った女だな。動物以下だ。いや、動物も気を悪くする。きみとは血のつながりがあるとは思いたくない。……実際ないのだからどうでもいいが」

「わたくしを怒らせようとしても無駄よ。いまとっても気分がいいんですもの。でもね、乱暴にされるのも嫌いではないわ。激しくしてくれてもいいのよ？」

ジルベールは、自身にしなだれかかろうとするアリョーナを、汚物であるかのように払った。

「きみは王太子殿下に一度抱かれてから夜の訪れがないようだ」

アリョーナの目が見開かれた。

「だからなのかな、男を部屋に連れこんでいるのは。調べはついている。衛兵に手を出すとはいけない人だ」

「あれは違うわ！」

「名はグリゴリー。ここまで言えばわかるだろう。金を積めば誰もが口軽くなるものだ」

アリョーナは開きかけた口を力なく閉じた。

「王太子殿下はあの日以来、ぼくに何度も書状で自分がいかに身綺麗かを訴えてきた。カティアを愛妾にするためにね。きみが色目を使うのは、妻に興味を示さない夫に対してであるべきだ。それでもぼくを誘うのはよほど男に飢えているのか。けれど悪いね。伝えていなかったが、きみはぼくの趣味とは対極にある。つまり惹かれる要素がみじんもない」

わなわなと震えるアリョーナに、ジルベールは追い討ちをかける。

「きみ、自分で服毒しただろう。カティアが邪魔なのは王太子殿下が彼女を忘れていないからだ。ベルキアの家令によれば、殿下もカティアの罪を晴らすために動いているらしい。誰が誰に何を売ったのか、何を渡したのか、じきに調べがつくだろう。その時怒りの矛先がきみに向けば、あとは想像できるよね。その首、いつまでそこにあるのかな。同時にゴルトフ家も消えることになるが。……さあ、どうする従姉妹どの。ぼくは一刻も早く伝えるべきだと思うが。『毒は勘違いだった、すまない』この一言できみの首はつながる」

ジルベールは、「ああ、そうだ」と、にたりと唇を歪ませた。

「それともぼくに殺されてみる？　いま苛立っているんだ。きみをずたずたに切り裂けば晴れてぼくは罪人になり、妻とともに断頭台に立てる。気もおさまるし、それもいいね」

彼が腰の剣に触れたところで、アリョーナは叫んだ。

「待って、言うわ！」

青ざめたアリョーナは、さめざめと泣きだしたが、彼は蔑みの目を向けるだけだった。

「決めたなら早く行けよ。ぼくの気が変わるだろう、うすのろが」

牢獄は、宮廷から馬で四十分ほどの位置にある。うっそうとした木々を抜けた先、見た目は趣のある建物だが、内部は地獄のありさまだ。囚人への扱いはひどく、看守のきまぐれで、刑の執行前に死を迎える者もいる。女性はかっこうの餌食になると噂で聞いた。ここに、かつて父が捕らえられていたのだ。

ジルベールは、宮廷よりもまず先にここを訪れたが門前払いにされていた。どれほど訴えても脅しつけても、金を積んでもだめだった。そして、再びこの地にいる。

衛兵に王の書状を見せれば、父の時も、先ほども、堅牢に閉ざされていた重厚な鉄の門は、ぎぎぎと鈍い音をあげつつ開かれた。

牢獄ははるか昔の建物を利用しているのだろう。外観は改装されていたが、なかは古めかしくて埃っぽく、壁はどす黒くてぬめぬめしており、下水の不快な匂いが漂っていた。

「バルドー伯爵さま。この建物はかつて王宮だったのです。と言いましても、いまの我が国ではなく、およそ三百年前にあった国の――」

もとはといえばジルベールもこの国の貴族だ。そんな話は当然知っていた。

「黙れ。お前と雑談に興じる気はない。さっさと案内しろ」

「はい、失礼いたしました」

彼は怒りを殺して、衛兵に案内されながら先を行く。かつん、かつんと足音が、周囲に不気味にこだました。

空気はねっとりとした湿度を含んで重苦しい。窓はなく、わずかなろうそくの灯りのみがたよりだった。

じゃらじゃらとした鍵束を持つ衛兵は、途中二箇所ほど鍵を開けた。その時届いた錆《さび》の匂いにぎくりとする。

「こちらです」と黒々とした鉄の扉を示され、ジルベールは思わず駆け寄った。その時届いた錆の匂いにぎくりとする。錆の匂いは血の匂いに似ている。

「ターシャ！　ぼくだ！」

館内に声が響き渡る。何度も彼女に呼びかけたけれど返事はない。

彼はくしゃくしゃと顔を歪めてくずおれた。心配で、鼓動はかつてないほどに荒れ、気が狂いそうだった。

「あの……伯爵さま」

「扉を開けろ！」

「ですが……それは……。お連れできるのはここまでです。まだ罪状が」

「黙れ！」

ジルベールは衛兵を睨みつけた。その眼光に衛兵は縮みあがる。

「いいか、ぼくの妻の身に異変が起きていたら――お前たちの誰かが妻に危害を加えていたら、絶対に許さない。全員無事でいられると思うな。覚悟しておけ！」

がたがたと衛兵が震えるのにはわけがある。牢獄の衛兵たちは、宮廷の警備につくこともあるため、バルドー伯爵がいかに戦地で剛腕ぶりを発揮して、敵をなぎ倒したのかをうわさで聞いて知っている。一見しなやかな体軀だが、想像できない人ならざる力を持ち、長槍を軽く一振りすれば、三人の男をまっぷたつに仕留めたという。伯爵が通った道には生者が存在しなかったらしい。そんな伯爵だから、衛兵など赤子も同然だと、彼らはそう思っている。

「おい、のろま！　早く開けろと言っているだろう！」

「ひっ、はいぃ！」

がちゃりと震える手で鍵が開けられて、ジルベールは衛兵を押し除け、駆けこんだ。

そして、唖然とすることになる。

一面に煉瓦が敷き詰められた部屋には、小さな明かり取りから、すじ状の光が落ちるだけ。あまりにも静かだ。

困惑気味な衛兵の声が上がる。

「え……こんなはずは……」

部屋のなかはがらんどうだ。

カティアはいない。

立ち尽くしていると、目のはしに、きらりと光るものがあった。

ジルベールは、ぽつんとその場に転がるそれを手に取った。

エメラルドの耳飾り。

彼女を無理やり抱いた日に、そっと耳につけたもの。陵辱された日に贈られた、消したい過去の象徴だろうに、カティアはさも宝物であるかのように大事にしまっていてくれた。

彼女がこれをつけて居室を出た意味を思い、ジルベールはぐっと深く噛みしめる。

――ターシャ。

耳飾りを握りしめる彼の手が震えた。

「ここにいたのはたしかだ。妻はどこだ！　言え！」

終章

あれからくまなく牢獄を調べさせたが、カティアはどこにもいなかった。衛兵や看守に聞き取りをしてもわからず、手がかりは一切ない状態だった。

万が一を思い、見つからないことを願いながら牢獄の死体を検めさせたが、該当する遺体はない。疑わしい墓もことごとく掘り起こさせたが、周辺地域の村々すみずみまで調べつくしても、情報は何も得られなかった。

ジルベールは、よく酒を飲むようになってしまった。彼女がいなくてつらいからだ。ひとりは慣れているはずなのに、喪失感に耐えられなかった。特に夜はだめだった。事実を思い知らされる。

せめて夢のなかだけでも彼女に会いたいと望んだけれど、望めば望むほどに彼女の面影は遠ざかり、心は闇に支配されていく。

しかし彼は、カティアの死体をこの目で確認するまでは、生きていると信じようと決めていた。それだけが自暴自棄に陥る己を奮い立たせていた。

ポケットには彼女が残したエメラルドの耳飾りをいつも入れていた。会えばすぐに渡したいと思ったからだ。

ジルベールは寝る間を惜しんで職務を遂行し、なんとか時間をつくると、自らの足で彼女を探し続けていたが、生死さえわからぬまま無為に時は過ぎてゆく。

そして、ひと月ほど経過した日のことだ。

「アントン、怪しいと思わないか」

居室で軽く食事をとりつつ、ジルベールは執事に問いかける。

「ターシャが見つかっていないというのに、エゴールと彼女の乳母は急にベルキアに向かっただろう。お前は何か聞いていないのか」

「……そうですね」

執事は蒸留酒を杯に注いで、ジルベールに手渡してから言った。

「聞いたところによりますと、出どころは極秘だそうでございますが」

「極秘だと？　勿体ぶるな、早く言え」

彼は眉をひそめて杯の中身をすすった。

「失礼いたしました。なんでも元アビトワ領のとある村に、それはそれはかわいらしい商人の娘さんが住み着いて、求婚者が殺到しているそうでございます」

ジルベールはどこかほうけた顔をしながら、杯を机に置いた。

「……それは」

「兄とオリガの旧知の娘さんで、ずいぶん世間知らずな方だそうです。変な虫がつかないようにと、ふたりは急遽向かったのでございますよ。彼らは心配性ですから」

「そうか、商人の娘……」

つぶやいたのち、彼は両手をじっと見下ろし、震える手で顔を覆った。その指のあいだから、しずくがこぼれて下に伝う。

「……アントン、その娘は…………ナターリア・バラノフという名前じゃないかな」

それは、葡萄畑で出会った彼女が最初に名乗っていた名前だ。

「はて。そうですね、そのような名前だったかもしれません。……坊っちゃま、確かめに行ってみてはいかがでしょうか。坊っちゃまはこのところ働きすぎですから、休みをとることも重要かと。代理は僭越ながら私が務めさせていただきます。……ああ、こう見えても兄同様、私もなかなか優秀なのでございます。ご存じかもしれませんが」

袖で目を拭った彼は、「知っている」と言いながら椅子から立ち上がる。

「そうさせてもらう。……アントン、これは言うなよ？」

執事は「もちろんでございます」と、ハンカチを差し出した。

「乾けば事実は消えます。そして坊っちゃま、ここからはひとり言でございますが」

ジルベールは目にハンカチを押し当てた。

「……なんだ」

「どうかエゴールとオリガをお許しくださいませ。カティアさまにはご自分に向き合う時間が必要だったのでございます。お叱りは私が受けますゆえ」

「では、ぼくもひとり言を言わせてもらう」

彼はハンカチを放ると、上着を身につけ、帽子を頭に乗せながら言う。

「お前たちはいつから知っていた」

「一週間前でございます」

「……なぜぼくに報告しなかった」

「報告した途端、坊っちゃまはアビトワに旅立たれるでしょうから」

彼は一瞬、気難しげな顔をしたが、たちまち肩をすくめた。

「言えてるな」

「さあ、そろそろひとりごとはしまいでございますね」

執事は極上仕立ての外套を広げると、ジルベールの背中に羽織らせた。

「アントン、ぼくはしばらく帰らない。アビトワに行き、そのあとブレシェだ。行き先はリシャール公爵邸。父に、彼女を会わせると約束したからね」

無表情に徹していた執事だったが、どこかうれしそうだった。

「かしこまりました」

「お前がエゴールとオリガとともにブレシェに来るのは自由だ。任せる」

乗馬鞭《むち》を握りしめたジルベールは、きびすを返し、足を踏み出した。

「坊っちゃま、いってらっしゃいませ」

宮廷からアビトワまでは宿で一泊するものだが、彼はそのまま駆けるつもりでいた。時間がひどく惜しかった。けれど、宿の前でひときわ豪奢な馬車をみとめ、馬を止める。衛兵の多さから、よほどの貴人——フロル王太子だとわかったからだ。

馬を預けて宿に入れば、暖炉のそばで葡萄酒を飲む王太子を見つけた。王太子はジルベールを見るやいなや、いかにも嫌そうに顔をしかめる。

ジルベールは颯爽と王太子につま先を向け、そして礼儀正しく帽子を取った。

「おや、その顔《かんばせ》は。ぼくは招かれざる客でしたか？　残念ですね」

王太子とジルベールの関係は、つい先日までは逆だった。カティアを愛妾にしたくてたまらない王太子はジルベールを追うのをやめなかったし、ジルベールはことごとく突っぱねた。だが、カティアが行方知れずになってからというもの、王太子の一連の行動はぴたりとやみ、おまけに王太子は視察と称して宮廷に寄りつかなくなった。

ジルベールは、カティアが生きているなら王太子が噛んでいるとふんでいた。何の証拠も残さず、ひとりの人間を見事隠し通すことが可能な者は限られる。人の口をたやすく封じ、無かったことにできる絶対的な権力を持つ者だ。しかし、王太子と面会の約束を取りつけようにも、のらりくらりとかわされ続け、ますます疑念を深めていた。そしていま、こうして機会を得たのである。

彼は王太子に遠慮もなく鋭い視線を送った。そもそも彼はアビトワの嫡男という存在を消してから、ブレシェでもこの国でも王族を敬ったことはない。

「フロル王太子殿下、ぼくが何を言いたいのか、聡明なあなたならご存じでしょう」

王太子は当初「何のことだ」ととぼけていたが、ジルベールの一歩も引かない姿勢にため息をついた。

「……話を聞こうじゃないか。だが、ここではだめだ。私についてくるがいい」

王太子が宿泊している宿の貴賓室に移動して、ジルベールは勧められるがまま椅子に腰掛けた。王太子もまた、長椅子に座り、鷹揚に脚を組む。

「飲み物は出さない。つまり、きみを長居させるつもりはないということだ」

「こちらこそお断りです。長居などする気は少しもありません」

ふたりは睨み合っていたが、先に顔を崩したのは王太子だ。

「きみが知りたいのはカティアのことだろう」

「ええ。それはそうと王太子殿下、このところぼくをことごとく避けていらっしゃいましたね」

「だってきみ、一見綺麗な顔をしているくせに少しもやさしくないからね。ブレシェで軍師の真似をしているのは知っていたが――先の戦争で大活躍だったそうじゃないか。長槍での戦いぶり……話を聞いた時には恐怖を覚えたよ。きみはとんでもない怪物だ」

――長槍？

ジルベールは思わず眉をひそめたものの、面倒なので否定するのをやめた。

「ぼくの妻を牢獄より救い出してくださったことには感謝しています。ですが、経緯を教えていただけませんか」

王太子は机の上のりんごを摑み、音を立ててかじった。

「あの女――アリョーナはきみの従姉妹だったね。彼女は最悪だ。湯水のように金を使うのはいいとして、なぜああも大声を出せるのか。……というわけで、結婚を非常に後悔している。私が結婚した経緯は彼女と寝てしまったからなのだが、あれ以来寝台を共にしていない。結婚当初から無効を申し立てていたのだが、一度も子作りしないものだからやっと父が折れてくれてね、いま手続きをしている最中だ。そんななかで事件は起きた」

王太子はまたりんごを口に運んだ。

「アリョーナが茶会を主催し、カティアを招待したんだ。召し使いに、自分の杯に毒をしこませてね。ほかにも客がいて、それが運悪くカティアの亡き兄アルセニーの元妻マトローナも含まれていた。こいつがまたアリョーナとともにヒステリーを患った女でね、ぎゃあぎゃあ騒いで、宮廷じゅうに声が轟いていた。いわば宮廷に巣くう害虫どもだ」

貴族の婚姻において子がない場合、原則として夫の死とともに妻は実家に返される。アルセニーの妻も例にもれず返されたのだった。

「マトローナはカティアを憎んでいてね。カティアに不利な証言したのだ。なぜならアルセニーは妻を蔑ろにしてまで妹に目をかけていたからだ。カティアはアリョーナに毒を盛った罪で投獄されたが、宮廷でカティアを悪く言う者はなかった。私の輝かしい力のおかげと、アリョーナの日頃の行いのせいもあるが、もともとカティアは彼女の兄とともに人気が高かったからね。ごく短い間だったが、ふたりは非常に絵になる兄妹だった。宮廷は彼らがいるだけで華やいだ。この私ですらアルセニーに嫉妬したんだ。おそらくきみも、見れば嫉妬しただろう」

「……王太子殿下はいつ牢獄に行ったのですか？」

「その日の夜だ。あんなおぞましいところに私のカティアを置いておけるものか」

ジルベールはひとつ咳払いをした。

「ぼくの、妻です。しかし、露見《ろけん》しなかったようですね」

「あの牢獄には王族のみが知る隠し通路がある。それに、買収などたやすいことだ。私を誰だと思っているんだ。しかし、それからが大変だった」

「大変？　何がです？」

「彼女は生きようとはしていなかった。食事をしてくれなくてね、そして泣いてばかりいた。まだ侯爵とアルセニーを亡くした傷が癒えきっていないうえに、ああもひどい状態になるとはね。毒ばかりが原因ではない。……きみ、彼女に一体何をした？　夫失格だとは思わないか？　つまり提案したい。私はあとしばらくしたら、あのいまいましい女から解放されて身綺麗になる。めでたく私は独身だ。晴れてカティアを妃に迎えたい」

堂々と胸をはり、こぶしでそこを叩く王太子に、ジルベールは鼻を鳴らした。

「殿下、あきれた夢を見るのもほどほどにしてはいかがです。彼女には夫がいます」

「きみこそ彼女をぼろぼろにしておきながら、まだ夫の資格があるとでも？」

ジルベールは立ち上がり、恭しく王太子に礼をした。

「王太子殿下、妻を救ってくださり感謝いたします。ベルキアの家令に妻の件を知らせてくださいましたのはあなたですね？」

王太子は黙っていたが、それこそが答えだとジルベールは受け取った。

「ぼくの妻は果報者です。あなたのような立派な方に想っていただけて。ですが、今後はご心配いただかなくても結構です。ぼくは一生をかけて彼女に償い、あなた以上に深く愛していきます」

「何を言っている。私の愛の深さははかり知れるものではない。私は彼女を狙い続ける。畢生《ひっせい》の事業とでも言っておこう。じきに彼女は私の方が数百倍いい男だと気づくはずだ」

「でしたら、長槍とやらの出番もそう遠くはないかもしれませんね」

灰色の目をまるくした王太子は、「好戦的だな」とうめいた。

「我が国と戦争を起こすつもりか」

「国同士でなくても、決闘で事はおさまると思いますが。決着をつけましょうか？」

「よしてくれ。こう見えても私は武の才能はからきしだ」

王太子はだらりと椅子の背もたれに身を預けた。

「はあ、彼女はどうかしている。どう考えても私の方が条件もいいし包容力もあるいい男だろう。なんといっても未来の王だぞ？　なのに、このすばらしい私がどれほど愛し尽くしても、きみのような見下げ果てた冷たい男から気持ちが動かない。どういうわけだ」

「ひどい言われようですね」

「きみ、どのようにして彼女の心に入りこんだ？　あやしげな魔術か。ようやくわかったことだが、彼女は世間知らずではあるが、心のなかに高くそびえ立つ高潔な壁を持っている。ひび割れすら起きない。そのなかに私は立ち入ることができなかった。政略結婚の、ぽっと出てきたきみがなぜ彼女に入りこめ、泣くほど想われることができたのだ？　ありえない」

その言葉に、ジルベールはうれしそうに微笑んだ。

「その笑顔か？　実にいまいましい狡猾な顔だ。……それはそうと、貴公。アビトワとベルキアをすべて与えてやると言ってもカティアを譲る気はないか」

「ありえません」

「私が王になったあかつきにはアビトワを復活させ、侯爵位をやろう。……それでも？」

ジルベールは眉を持ち上げた。

「意味がわかりかねます」

王太子はすっとジルベールに指を差し向けた。

「貴公はアビトワの生き残りだな。アビトワ侯爵家嫡男、名はヴァレリーと言ったか。断絶した家の復興は、嫡男たる者の悲願だと思うが。……そうだろう？　ヴァレリー」

ジルベールは眉ひとつ動かさず、涼しげに髪をかきあげた。

かつての自分は、喜んでこの条件をのんだだろうか。それとも動揺しただろうか。

だが、彼にとってアビトワは、それだけでは意味を持たないものになっていた。

「見当違いです。王太子殿下、なぜそう思われたのですか」

王太子は、抜け目なくジルベールを隅々まで観察する。決して甘い人ではないのだ。露見したら最後、ジルベールを断頭台送りにするだろう。そして彼の助命と引き換えに、カティアを要求するつもりだ。

「アビトワの屋敷に寄ったのだ。いまベルキアはあの屋敷の復興に着手している。そこには貴公に似た肖像画がいくつもあった。なかには瓜二つのものまでな。八代侯爵だったか、特にあれは貴公そのものだった。そして、行方不明の嫡男は、銀の髪をしているらしい」

ジルベールは記憶のなかの肖像画を思い出し、たしかに自分に似ていると思った。

「ぼくのルーツはこの国にあると聞いていますが、特定の——アビトワだけを持ち出されても困ります。ぼくはブレシェのリシャール公爵家嫡男、そしてバルドー伯爵です。アビトワもベルキアも妻にこそふさわしい。ぼくは、妻を一生支え続けてゆきます」

ジルベールは、王太子の灰色の目をまっすぐ見返した。

「ぼくのうわさを聞いたあなたはご存じのはずです。ぼくはなかなかに有能ですよ。幼少期よりすべての娯楽を封じて学問に励んできましたから。あなたはカティアを諦めることにより、生涯その有能な男を手なずけられるのです。ぼくは、カティアの夫であり続けるかぎり、決して敵にはならない。妻とともにあなたの配下だ。おいしい話だとは思いませんか？」

王太子はしばらく眉間を指で押さえたあと、苦々しく笑った。

「バルドー伯爵、カティアのもとに行くがいい。だが、この先も彼女を想うことは許せ。これでも私は本気だったのだ」

ジルベールは手に持つ帽子をかぶり、もう一度、丁重に礼をした。

「知っていますよ、殿下」

＊　＊　＊

アビトワは、この国で最も温暖だとされている土地である。その気候に解きほぐされたのか、少しずつカティアの心もほどけていくようだった。

もちろん気に病むことは多々あった。現状はただ逃げているだけに過ぎない。だが、十六歳の彼女には受け止めきれないことが多く、少しずつ咀嚼《そしゃく》し呑みこむしかなかった。

カティア・ナターリア・ベルキアの鎧《よろい》を脱いで、商人の娘ナターリア・バラノフとして過ごすいま、宮廷や貴族のしがらみに囚われず、心も身体も羽が生えたように軽くいられた。そのため、これまでのことを柔軟に考えることができつつあった。

自分がいるかぎり、彼は苦しむ。

苦しませたくない。幸せでいてほしい。

いま、カティアができることは、アビトワの葡萄酒を復活させることだ。そしてそれは自分の希望とも合致して、とてもやりがいのある作業になった。先のことはまだ考えられないけれど、いつか彼がそのお酒を手に取り、飲んでくれると信じている。

その時の彼の顔を想像した途端、胸がぽかぽかと熱を持つ。

——ジルベールさま。

ばあやお手製のドレスを身につけて、カティアが跨がるのは、兄の黒馬のエクリプスだ。カティアはいま、葡萄畑のほど近くにある小さな家に住んでいる。

その家はずいぶん長く空き家だったが、村長の厚意で貸してくれたのだ。

カティアはぐるりと辺りを見回した。高い空には鷹が一羽飛んでいて、さらさらと風が木々をゆらしている。遠くのほうには風車があり、それをぼんやり眺めたのちに、近くの小川に目を移し、水車がのんびり回る小屋や、魚を捕ろうとする水鳥、草を食む山羊を見つめて微笑んだ。ひどくのどかで落ち着く。

彼がいないさみしさは、田舎のやさしい空気が癒やしてくれた。それに、目的があるいま、前を見続けていられた。

牢獄にいたカティアは、心を壊していたのかもしれない。気づけば王太子の離宮にいた。王太子は礼節をもって接してくれて、カティアを励まし続けた。いままで王太子に恐れを抱いていたけれど、はじめて素直な気持ちで向き合えた。

時々、離宮でジルベールが恋しくなって泣いていた。同時に罪の意識に苛まれて自己嫌悪に陥った。

決別を考えて、深くうな垂れていたからだろう。王太子がカティアの肩を抱いてきた。

『以前、あなたの兄が言っていた。あれは……そうだね、ちょうど事故で亡くなる前日だった。あなたは貴族ながらに田舎が好きだと、馬も巧みに乗りこなせるのだと彼は言った。まだ私たちが婚約していたころだ。あなたの兄は、できれば数年に一度、妹を田舎に連れて行ってほしいと私に頭を下げたのだ。前に、侯爵と兄を亡くし、落ちこむあなたをベルキアに連れて行ったことがあっただろう？　結婚後も叶えたいと思っていた。そしていま、私はあなたを田舎に連れて行ける。どうだろう、行きたいところはあるだろうか』

二度と田舎に帰れないと兄は言っていたのに。

カティアはあのころ、自分のことしか考えられないでいた。一生、晩餐会の日が来なければいいと、何もかも消えて無くなればいいと思っていた。その裏で、兄はカティアを思って、王太子に頭を下げたのだ。

はじめて断頭台での処刑を見なければならなかった日。兄は蒼白になったカティアを支え、立たせてくれていた。父もそうだ。カティアに惨状が見えないように、前に立ちはだかるようにしてくれた。その時カティアは、『怖い』としか思えずに、守られている意識を持たずに、ただ時を過ごしていただけだった。

それからは走馬灯のように、家族の思い出がめぐる。どんどん記憶があふれ出した。

カティアは自分に腹が立ち、同時に恥ずかしくなった。

ベルキアの血はジルベールにとって最悪だ。何度も手紙の文面を頭に描いて反芻した。けれどやはりカティアは、父を、兄を、そして母を愛している。自分が彼らの子どもでよかったと、妹でよかったと思っている。自分たちが彼にとって憎むべき存在だとしても、カティアは家族を誇りに思うし、大好きだ。

そんな自分は、ジルベールの敵でしかいられない――。

だったら。

『王太子殿下、お願いします。わたしを……連れて行ってくださいませんか』

そして選んだ土地がアビトワだった。

はじめて触れた庶民の暮らしは慣れなくて、すべてが大変なものだったけれど、少しずつできることが増えていった。

食事も下手くそながらはじめて作ったし、洗濯だって自分でした。村長の夫人や村の女性の手伝いもあり、どうすればおいしい食事が作れるか、どうすれば服や布がしわになりにくいか、乾きやすいかなど、こつを教わり、勉強になる毎日だった。

王太子は一週間に一度はカティアの家にやってきた。その度、肉や果物、香辛料、本や布、刺繍の道具を置いていく。王太子の衣装は豪華なため、『地味でお願いします』と頭を下げると、次からは質素な装いで訪れた。

しかも驚くことに、しばらくして家令のエゴールとばあやまで時々やってくるようになった。『ごめんなさい、わたしはもう貴族ではないわ』と言えば、『我々は耄碌《もうろく》しているだけですので、お嬢さまはお気になさらず』と、勝手に家事や家の周りの草むしりをはじめる。おかげでカティアの仕事は減ったが、それよりも、ふたりと穏やかに話せることがうれしかった。

カティアは、何もできない自分を思い知り、けれど吸収できる楽しさを知り、わくわくする日々を送った。以前よりも好奇心が湧いてきて、気さくに村人と話せるようになり、また、話しかけてもらえて心から幸せを感じた。しがらみのない生活のなかで生きていると生を実感し、それをすばらしいと思えた。

「ナターリアちゃん、おはよう。今日も元気そうだ。よく眠れたかい？」

その日も会えば挨拶をくれる。カティアは村人全員の名前を言えるようになっていた。

カティアは騎乗したままで、ぺこりと村人に頭を下げる。

「アキムさん、おはようございます。葡萄はいつ頃なるのかしら。待ち遠しいわ」

「なんだい、気が早いね。まだまだだよ」

葡萄畑の復興に着手してからずいぶん経っていたため、そろそろかと思っていたのに。

「……そうなのですか？　わたし、早くみなさんのお手伝いがしたいです」

アキムは、「若いのに奇特だねえ」と、太陽のようにまばゆく笑った。

「葡萄はね、種を蒔いてから実をつけるには、最低でも四年はかかる。三年めに実がつくこともあるが、あまりうまくないんだよ。あと二年以上は何もならないね」

カティアが「二年以上……」としょんぼりしかけると、村人はとりなした。

「なあに、代わりにりんごとなしを作っているからね。りんご酒となし酒はあるし、今年も作るさ。葡萄酒もおいしいけれど、りんごとなしも最高だ。あとで見においで」

「アキムさん、わたしはまだ飲んだことがないのだけれど、飲んでもいいのかしら」

「何言ってんだい。おれがナターリアちゃんの歳の頃には、浴びるほどに飲んでいたよ。あとでいっしょに飲もうじゃないか。今夜は酒盛りだ！　とっておきを出してあげるよ」

カティアが満面の笑みを浮かべて、きらきらと緑の瞳をきらめかせていると、背後から近づいてくる影があった。

「アキム、悪いが断らせてもらう。彼女が飲めるのか、まずはぼくが確かめる」

突然聞こえたその声を、カティアは知っている。激しく胸が脈打った。

焦がれ続けていた大好きな声なのに、怖くておそろしくて後ろを振り向けない。

村人はくたくたの帽子をとり、カティアごしに、その人物に向けて笑顔を見せた。

「これはいつぞやの伯爵さま。よくぞいらっしゃいました。ずっとお待ちしていたんですよ。ナターリアちゃんは以前ずっとあなたさまを待っていましたから。ねえ、ナターリアちゃん、よかったねえ」

そんなことを言ってほしくなかった。頭のなかが白くなり、突如すべてが消えていく。

手綱を持つ手がわなないた。カティアは居ても立っても居られずに、かかとで馬のお腹をつついた。すると、黒馬は颯爽と走りはじめる。

「ターシャ！」

背後から彼の声が聞こえるけれど、夢中で馬を操り、葡萄畑の道を奥へ奥へと突き進む。

あたりに蹄鉄の音が鳴り響き、空に広がりこだまする。

細い道を曲がりくねり、柵や土嚢《どのう》を何度も飛び越え、カティアは必死に駆けていく。

彼に会う心の準備がまったくできていなかった。それに、憎まれているとわかっていても、憎まれたくないと思っている自分が醜く、情けなかった。

本当は、とっても会いたい。でも会えない。決別しなければならない人だ。

自分がいるかぎり、彼は苦しむ。

苦しませたくない。幸せでいてほしい。

否、嘘だ。本当は――。

目の奥が熱くなり、知らず頬に涙が落ちていく。泣いてしまうなんて、自分はどれだけ弱いのか。だからカティアは雨が降ればいいと思った。けれど、あいにく空は雲ひとつない快晴だ。

カティアは心のなかで、何度も何度も「ごめんなさい」と謝った。自分はあきれるほどにいくじなしなのだ。彼と向き合う勇気が持てない。どうしても。

その時、ぬっと手が伸びてきて、横から手綱を取られて驚いた。彼が、ずっとカティアを追いかけていたのだ。

ぶわりと涙が、とめどなくあふれた。

「ターシャ、逃げないで！」

うっ、うっ、としゃくっていると、馬を完全に止められる。そして、引っ張り上げられて、いつのまにか彼の腕のなかにいた。

身体と身体が密着して、カティアはりんごのように真っ赤になった。

彼の息が切れていた。カティアの息も。

「お願いだ、……話をさせて。聞いてほしいことがある」

カティアは、いやだと言いそうになる口をつぐむ。まったくいやではないからだ。

いま、あとからあとから湧き上がる思いは、怖さなどではなく彼と会えた純粋な歓喜だ。

少し身体を離した彼は、こちらをのぞきこんできた。銀色の髪のすきまから見えるのは、空より綺麗で吸いこまれそうな青色だ。そこに泣きじゃくったひどい顔のカティアが映る。

「ターシャ、こんなに泣いて……」

見ないでほしかった。鼻水も垂れているような気がする。

「泣かせたのはぼくだ。ふがいなくてごめん」

彼の唇が迫り、左の頬に触れられた。顎を引くと、唇で追われて、また触れられる。涙を吸ってくれているのだ。ぺろりと舐め取り、今度は右に移動して、同じように吸ったあと、そして、ちゅ、と唇同士が重なった。

何度も何度もキスをしたあと、彼はうっとりと蕩けるように笑った。

「好きだ、ターシャ。会いたかった」

時が止まった。

錯覚かもしれないけれど、そう感じた。息だって、止まりそうだった。

はじめて好きと言ってもらえた。信じられない言葉に唖然としてしまい、カティアが固まっていると、彼が力の限りにぎゅうっと強く抱きしめてきた。

「きみが好きだ。出会った時からずっと……無理やりきみを妻にするくらいに、きみのことが好きなんだ。ターシャ」

カティアはふるりと身を震わせた。好きの言葉は気絶してしまいそうなほど、耳を心地よくくすぐった。

「ジルベールさま……わたしも。わたしも、あなたが好きです……」

ジルベールが乗っていたのは白い毛並みの馬で、黒い装いの彼がよく映えていた。昔、兄に読んでもらったおとぎ話の王子さまがいるのなら、きっと彼のようだろう。

馬を預けたカティアは、彼が二頭をつなげているあいだ、陽だまりのなかで輝く彼に見惚れた。けれど、ふいに彼の仇の娘という事実を思い出し、肩を落としてうつむいた。この場から消えて無くなりたいと思った。

じりじりと後退れば、彼はこちらに気がつき、「動かないで」と言ってくる。もじもじとスカートをいじっていると、彼が大股で近づいた。

「ぼくはきみが乗馬の名手だとすっかり忘れていた。予想以上だった。本気で駆けなければ、きみに追いつけなかった。正直焦ったよ。男でもきみほど駆けられる者は少ない」

話しながら、彼に手を掬われて、すかさず指が絡まった。

「絶対にきみを逃したくないからこうする」

「ごめんなさい……」

カティアが目を伏せて謝ると、彼は首を横に振る。

「違う。きみではなくぼくが謝るべきなんだ。……すまない、ターシャ」

彼はカティアを真摯に見つめて言った。

「話があるんだ。そしてこの話は、きみにとってつらいものも含まれる。それでもぼくは話したいし、きみに聞いてほしい。ぼくたちは夫婦だから、ふたりで乗り越えたい」

「まだ、わたしを……妻だと思ってくれて……」

「あたりまえじゃないか。ぼくの妻は生涯きみだけだ。きみがいなければ、ぼくはひとりだし、家は絶やす。わかってほしい、きみを失うのはいやなんだ」

カティアの肩が小刻みに震える。ぼたぼたと頬にしずくが垂れていく。

「……牢獄に……」

「きみはわるくないだろう。それから、これ」

ジルベールは外套のポケットから赤い封蝋つきの手紙を取り出した。カティアはそれを見るなり瞠目し、「うっ、うっ」と顔をくしゃくしゃに歪めた。

「この手紙の件はぼくの性悪の召し使いが起こしたことだ。ここにはさもきみのせいだと言わんばかりに書きつけられているけれど、それは違うと断言する。きみにはまったく非のない話だ」

「…………でも、わたしはベルキアの」

「ターシャ、聞いて。これはきみの父上とぼくの父のあいだで起きたことであり、ぼくたちにはあてはまらない。そして、きみの父上の行動だが、それには理由がある。一方的に片方を責めてはいけないし、双方の視点でみるべきだ」

流れる涙を、カティアが袖で拭うと、鼻先を上げた瞬間に、こちらをのぞく彼が唇に唇をのせてきた。

「ターシャ、いまのぼくは、きみの父上を恨んでいないし憎んでいない。ただ、きみをこの世に産み出してくれて感謝している。きみの母上にしてもそうだ。感謝している。ぼくは、言葉で伝えきれないくらいにきみが好きなんだ」

手の甲で涙を拭ったカティアは、また涙をこぼしながら言った。

「……ジルベールさま……。わたしも好きです。……お慕いしています」

「ありがとう。ねえ、きみが逃げるからずいぶん遠くまで来たよ。おてんばだね」

きょろきょろと見渡せば、山が間近に見えていた。はじめて見た光景だ。

「この近くに温泉があるから、そっちに向かいながら話をしよう。……実は、ぼくたちが葡萄畑ではじめて会った時、いつか夫婦になれたらきみを連れて行きたいと思っていた。小さなころ、度々父に連れてきてもらったんだ。すばらしいところだよ。いまは支度がないから温泉に入れないけれど、景色だけでも見る価値がある。お気に入りの場所なんだ」

「でも、ジルベールさま」

カティアは、ぐす、と洟をすすってから言った。

「わたしと結婚したあなたは……もう、わたしの資産と権利を手にしています。わたしは、ベルキアもアビトワもあなたに差し上げたいのです。だからわたしは――」

「いらないよ。ターシャ、償うのはぼくのほうだ。ぼくはずっとアビトワの葡萄畑で出会ったころに戻りたいと願っていた。一からやり直したいと。それほどきみに対する態度は辛辣《しんらつ》で、最悪で、自分を八つ裂きにしたいくらいだ。後悔している」

彼はカティアの手をそっと引き、歩きだした。

「いまのぼくは、きみさえいればアビトワなどどうでもいい。本当の名前を告げたのは、きみに知っていてほしかったからだ。ぼくは、十年前に別の者になった男だから。……悩ませるつもりはなかった。けれど、あのおそろしい手紙を見て、告げたことを後悔した」

カティアはこくりと唾をのんだ。

自分は、彼の本当の名前ではなく、別の名前でずっと彼を呼び続けていたことになる。

彼を思えば、たちまち胸が張り裂けそうになる。

「ジルベールさま。わたしは、あなたの名前をお呼びするたびに傷つけていましたか？」

「それは違う。きみにジルベールと呼ばれるのは好きだ。この名前もいまではぼくのものだからね。これからも気がねなく呼んでほしい。……いま、呼んでくれる？」

「……はい、ジルベールさま」

「きみはぼくにはもったいない妻だ。ぼくは、きみにふさわしくなれるように努力する。また失敗する時もあるかもしれないが、長い目で見てくれるとうれしい」

「わたしのほうこそ、ジルベールさまにふさわしくなれるように努力します」

彼の手の力が強まった。カティアは彼がいとしくてたまらなくなって、ぎゅうとその手を握り返す。すると、また彼に返された。再びぎゅっと握り返すことを繰り返し、終わりが見えなくなってくると、だんだん手が痛くなってきた。

彼は短く息を噴き出した。笑ったのだ。

「痛いね。……では、手紙がいかに間違っているかを説明する。手紙はきみの父上を一方的に責めるものだけれど、ぼくの父にも責められる部分は多々ある。きみの母上のことも話さなければならない。でもねターシャ、忘れないで。ぼくはきみが好きだし愛している。きみにはぼくがいるしぼくにはきみがいる。決して負い目を感じないでほしい。ぼくもきみに負い目を感じるつもりはない。これは親同士で起きたことだから、ぼくたちは粛々と事実をふたりで受け止めよう。負担があれば分け合う。ぼくたちは夫婦だ。いいね？」

カティアは涙をためて、こくんとうなずいた。


ジルベールの話は衝撃的すぎるものだった。カティアは何度も愕然とし、ほうけてしまった。けれど、そのあいだずっととなりに彼がいたし、「好きだ」と伝えてくれて、悲しくなると、察してキスをくれた。また、彼も同じ傷を負っているのだと思った。その傷をいとわずカティアにこうして話してくれている。しかも、自分が一方的にわるいと言わんばかりの顔つきで。

彼の父と自分の母が愛人関係だなんて信じられないでいたけれど、父が母を愛していたと知り、少し救われた。また、兄が頑なに〝愛を信じるな〟と言っていたのは、きっと、両家が崩れたさまを知っていたからなのだと思った。

「きみは子どものころ、母上がいなくてさみしかった？」

「いいえ、お兄さまが毎晩眠るまで添い寝して、物語を読んでくれましたから」

ジルベールは顔をしかめた。

「……待って、毎晩添い寝？　そんなに仲が良かったの」

「はい。花で冠を作ったり、いっしょに遊んでくれました。もともとお母さまは身体が弱くていらっしゃったから、お兄さまが『ぼくのことを母上だと思って』って。抱っこをしてくれたり、いっしょにお風呂に入ってくれました。お湯で遊ぶのは楽しかったです。お兄さまが、遠くまで水を飛ばしてみせてくれて……それでばあやに叱られました」

彼の青い瞳がかっと見開かれた。

「いっしょに風呂？　……冗談だよね？」

カティアは不思議に思い、何度もまたたく。

「いいえ。冗談ではありません。でも、ジルベールさま、お兄さまですから」

彼は片手で両目を覆った。

「ターシャ、もう一度聞くよ。きみはアルセニーと入浴していたのかな」

「はい、していました」

するると、彼はいきなり抱きしめてきて、カティアの首に顔をうずめた。

「……あの、ジルベールさま？　まだ子どものころの話です」

「いくつ？」

「十二歳です」

急に彼に強く手を引かれ、歩く速度が増した。

「ジルベールさま？」

「いまからぼくと温泉に入ろう。決定だ。いいね？」

カティアはぴしりと固まった。

「ターシャ、返事は？」

「でも…………あの……恥ずかしいです。あなたに裸をお見せするのは……」

「野外だなんて、ぼくだって恥ずかしい。でもね、とんでもない話を聞いた以上だめだ。だいたいアルセニーがよくてぼくがだめなどありえない。ぼくは夫だ」

彼に両肩を摑まれ、見つめられれば、カティアはうなずくしかなかった。

「ターシャ、ぼくは今日きみと温泉に入らないと絶対に後悔する自信がある。まちがいなく毎晩うなされながら、きみときみの兄が裸で絡み合う夢を見続ける。それはぼくにとって悪夢以外の何ものでもない。以前も悩まされ続けていたんだ。ぼくはきみに関して少々頭がおかしいと自覚している。

だんだん話を聞いているうちに、カティアはおかしくなって笑いだしてしまった。子どもじみている気がしたからだ。すると、彼は「笑った罰だ」と言って、唇にキスをした。それは何度もくり返されて、つい夢中になるほどだった。

「ターシャ、いいね？」

唇をわずかに離した彼が、熱い吐息をこぼして言った。

「……はい。ジルベールさま」

彼がお気に入りの場所だと言うだけあって、そこはすばらしい景色が広がっていた。

背の高い見事な枝ぶりのぶなの木が群生しているその下に、小さな湖があり、虹色の光が葉をすりぬけて、きらきら落ちて輝いた。まるで宝石箱だった。透明度の高い湖からしきりに湯気が立ち上り、それが、すべて温泉なのだと彼は言った。

白いもやがかかったさまは、幻想的で、あたり一面絵画のようだ。

「綺麗なところだわ……楽園みたい」

カティアが思わずつぶやくと、彼は「そうだろう」と言ったけれど、すでに外套を外して服を脱ぎはじめていた。

ちぎるように首もとのクラヴァットを外す彼にどきどきした。だんだん鼓動が速まって、破裂しそうになってくる。

引き締まった肌が目の端にちらついて、恥ずかしくなったカティアは後ろを向いた。

「ターシャ、早くいっしょに入ろう」

〝ぼくだって恥ずかしい〟の言葉は、絶対に嘘だとカティアは思う。恥ずかしげもなく、てきぱきとすべてを脱いだ彼がお湯につかる水音が聞こえてきたからだ。

「おいで」

カティアはぎゅうと目を閉じて、どうにでもなれと勢いづけて、ばあやがかわいらしくつけてくれたりぼんを解いた。

「それ、はじめて会った時の服だね。きみによく似合っていると思っていたんだ」

カティアははっと目を開けた。今日纏っていたのは、クリーム色の生地に赤い小花が散らされた簡素なドレスだ。思えばそうだ。この服で彼と出会った。

振り向けば、腰までお湯に身を浸した彼が、こちらを眩しげに見つめていた。

きらめく光のなかの彼の美しさは目もくらむほどだった。

「ジルベールさま、わたし、あなたに出会えて幸せです」

すっとこちらに向けて手が伸ばされる。

「ぼくもだ。来て」

カティアはずっと焦がれ続けた彼の姿を見つめながら、胸のりぼんを外し、そして前をくつろげた。すとんと落とせば、残すは下着だけになる。勇気を持って、細かいボタンにとりかかり、すべてがあらわになれば、彼はため息をついた。

「光のなかのきみは妖精みたいだ」

「きれいだ」と言う彼のほうこそ肌も髪も神秘的に輝いて、まるで精霊のようだった。

「きみをたしかめさせて」

カティアがそっとつま先を湯に浸せば、彼が歩み寄ってきて、腕を強く引かれた。

肌と肌が重なって、彼のたくましい胸板と、自分の胸がぴたりとくっつくのが恥ずかしかった。頬が火照っていくのがわかった。

「……はじめてです」

「ん？」

「はじめてで、どこを見ていいのかわからなくて……。服を着ていないジルベールさまを見るのは……わたしは、どこを見ればいいのでしょうか」

ジルベールは「ぷ」と噴き出した。

「ぼくのすべてを見てくれればいいんだ。ありのままを。それに、きみはこの先毎日でもぼくの裸を見ることになる」

彼はしどろもどろになるカティアに構わず、ぎゅうぎゅうと抱きしめると、そのまま肩まで湯に浸った。

「ターシャ、もぐろうか。広いから泳げるよ。息を吸って」

指示されたまま大きく息を吸うと、彼に後頭部を抱えこまれ、湯のなかに沈められる。体温よりも少しだけあたたかい程度で心地いい。

もぐれば、銀色と金色の髪が広がって、水のなかでたゆたい、より美しく見えていた。彼に頬を包まれて、互いに口を吸い合った。

ぷは、と水面に顔を出し、それからはふたりで手をつなぎながら泳いだ。時にはもぐり、身体を絡ませて、まるで魚になったようだった。水をかけあったりもした。遊びに夢中になってきて、自然に笑顔になって、声を出して笑い合う。

「きみの笑顔が好きだ。ずっと笑っていてほしい」

「わたしも、ジルベールさまの笑顔が好きです」

泳いでいると、だんだん大胆になってくる。時々彼に胸の先をつままれたけれど、恥ずかしいとは思わずに、もっと触れてほしくなった。胸をつんと突き出せば、彼がちゅう、と先を吸ってくる。カティアもその真似をして彼の胸にくちづけ、小さな粒を吸い上げれば、彼はかすかに艶めかしい声をあげた。

「かわいいです」

少し顔を赤らめた彼は、「悪い子だ」と、カティアを抱き上げ、岩の上にのせた。そのまま足のあいだに顔をうずめて、あわいにべろりと舌を這わせる。

「あ……」

「ターシャ、手は後ろで支えて。胸を張る感じで。太ももはぼくの肩に」

カティアは両手を後ろに置いて身体を支え、言われたとおりに彼の肩に太ももをのせた。

その彼女の腰を、彼は腕を回して固定する。彼は何度も秘部にくちづけをして、ねっとりと舌で舐ったあとに、じゅ、とむしゃぶりついてきた。もぐもぐと口を動かし、その度にカティアは翻弄されて、下腹から頭のてっぺんまで快感が突き抜けた。

「ああっ！　……んっ」

絶頂に押し上げられるのはあまりにも早かった。何度も何度も、恥ずかしげもなく達してしまう。彼に弄ばれた部分はたやすく充血し、ひくひくと彼をほしがった。

「んっ、ん！　……あ！」

「好きだ、ターシャ」

「う、……あっ。ジルベールさま、あっ。……わたしも、好きです」

彼は舌を往復させたり、唇で挟んでは、カティアの小さな秘めた芽を刺激する。押しこんだり、左右にこりこりと動かしては、官能をさらに煽ろうとする。

その刺激に耐えられず、しきりにカティアが首を横に振れば、彼はカティアに脚を外させ、横にこれ以上広げられないくらいに開かせた。そして、舌でぴちゃぴちゃと舐めているさまを見せつける。

「んんっ。……あ」

「ターシャ、きみの夫は誰？」

息も絶え絶えでカティアは言う。

「ジル…ベールさまです」

「ぼくが好き？」

「んっ。……はい。好き……あ、ん」

舌先でつんと花芽を弾かれ、カティアはぴくんとかすかに跳ねた。

「きみの兄よりも？」

「はい。……っ。どちらも……好」

「それはだめだ。ぼくだけにして」

彼は岩に手をついて、湯からざばりと上がると、カティアの身体の上に被さった。その時、カティアははじめてそそり立つ彼の猛りをまともに見た。想像以上に大きく、太く、血管が浮き出た奇怪な形に、思わず身を硬くした。

「あ……」

「その顔。そんなに驚く？　……はじめて見た？」

のどが引きつれ、こく、と唾をのみこむと、ジルベールはほころんだ。

「いまさら怖がらなくても大丈夫。見ていて」

カティアの腰が撫でられ、彼に両脚を動かぬように固定される。その刹那、ずぶずぶと猛った彼が押し入ってくる。カティアは先端から根元まで楔が穿たれるさまを固唾をのんで見守った。

とんでもなく気持ちが良くて、顎が自然に上向いた。

「ターシャ」

彼は、ちゅ、と唇にキスをしたあと、カティアに自身の首に手を回させ、そして腰を小刻みに揺すった。

「痛くないよね？」

「はい……。んっ。すごく……あ。気持ちいい、です」

「ぼくもだ。動くよ」

先が出るほどに腰を引いた彼が、出た瞬間にまた、ぐちゅんと奥まで自身を押しこむ。カティアはもっと彼を感じようと、両脚でぎゅうと腰を挟んだ。すると、おしりを支えられたまま彼が立ち上がり、カティアの身体が宙に浮いた。

不安定な体勢だと、より彼を強く感じた。カティアは叫ばずにはいられなかった。わざとなのか、彼が歩いて移動をはじめたからだった。一歩ごと、振動に苛まれる。

「ほら、しっかりぼくにつかまって」

「んっ。……うう」

彼の先がカティアの奥を抉り、快感に打ち震えると、青い瞳が愉悦に細まる。

「締まったね。気に入った？」

「あ。……はい、気に入りました。はじめて、こうして裸で抱き合えて、あなたを抱きしめることができて、うれしくて……わたし。あなたとこうして……幸せです。……あ」

思いを伝えているさなか、どくりと彼の嵩《かさ》が増した気がした。見つめれば、彼の顔がいままで見たこともないほど紅潮していた。

「ターシャ、限界」

お湯のなかにカティアごと戻った彼は、繋がったまま、浅瀬に移動する。そして砂地に寝そべり重なり合って、彼は「ごめん。させて」と謝り、抽送をはじめた。

ぐっ、ぐっ、と彼に奥をつつかれる。それは未知の刺激で、彼が動く度に、身体のなかに官能が溜まり、大きな渦になるようだった。

喘ぐカティアは、彼を見つめた。彼も余裕がないようで、濡れた髪が張りつき、いつも以上に艶めかしい。

勇気を持って彼の背に手を添えて、その形のいい唇に自身の口を合わせれば、唇を割られて、舌がたちまちずるりと絡め捕られる。

激しい愛撫には彼の想いがこめられている気がした。彼が、愛してくれている。それは、震えがくるほど深い愛だ。

ふたりは荒い息も、嬌声も、唾液も、互いに、ぐちゃぐちゃになりながら食べ合った。

「……ジルベールさま。わたし……、ん。あなたのお名前を呼んでも、いいですか？」

彼は律動をやめずにカティアに言った。

「きみの、好きなように」

カティアはくっと唇を引き結び、彼の目に視線を合わせた。

「ヴァ、ヴァレリーさま」

　呼びかければ動きが止まり、青い瞳が大きく見開かれた。

「愛しています、ヴァレリーさま。ふつつか者ですが……わたしを、あなたの妻に……アビトワの妻にしてくださいますか」

「……ターシャ」

　一瞬、端正な顔を歪めた彼は、ぶるりと震えた。そして、上から熱いものが落ちてくる。それはきらきらとした、虹色の光の粒だった。

「とっくにきみはアビトワの妻だ。ぼくから言わなければいけない言葉だったのに……」

　カティアは、これほどまでに綺麗な泣き顔を見たことがないと思った。せつなさが募る。

「……うまく言葉が見つからない」

　両手で彼の頬を包み、涙を拭うと、そこにカティアの好きな笑みが刻まれ、つられてカティアも微笑んだ。

「好きです」

　彼はカティアの唇にくちづける。離れて、またすぐに重なった。

　とても、大好きで大切な人だ。いまだにいっしょにいられることが信じられないけれど、カティアのなかに伝わる灼熱に、彼をこの上なく強く感じる。

「好きだ。愛している」

「わたしも……。あ」

彼の唇に言葉ごと貪られ、カティアはただただ甘く喘いだ。

淫らな水音も、肌と肌を打つ淫靡な音も、幸せの音のように聞こえて、ますます感情も劣情も高ぶって、ついには叫びたくなっていた。

この胸を焼き焦がす彼への思いを。

カティアが快感にわなないた時だ。

腰を動かしていた彼が、ぴたりと止まり、そしてぴくぴくと脈動したあと、身体の奥で熱いものがはじけて広がった。

息を荒らげる彼は、何度もカティアにキスを落として、耳もとで小さく言った。

「ターシャ、きみに出会えてよかった」


空は赤く色づいて、徐々に暗がりが広がった。

カティアがきらめく星を指し示せば、すかさず彼が星の名前を教えてくれた。

あれから、飽きることなく彼を求め、そして求められてしまったために、くたくただったけれど、いっしょに過ごす時の楽しさに、疲れなどは忘れていられた。

ふたりは手をつないで話しながら歩いていた。そのうしろからは、ジルベールに引かれた馬が二頭、行儀よくついてくる。

「ターシャ、明後日ぼくの国に旅立とう。船に乗って。……乗ったことはある？」

「いいえ。ですが乗ってみたいです。わたしは海を見たことがないので、それも見たい」

ジルベールが海と船の説明をしてくれている間、カティアはちらと彼とつながる手を見下ろした。指と指がすべて絡まり、彼を近くに感じてうれしくなった。こうして指を絡めていると、絶対に離れないと、ふたりはいっしょにいると強く思うことができるのだ。

知らず微笑めば、彼に笑みを返されて、それが何より幸せで、胸がとくんと高鳴った。

「まずはぼくの城に行って、次は父の城に向かう。王宮にも呼ばれているが無視だ」

「……無視をするのですか？」

王の意向を無視するなど、この国ではありえない。カティアは不安になるが、ジルベールは「当然だ。絶対に近づかない」と強く言う。

彼は手を持ち上げて、カティアの甲にくちづけた。

「王宮はだめだ。やたら男が多いからね。きみは自覚がないけれど、異様に人気が高くて困る。きみを気に入っているという男を数えてみたけれど、いまの段階ですら両手を超えているのに、これ以上敵が増えてはぼくの心が休まらない。だから無視だ」

「そんな……わたし、人気なんて」

「あるんだ」

彼は言葉のあと「きみが懐妊するまでは誰にも会わせない。狭量ですまない」と口の端を持ち上げた。

「ジルベールさま。わたしは、あなたといられるのなら、それだけで満足です。どこでも、どんな国でも。あなたの邪魔にならない程度に、その……いっしょにいたいと思っています。あなたをもっと知りたいです。いろいろなあなたを……だから、その……」

カティアはうまく言葉が紡げずに眉根を寄せた。どうも話をまとめるのが昔から苦手なのだった。頬を赤らめていると、彼に手を取られた。

「ターシャ」

彼は長いカティアの金の髪を、彼女の耳にかけながら言う。

「きみに謝りたい。聞いてほしい」

「え？」

「冷たくしてごめん。ひどいことを言ってごめん。特に、きみの純潔を無理やり奪ったことは、どんな理由があっても許されないことだ。ぼくは、一生きみに償う。でも、ごめん。犯したことは後悔しているけれど、つながったことはみじんも後悔していない。じつは、あの時きみとはじめて結ばれて、心から喜んでいたんだ。きみを手に入れられた日だからだ。ひどい男だと自覚している」

ジルベールは言葉の途中で、ポケットからハンカチを取り出した。カティアが刺繍したハンカチだ。

彼がそれを開けば、中にあるのは、エメラルドの耳飾り。

息を鋭く吸ったカティアは目をまるくした。

「どうしてこれ…………片方、無くしたと思っていました」

「牢獄で拾った。きみにとっては恐ろしい思い出だったんじゃないかな。ぼくは……」

カティアは首を横に振り、その片側の耳飾りを自分の耳につけた。そのさまを、彼はせつなげに見ている。

「これは、わたしの宝物です。お茶会の日、最後の瞬間まであなたを感じていられたらと、こうしてつけました。あなたとはじめて結ばれた日に、わたしの耳についていてとてもうれしくて……。エゴールが、『お嬢さまの瞳の耳飾りですね』と言っていました。ジルベールさま、あの、これはわたしの目の色ですか？」

うなずく彼を見て、カティアの心は満たされる。

「わたしは無理やりだなんて思っていません。王太子殿下と婚約していながら、はしたないのはわかっていましたが、あなたと結ばれて喜んだのはわたしのほうです。……ありがとうございます、ジルベールさま。この耳飾り……一生大切にします」

深々と息をした彼は、カティアをぎゅうと抱きしめた。

「ぼくは、もう二度ときみから離れない。きみに二度と会わないなんて言っておきながら格好悪いけれど」

「わたしも、もうジルベールさまから離れたくはありません。もう一度、わたしに会いに来てくださり、ありがとうございます。再会できてとても幸せでした」

ジルベールは何かをこらえるように、ぐっと目を閉じた。

「……きみは、どんな時でもぼくを許してくれるんだね」

心なしか声がかすれている。

「ぼくにはもったいない妻だ」

「ジルベールさまも、わたしを許してくださいます。わたしにはもったいない方です」

「ぼくは、世界で一番幸せな男だ」

「わたしも、あなたといられて世界で一番幸せです」

身体を離した彼は、「帰ろう」と、カティアの手を引いた。指を絡めて歩きだす。

「ターシャ。この先、ふたりでいろいろな思い出を作ろう。きみに見せたい景色や、いっしょにしたいことがたくさんある。ずっと、生涯きみのとなりにいたい」

先のことは推し量ることなどできないけれど、つないだ手のぬくもりが、彼の言葉が、素敵な未来を感じさせてくれていた。

カティアはジルベールを見つめ、そして屈託なく笑う。

「はい。あの……とても楽しみです」

途中、目からあふれた涙を、彼が指で拭ってくれた。やさしい手つきだ。

「わたしも、生涯あなたのとなりに……ずっといっしょにいたいです」

「ああ、ぼくたちはずっといっしょだ。ターシャ」

景色はすでに闇に覆われ、葡萄畑は隠されている。

それでもカティアには葡萄畑が見えていた。

鮮やかな青空の下、たわわに実をつけた葡萄畑の光景が。

あとがき

こんにちは。本書をお手にとってくださいましてどうもありがとうございます！　荷鴣と申します。ちなみに（にこ）と読みますが、どうしてこんな難解な漢字を使ってしまったのか……。かっこいいかな、などと痛い発想をしてしまった当時の自分を責めたいです。

毎回、わたしは若いヒーローとヒロインの話を好んで書いてしまうのですが、それは大人扱いされず、また子ども扱いもされない、はざまの不完全さが好きだからです。

今回のヒーローは少々書きにくかったのですが、ヒロインに対して冷たい人を書いたのははじめてだからかなと思いました。でも、クズになりきれていないかな、と思っています。ちなみに、編集さまにヒーローのせりふについて「こいつ、どの口が（笑）」と言われたのですが、それはそのままヒーローの思考に使用させていただきました。はは！

この度も、編集さまにはとてつもなくお世話になりました。額を床にこすりつけてお礼を申しあげたいです。そして、耽美《たんび》で美しいイラストを描いてくださいましたさんばさま、素敵なヒーローとヒロインをありがとうございます。とってもうれしいです。

最後になりましたが読者さま、お読みくださりどうもありがとうございます。それから、この本に関わり、ご尽力くださいました皆々さま、心より感謝いたします。どうもありがとうございました！

荷鴣

Sonya
ソーニャ文庫

この本を読んでのご意見・ご感想をお待ちしております。

◆ あて先 ◆

〒101-0051
東京都千代田区神田神保町2-4-7 久月神田ビル
㈱イースト・プレス　ソーニャ文庫編集部
荷鴣先生／さんば先生

復讐者《ふくしゅうしゃ》は花嫁《はなよめ》に跪《ひざまず》く

2018年6月9日　第1刷発行

著　　者　荷鴣《にこ》
イラスト　さんば
装　　丁　imagejack.inc
D　T　P　松井和彌
編集・発行人　安本千恵子
発　行　所　株式会社イースト・プレス
〒101-0051
東京都千代田区神田神保町2-4-7 久月神田ビル
TEL 03-5213-4700　FAX 03-5213-4701
印　刷　所　中央精版印刷株式会社

©NIKO,2018 Printed in Japan
ISBN 978-4-7816-9626-3
定価はカバーに表示してあります。
※本書の内容の一部あるいはすべてを無断で複写・複製・転載することを禁じます。
※この物語はフィクションであり、実在する人物・団体等とは関係ありません。

Sonya ソーニャ文庫の本

君がいないと生きていけない。

ルーツィエが目を覚ますと、美貌の男がそばにいた。記憶を失っていた彼女に、彼――フランツは「君はぼくの妻だ」と切なげに微笑む。やがて、彼がこの国の王子で、自分にとって大切な存在であることを思い出した彼女は、彼を受け入れ、情熱的な一夜を過ごすのだが……。

『氷の王子の眠り姫』 荷鴣

イラスト ウエハラ蜂